謹以此書獻給中華傳統文化的傳播者、捍衛者！

向逝去的大師致敬！

惊悉怀瑾先生仙逝，深表哀悼。
先生一生為弘揚中華文化不遺
余力，令人景仰，切盼先生学術
事業在中華大地繼續傳承。
謹向先生親屬表示慰問。

溫家寶

二〇一二年九月廿九日

点燈的人

——南懷瑾先生紀念集

南懷瑾印

為南公懷瑾大士荼毗語

釋宗性

應化人間樂太清，七星了然住大坪；
遠走康藏通禪那，繽紛法雨墜紫雲。

恭維南公懷瑾大士，一九一八年農曆二月六日降生，浙東樂清人士。一世行藏，已載籍章。上下五千年，縱橫十萬里；經綸三大教，出入百家言。平生功績，難描難繪。二〇一二年農曆八月十四日，化緣既盡，大事已畢。遊戲人間九十有五載，醉心法海七十餘春秋。向上一乘，早識貧無立錐之旨；隨順世情，不廢依樣畫葫之機。今予：諸行無常，是生滅法，生滅滅已，寂滅為樂。笑曰：俄爾一夢，是夢非夢，夢裡夢外，夢夢夢夢。南公懷瑾大士，印如是耶？既今末後一著荼毗一句，又如何舉揚？

靈嚴諸子出火宅，太湖水印峨眉月。
四大五蘊如意樹，一粒粟米滄海闊。
燒！

代序

東拉西扯說老人、說老師、說老話

劉雨虹

我生於一九二一年，今年九十二歲了，大家不能否認我是一個老人吧？由老人來說有關老人的事，應該是真話、實話，不是妄語吧？

老人也是由年輕漸漸變老的，我這個老人，在未老的時候，有很多照應老人的寶貴經驗，更有不少照應老人的錯誤經驗。

現在我已經是一個頗老的老人了，很想把這些種種的經驗和老人的感受，對年輕人說一說，更想對那些還不太老的老人說一說，因為，你們將來都會成為老人的，也許會很老很老。

南懷瑾老師生前，常提醒大家注意一句古話：長壽是五種災難之一。所謂災難，其實包括了許多，首先是麻煩。老人很可憐，不是因為窮或富，而是麻煩他人，更麻煩自己。

老人怎麼吃

有些老人吃飯，年輕人是看不順眼的。有一個老人，用餐時有五六樣食物，一小碗燴麵，外加稀飯一小碗，燒豆腐一點，鮭魚洋蔥三明治，地瓜或玉米……東吃一口，西吃一口，才算勉強吃飽了，反正五六種不同的，不中不西的，絕對不能只吃一兩種。

其實我就是這種老人，不過，我比較注意營養均衡，水果蔬菜都會吃，也接受西方的營養觀念。南老師則十分傳統，又不愛吃水果，大概是幼年生活在海邊，只愛吃海鮮。

其實，這些年來，南老師沒有吃過一頓合胃口舒服的飯，因為十天之中九天有客人，有時生張熟李，前來的各方豪傑志士們同桌進餐，老師酬酢應對，哪有工夫吃啊！因為客人都是來拜望老師的。晚上九點多十點回到自己的地方，發現有些餓了，吃什麼呢？也只能胡亂將就吃一些作罷。

說到南老師吃東西的事，有一次真是太有趣了。老師是每天夜裡工作的，有一天到清晨三四點鐘，有點餓了，在冰箱中找到一包生水餃，他那個智慧的頭腦，突然感覺水煮沒有蒸的快，就在電鍋中蒸。結果蒸了一個小時仍是硬的……怪不得愛迪生有兩隻貓，他就在牆上挖了一大一小兩個洞，大貓走大洞，小貓走小洞。所以頭腦極不平凡的人，做法就是特別。

老師結果吃什麼，不知道。第二天他在辦公室自己說這件事，大家都大笑不止。所以我常跟老師說：「老師啊！我的福氣比你好，因為我自己會做啊。」

我說這個話，大家不要誤會，以為沒人照顧老師的飲食。其實幫忙的有好幾個人呢，只因為老師不願意麻煩別人，所以問他想吃什麼，他都是說「隨便吧」。偶爾會說皮蛋粥或豆腐之類的，結果大家只好瞎猜了。

好人和壞人

這兩天見到幾個從臺灣來的熟人，不覺想起從前的種種。記得認識老師還不太久時，有一天我和行廉姐到老師辦公室去問些問題，行廉姐說：老師這裡都是學佛的，都是好人。老師一聽立刻說：你錯了，學佛的人大多是普通人，普通人有好也有壞。很多學佛的人，貪心比普通人還重，光想成佛，想有神通，實際上他連一個好人都做不到。

我們聽了，傻傻的，算是學了第一課吧。轉眼到了幾十年後，在太湖大學堂的辦公室，大約是兩年前吧，小崔說到他的生辰八字。我就說：「老師，小崔命裡有兩個貴人呢。」老師聽到後，卻幽幽地說：「你們遇到的都是貴人，我遇到的都是壞人。」

聽見老師這樣說，我很不甘心，立刻站起來對老師喊道：「老師什麼意思啊？我們都是壞人嗎？」

老師不得已，只好說：「你們是好人，可是我遇到的人，壞的占多數。」

天哪！我心裡想，老師這句話可不是說著玩的，可能我也在壞人之列吧？我可要好好反省反省……

反過來我又想到，老師啊，誰叫你有教無類呢？當然壞人多啦！這只是我心中在想，並沒有說出來。

老師心目中的壞人到底是啥樣的人？當然不是打家劫舍的江湖大盜，也不會是搶銀行或詐騙的人。可能吧，我猜想，大概就是那些外表是好人，是學佛的善人，但是滿肚子貪嗔癡慢疑，利用老師求名求利，又是口是心非，暗箭傷人。老師教來教去都改不了這些人分毫，多洩氣啊！

現在老師已離我們而去，離開了好人，更離開了壞人，留下來的仍是好人和占多數的壞人。不過，老師如果看到紀念他的留言和文字的話，反而會發現，他們多數是好人，更多的是改邪歸正的人。這些人，卻多半是老師不認識的人。可惜呀！老師，為什麼你生前不認識他們呢？為什麼許多壞人反而認識你呢？因為你太仁慈了嗎？還是「方便出下流」呢？我真的有些迷糊了。

再說，我們這些留下來的人，是好人還是壞人呢？就拿自己來說吧，我到底算好人，還是壞人？如果是好人，我以後應該如何對待認識人中的壞人呢？如果我是壞人，為什麼我不知道呢？我還覺得自己是個好人呢！對了，我現在要去查一查十惡業，看看自己占了幾條再說吧。反正，大概是有時好，有時壞，自己壞行為都不知道，這個「知」字多難啊！

息事寧人又發露

南老師絕對是個不一樣的人，那個時候，我十分的不明白。記得是一九七二年臺北蓮雲禪院的時期。老師辦公室和講堂在四樓，是走另一個門出入的。四樓以下是出家人的地方，上下樓互不相涉。行廉姐在寺院是護法，住在三樓。我與她則是擔任溝通樓上樓下的任務。

那天聽到有人說，老師講了什麼話，內容使出家人方面有些誤解。內容已記不得了，反正不是什麼了不起的大事。不過我還是到四樓告訴了老師，並問老師為什麼這樣說。

豈知老師卻很意外，他說絕對不是他說的話，可能是別人說錯了。但是老師卻說：不必去解釋了，就讓別人誤會我吧；如果說個清楚明白的話，既費口舌，又牽涉他人，反而惹出許多事來。

可是我心中卻很不以為然，事情不是應該弄清楚嗎？糊裡糊塗算了，多窩囊啊！我覺得老師很不應該，一連很多天我都不理老師，我覺得老師太莫名其妙了。哪裡知道老師是息事寧人，是忍辱波羅蜜啊，誰能做得到這樣啊！我那時真太淺薄無知了。

還有一樁事，差不多也是那幾年的事。我們在四樓老師辦公室，當時大家說到某教授的論點，老師就說了一句不客氣的評語，略有輕視的意思。老師說完就到洗手間去了。因為那個教授是我們的熟人，聽了不免心中有些不爽。

豈知老師回來就對我們說：「剛才我批評某教授的話不應該，是我的錯，我剛才在洗手間已經懺悔了。」

我們聽了老師的話，真有點不知如何是好。其實我當時心裡想：你懺悔就懺悔吧！何必對我們說呢？有必要嗎？我們是你的學生啊。

這件事我曾在不久前，偶然的機緣對宏忍師提到，宏忍師立刻對我說，這叫做「發露」，是學佛很重要必須遵守的。意思是，當你犯了錯誤，不但自己要懺悔，還必須公開表達悔意才是真懺悔。公開表達就叫做「發露」。

聽到宏忍師的解釋，我真有些吃驚，有幾個人能做到啊？不要說在家人了，就說出家的修行人吧，能這樣誠信的大概也不多吧！怪不得有人問老師是不是佛教徒時，老師回答說：「我沒有資格，因為我達不到佛教所要求的標準。」

慚愧呀！自己太慚愧了，那時老師已經很了不起了，很有名望了，還這樣做這樣說，我聽到宏忍師的解說，真正覺得無地自容了。

老話咖啡

新春友朋同學聚會，東拉西扯之際，不免想起昔日在大學堂相處的一些趣事。有人提到武藝高強的那個老同學某君，雖在大學堂時間不久，但大家都記得他。

提到此人，立刻想到一樁妙事。那是五六年前，因為他的武功好，初來時，常隨在南老師左右照應。有一天下課後，我離開禪堂時，他走在我後面；當我去飯堂時，發現他也正在我後面走。

當時我不以為意，認為是巧合，豈知第二天他仍然如此，走在我後面。可能他看我年紀大，又用拐杖，大概怕我摔倒，所以好心照應。於是我就對他說：「謝謝你，我沒問題，你就自便吧，不要再跟著我了。」

哪知道，第三天，當我到院中散步時，他仍然跟著我。我突然心生煩惱，覺得老有人跟著，自己像個犯人一樣，被人監視，不由自主地對他大聲說：「拜託！請不要跟著我好不好！」

哪知道他卻回答了一句驚天動地的話，他說：「是老師叫我跟著你的。」我大吃一驚，心有不甘，就去找老師理論，問老師：「為什麼叫人跟著我？」

老師見我不太禮貌的樣子，不但沒有生氣，反而滿面笑容的，也說了一句驚天動地的話，他說：「因為他老跟著我！」

大家聽了我講的這件事，哄堂大笑，並且囑咐我，一定要寫出來與大家分享。

其實老師表達意見時，還有許多拐彎抹角的法門和方式，那是傳統文化的禮貌和修養，不直接說，避免造成別人的不便。可是年輕一代的不懂，以致笑話連連。

譬如說吧，那時在大學堂辦公室，大家每天下午會喝咖啡，時間也不一定，大約是三點半到五點之間。

有一天老師下午四點進來辦公室，他坐下來就叫某某，問她：「你們預備什麼時候喝咖啡啊？」

由於我的年齡接近老師，聽慣了從前有教養的人說話方式，所以一聽就知道老師想喝咖啡了。不料這個年輕人卻很老實地說：「我們準備五點喝咖啡。」

聽了她的回答，我禁不住喊她一聲：「二百五，你真笨啊！為什麼不說現在正要去煮呢？」大家也都大笑起來。

又有一次，也是為了喝咖啡，幾個年輕人認為，為了老師的健康關係，咖啡不可太濃。那天老師喝完咖啡之後，就問煮咖啡的那個年輕人說：「今天喝的是什麼啊，是咖啡嗎？」這句話充分表達了對咖啡的不滿。

這個年輕人只好老實地說：「是啊！只不過咖啡少了一點，牛奶多了一點，還把剩下的一點牛奶，都倒進您的咖啡裡了。」原來給老師喝的，只是咖啡味的牛奶。

老師聽了，無奈地笑了一下，又歎了一口氣，沒再說什麼。不過，我替老師抱不平，忍不住又罵了她一聲二百五。她說：「劉老師，您不要再罵了，我已經是五百了。」

後來我又提醒這些年輕人，你們的好心好意，弄得老師連喝一杯咖啡都會打折扣，我們老人多可憐啊。幸虧我喝的是真的咖啡。

目錄 Contents

代序：東拉西扯 說老人、說老師、說老話——劉雨虹 ／007

追南師影

・感言
根據二〇一二年十月十二日談話記錄稿修訂增補——宏達 …024
・一代宗師的教化
感念南懷瑾先生——周瑞金 …034
・南懷瑾致力的事業：重續中國文化之根
彼得・聖吉談南懷瑾先生——鍾國興 …067
・南老師的大智慧與奇特機緣
朱清時談南懷瑾先生——王國平 …076
・雷霆雨露一例是春風——林曦 …087
・瑣憶南師二三事——杜忠誥 …097
・南公懷瑾先生辭世的傷痛——古國治 …111

· 德澤輝光 永照寰宇
微斯人吾誰與歸 追思吾師南懷公——閆修篆……114
· 讓生命破殼而出
遲到的懺悔——呂松濤……117

憶南師情

· 南師北斗鶴歸去——鄭宇民……136
· 夢！夢！夢！——楓橋……142
· 華枝春滿 天心月圓——流年……146
· 我與南懷瑾先生的師生情誼——王學信……149
· 仰望恩師十六年
記南懷瑾先生——劉方安……159
· 夢覺雙清憶南老——劉永碧……166
· 我永遠的老師——李想……169

目錄 Contents

- 永遠懷念南公懷瑾太老師——王潞霦 …177
- 盡心耕耘慰師魂
  緬懷桂馨之友南懷瑾老師——樊英 …180
- 念南師並抒懷——周嶽憲 …186
- 南老師，我思念您——湯超義 …189
- 臨別時要歡歡喜喜的，還會再來
  追憶南懷瑾先生——王道馨 …192
- 這是我家鄉的小老弟
  我與南懷瑾先生——葉旭豔 …197
- 回憶十四年前拜見國學大師南懷瑾先生——姜雪雁 …202
- 我與南懷瑾先生的文字緣——喻學才 …205

感南師銘

- 深切緬懷當之無愧的國學大師南懷瑾先生——六小齡童 …212

- 正知正覺——楊清林 …214
- 哀悼先生——彭征波 …216
- 寫給懷師——韓非 …219
- 感恩老師——秦淑英 …223
- 永遠的懷師——劉峰 …226
- 點燃心燈，戰勝心兵
南懷瑾老師的思想會照亮更多需要幫助的人——柳絮 …231
- 另一種紀念——千江江豚 …233
- 紀念南懷瑾老師——耀庚 …236
- 輓南懷瑾先生——杭之 …239
- 不滅的明燈
懷念永遠的南師——一泓 …241
- 懷念懷師——懷古 …243
- 南師，我的啟蒙大導師——帥颻 …245
- 天下第一好老師：南老師——善智旺 …248

目錄 Contents

- 心想事成——普莊 …250
- 懷念到永遠——大山人 …254
- 寫給我最敬愛的老師南公懷瑾先生——周俊 …257
- 夢南——王宏西 …262
- 平凡做人——高翔 …265
- 永遠的懷師——侯琳琳 …267
- 我與南懷瑾老先生的緣——茗華 …269
- 南師，大德之人，永遠活在人的心中——鳳洪 …272
- 您是我心靈的老師——李明德 …275
- 相識何必曾相逢——崔志東 …277

悟南師境

- 南懷瑾先生的國學體系——陳全林 …282

• 我觀懷師之成就——顏鼎姚 …289
• 採得百花釀蜜後　為誰辛苦為誰甜——趙金桂 …293
• 在天堂門前的聖母湖裡飛度——化羽 …299
• 以不朽之筆　序不朽之書
憶南懷瑾先生為重刊《王十朋全集》譜寫前言——王曉泉 …310
• 法身巍巍　德身無限——孫平 …314
• 生命的守望者——何克鋒 …317
• 祭如在：懷念南師——南師的一名普普通通的讀者 …320
• 世上再無南懷瑾——秋天的沉默 …324

祈南師寧

• 念·憶——袁淑平 …330
• 悼詞——辛源倖 …333

目錄 Contents

・永念吾師——陳知涯　來新國……334
・送懷師——雁平……336
・悼一代宗師南懷瑾——林德培　高琳……338
・悼南公懷瑾先生——堯鵬飛……340
・永遠的懷念——王勁峰……342
・聖者的笑與淚
記南老師——善新……345
・大哉南師——孟慶福……349
・跪謝懷師——夢幻空花……351
留言輯錄／354

追南師影

感言

昨晚和彼得．聖吉聊天，他說這次我們大家是否可以畢業了？他希望大家各自努力，傳承從老師這裡學到的東西。他從開始找到老師，一直到今年，十五年中，每年都來向老師求教，也獲得了扎扎實實的收穫與成長。他這次發願把老師的學問和著述進一步傳到西方去，傳到世界去。他說中國文化對西方乃至全世界是很有幫助的，尤其這個時代和未來，世界充滿了危機，非常需要借鑒中國傳統文化諸多寶貴的思想與經驗。就拿管理學來說，如果只是寄託於規則和利益管理，而不是大家各自以內心觀照和修養為立足之本，就不是真正好的管理。

我跟彼得開玩笑，不過也是真話，我說現在談畢業還早呢。老師這一次，給所有見過面或沒有見過面的學生留了一張考卷，這是一個非常大的人生考題，我們每個人要用幾十年或者餘生，去回答這個考卷，等將來見老師，自己去交卷，那個時候才知道自己打多少分，是否可以畢業了。所以將來我們走的每一步，自己心裡所思所想、所作所為，其實都是在答這一份考試卷。

宏達

根據二〇一二年十月十二日
談話記錄稿修訂增補

講到大家最關心的老師身後最重要的事情——傳承，我有一個看法，老師的學問是儒釋道三家、諸子百家都通的，不限於任何一家，但是不妨礙我們借鑒佛家的經驗來思考。釋迦牟尼佛走了以後，身後最重要的是什麼東西？不是世俗認為的財產，或者什麼其他的東西，而是佛經，就是經典，因為佛陀一輩子智慧的結晶就記錄在經典中，經典是法的載體。因此，他走之後，最重要的事就是五百羅漢結集經典，然後留傳到後世。那麼佛像、寺廟、出家人或者在家的居士，也是重點，但是沒有那麼重要，一切都圍繞著經典的傳承、法的傳承。固然說人能弘道，但是人也能亂道，見解之爭、派別之爭、衣缽之爭，真偽莫辨乃至欺世盜名，歷史上諸如此類的故事不少。以人為核心的弊端很多，變數很多，不確定性很多，壽命也很短暫。而經典的傳承更長久、更穩定，詐偽的機會少。所謂「經」，就是貫穿歷史而常在的東西。所以，佛涅槃後，結集經典最為重要，傳承經典最為核心，即便是「以戒為師」的訓示，也是以律藏經典為本。不論什麼人弘法，也都離不開一個原則：「依文解義，三世佛冤。離經一字，允為魔說。」所以說，傳承的核心在於經典。老師當然不屬於哪一家，他是沒有門派的。而且老師也沒把自己的著作或著述當做經典，但是不妨礙我們借鑒佛家曆史經驗來認識問題，理解老師身後最重要的事是傳承，傳承的核心在於經典。其實老師比釋迦牟尼佛幸運，因為他在世的時候，自己可以主導，出版自己的講課記錄或自己寫的書。在老師走前，他的著述大部分已經結集出版完成了，只有三四本他要出的書尚未出版，而尚未出版的這幾本書，他已經親自審查定稿了，即將出版。其中一本講《中庸》的，他早已親自寫好稿子，準備放在最後出版的。這是比釋迦牟尼佛幸運的地方，同時也可以說是老師的明智，因為提前結集了，而且經過他本人的認可，認定過了。佛陀身後的經典結集，有好幾次，除了第一次以外，爭議很多，因為沒有佛陀或佛陀親自認可的大阿羅漢主持，無法給予最權威的認定。這是講老師走後最重要的，是傳承，而不是別的什麼。傳承的核心，是經典，是他的著述。這些著述，借用佛家的話說，就是法身舍利，就是老師的化身。

當然，對於老師的課與著述，也同樣適用四依四不依原則：「依法不依人，依義不依語，依智不依識，依了義不依不了義。」這四條原則，其實對於讀古今中外任何書或文章、聽任何人講話或上課，都同樣適用。否則就不是智慧之學，而是盲從與迷信了。

至於傳承的另一方面——著作的推廣，老師出版的著作，從臺灣開始，到香港，到大陸，幾十年來沒有做過宣傳，沒有做過廣告，完全是靠讀者自己的口碑，老師也不接受任何的記者採訪，根本就沒有去推廣，可是不脛而走，讀者滿天下。他的書在市場上是暢銷書、長銷書，幾十年了，一直如此。未來呢？我想還是會一樣。所以推廣著作不是問題，天下人自然會推廣。可以說，老師的化身就在每個讀者面前，他的法身舍利就在他著作裡面。能夠吸收多少，受益多少，就靠每個人自己的智慧與努力了。

開始的時候，我以為只有老一代的人會喜歡他的書，後來發現年輕人也是一樣，現在十幾歲的孩子，二十幾歲的人，一直到九十幾歲的人，各年齡段都有南師著作的讀者。我看將來也會是這樣。

所以不用擔心傳承，天下人自會傳承。當然我們也是天下人之一，每人自己有多少能力，有多少心力，只要各盡所能就好了。我們幸運，親近老師多些，感受老師的身教很多，但是各人能夠從中成長多少，就看自己的智慧了。有緣親近老師，是我們的幸運，但並不代表「一人得道，雞犬升天」。否則這個世界上早就沒有眾生了，早就被古來聖賢度盡了。老師是增上緣，每個人終究要自覺自度，自負其責。

其實這次老師給大家上了最成功的一次課，他用人生最後階段，在這麼短的時間內，牽動了這麼多人的心，不光是中國，還有國際上的華人朋友和外國朋友，他這次的課，受眾範圍最廣，觸動大家最深，無數人在這個過程之中，反思、反省，甚至懺悔、發願，要改變自己，要做功德的，大有人在，太多了。看了「懷師」網頁的文章、留言，很感人，很多真讓人佩服。而這些文章、留言，絕大部分是我們不認識的人寫下的。所以說，天下人自然會傳播老師的學問和教化。

不止一次有人提出「南門」、「南門弟子」的概念，老師當場表示，他一直反對這些門戶觀念。他一直強調，道是天下的公道。他一生的學問，是來自於讀古今中外一切經典書籍，以及他一生的經歷，跟一切人、從一切事中學到的，所以才能如此淵博，而且不困在書生氣上。如果困在門戶門派之見，那就太有限了。所以他深惡痛絕門戶之見。他也引用過這個話：「佛教徒是釋迦牟尼佛的罪人，道士是老莊的罪人，儒生是孔孟的罪人……」一旦設立了門戶，學生一代代傳承下去，難免會把自己的意思加在前人身上，或把前人神話、偶像化，會導致曲解、誤解、歪曲、誤導，直至失敗。

再說，歷史上諸子百家的任何一個大家，他說過要開一個宗派嗎？孔子說過「我是儒家」嗎？老子說過「我是道家」嗎？都沒有，這是後人加上去的。所有的聖賢，他們都是海納百川，沒有門戶之見，所謂「君子不器」，沒有邊界的，這樣才能成其大。老師也沒有什麼「南門」、「南學」等觀念，這些觀念都太狹隘了。真正的聖人，他的胸懷，他的學問，是沒有邊際的，沒有設定門戶，也沒有設定學生和非學生的界限，天下人願意讀他的書的，願意接受他教化的，都是他的學生。他說一個人如果不尊師重道，那是混蛋。可是如果把自己當做老師，那是自己昏了頭。聽到有人在外面以他的學生、弟子為名招搖，老師反復講他沒有一個學生。聽到有人在外聲稱是他的關門弟子，他聽了笑說自己從未開過門，何來關門弟子？老師對學生定的標準非常之高，可以說無人能及。同時老師也非常謙虛，與大家都是朋友，他永遠不居於師位，而是永遠處於學人之位，向一切人學習，也聲明不要把他和他的學問當做標準。他說誰有心得，誰心裡清楚，不必搞形式上的師生這一套，這些俗套後患不少。

所以我覺得不用擔心傳承問題、門戶問題，倒是大家要藉這個機會好好地用功，好好地自我反省，好好地成長，這樣老師這一課就更有效果了。大家一時難過的情緒，也許會持續一兩個月，或者是一年、兩年，悲傷不捨，但是情緒過去之後呢？大家是不是照舊，該混的混，該玩的玩？如果還是舊習氣在主導我們的心，悲傷與懷念又有什麼用？我們有緣親近老師，他的身教我們接觸得最多，所以我們更應該先把自己做人做事的修養做好，否則談不到傳承。

老師他已經努力了七八十年，在他八十三歲的時候，力排眾議，定了這一塊土地要蓋這個書院——太湖大學堂（做成人教育），然後親自設計，大興土木，推進工程，然後八十九歲正式開學，講學不輟，親任校長與導師到最後。書院是以一位導師為本，導師與學生生活在一起，身教言傳，耳濡目染，師生有如父母與子女。當然，子女是否成人成才，要看子女的天分與努力。可以說，書院的靈魂就是導師，書院就等於導師。但導師不等於書院，導師只等於他自己和他的學問與行履，他的學問與行履是天下為公的。老師在九十一歲的時候，為探索兒童綜合素質養成教育經驗，又創辦了一個兒童教育機構——吳江太湖國際實驗學校，在老師的指導下，很多人參與進來，付出了不少努力。當然，老師說蓋這片地方，辦這兩個學校，與過去辦其他文化教育機構一樣，也都是暫時一用飛鴻踏雪的方便花樣而已，重點不在於這些機構本身，而在於推動國家與社會對文化教育事業的反省與重建、繼往與開來。

老師每天做事至少十幾個小時，應對出家在家各種人、各種事，沒有節假日，數十年如一日。這個話很容易一下就聽過去了，實際設身處地體驗一下，誰受得了？那真是大苦行！這麼大的年紀，這一份宏願，這個雄心壯志，還大辦教育！八九十歲還能講課的人，已經很難找到了，有人來上海聽課的時候曾說，他認為這個年紀的人不可能會講課，結果看到老師還跟年輕人一樣，覺得非常不可思議。這六年之間他講了太多的課啊！還有每天晚上茶餘飯後，跟客人或者學生聊天的時候，其實都是在上課。他有時候會針砭一下客人，都在影響人，來的這些人不管是什麼階層、什麼地位，很多是各界的菁英，對他們來說，老師的影響是一年半年，甚至更長的時間。他們的一點改變，會影響很多人。老師是隨時在做教育，隨時嚴格要求自己。

譬如他要抽菸，我們要幫他點菸都不可以，他走路拿著包包，我們要幫他拿也不可以。他不要任何人侍候的，他說我有手有腳，都好好的，為什麼要別人侍候？這就是身教。至於言教，很多平常的談話也是傳道——這是我們的幸運，有這樣的因緣親近他。但是我們改變了多少呢？那是我們自己的事了。總之，回憶過去他的身教言傳，反省自己，去改變自己的習氣，是向老師學習的最起碼著眼點。譬如老師最重要的著作，是他自己所寫的《禪海蠡測》，那是他智慧的結晶，可是他為什麼強調《論語別裁》、《原本大學微言》這些呢？《論語別裁》側重在做人做事上，做人做事本身就是習氣轉變的過程，也是習氣暴露的過程。理論講得再好、地位再高、財富再多、名氣再大也沒有用，重點是你做人做事時的反應，才是最關鍵的。教育的核心在這裡，教育的瓶頸也在這裡。教知識和技術是容易的，但傳授知識與技術不過是教育的周邊而已。轉變習氣、開發本有的智慧，才是教育最核心的目標，但往往也是教育最無能為力的地方。即便遇到再偉大的老師，這個積習的轉變與智慧的覺醒，根本上也還要靠自覺。自己不自覺改變，一百個釋迦牟尼和孔子在身邊也沒用。

南師用自己的身教言傳去啟發大家，但是真正的改變來自於每人的自覺，自己的反省。不論釋迦牟尼佛，還是孔孟、老莊、耶穌，他們親自教化而有心得的人不過是少數，不肖弟子和糟糕學生也不乏其人，提婆達多害釋迦牟尼佛，猶大害耶穌，這些故事的背後，是人性習氣的剛強難調。倘若糟糕習氣再疊加了利益關係和欲望，那就更加糟糕了。所以說聖人不能改變所有的人。實話說，沒有誰改變了誰，只能是影響而已。教育就是影響、薰陶，但影響、薰陶也只能是外部作用。外部土壤再好，內在種子如果有問題，也不會結出好果子。所以，真正的改變，要靠自覺，只有自覺才能真正改變自己。所以要談傳承，先從自覺改變習氣入手，否則不要談傳承。

天下的人為什麼那麼感念老師呢？這些天來有多少沒有見過面的人為他而流淚，一個人在短時間內牽動了億萬人的心，這靠的是什麼？靠所謂的學術嗎？或者靠新聞媒體的宣傳嗎？都不是。那是他的教化打動了人們的心，不同程度地啟發了人們，帶動了人們內心與生活的轉變，乃至於家庭的轉變，人們發自內心真誠地感念他。看了這些留言、這些文章，我有這樣的體會，老師真正地影響了時代與歷史，未來因為他的啟發而改變的人會越來越多，認識到中國文化的人也會越來越多。

那麼，老師三教百家融會貫通，推動東西方精華文化融合，這是前無古人的。

另外，中國和印度幾千年來，知識分子寫的文章、講的話，老百姓不懂，因此知識分子與普羅大眾是脫節的。大眾生活在傳統文化的氛圍裡，卻不懂文化為何物。尤其宋元明清以來，文化變異的增加，對人性束縛的增加，積蓄了反彈的力量。因此，當鴉片戰爭後到二十世紀初的八十年時間，中國屢戰屢敗，當此時，留學生魯迅、胡適、陳獨秀等號召偏激的運動，否定中國歷史文化。此時雖有辜鴻銘這些學貫中西的大家反對，但在大眾不明就裡的前提下，反對的聲音被淹沒了……孔孟沒有遇到這樣的情況，歷代的聖賢沒有遇到這樣的情況。春秋戰國的時候，雖然混亂，但是文化並沒有斷，不過是政治上的亂而已，文化上是百家爭鳴的。但是到了新文化運動，中國歷史文化被否定了。看到這個前所未有的歷史文化巨大危機，老師明白，亡國還可以復國，但民族文化亡掉了，中華民族就萬劫不復了。因此，他二十六歲在峨眉山請普賢菩薩作證，發宏誓願，重續中國文化斷層。然後他跳到歷史的洪流裡面，去做中流砥柱。他為了歷史文化的接續、重整與人才培養，七十年來篳路藍縷，卻苦心孤詣，矢志不渝，為此不惜犧牲了全部的時間與精力，家庭也為此做出了巨大的犧牲。他數十年如一日地精進努力，不休不歇，自奉甚簡，自律甚嚴，如苦行僧。而這一切，都圍繞著他當初所發的宏願，圍繞著這件歷史文化的大事因緣。他在臺灣的時候，曾經不惜舉債來弘揚傳統文化，推動東西精華文化融合，甚至供養窮學生們生活，讓這些出家在家的窮學生們專心用功。試問，誰有這樣的氣概與擔當？誰又能理解他的苦心呢？

處在這個文化斷層的時代，老師可以說是力挽狂瀾。到了臺灣之後，他講學不輟，授受三教九流各界各階層。他受邀在臺灣海陸空三軍演講，蔣介石先生聽了他的演講之後，決定成立文化復興推動委員會，團結了大批中國文化的學者，包括錢穆等人，一起努力把中國文化做了保留。

八十年代後期，老師的書進入內地，有力地推動了內地各界各階層對傳統文化的學習興趣。沒有任何人可以像他的書那樣，引起大家對傳統文化的共鳴和學習興趣。他對中國文化的闡述，確實又開啟另外一個前無古人的局面——使大眾對中國文化有了認識，這是古代沒有的。古代民眾活在中國文化的氛圍中，但並不知道文化究竟是什麼，只有知識分子知道，但是知識分子是少數，跟群眾脫節的。而且大部分知識分子困在學術教條上，與實際脫節。孔子說：「道不遠人，人之為道而遠人，不可以為道。」老師的課與著述貫穿著生命與生活的真知灼見，貫穿著「道」力與人格力量，並且表述深入淺出，透著親和力，因而容易溝通讀者的心，可以授受三教九流，任何人都能接受一部分，能夠知道瞭解一部分，雖然不能全面地掌握，但是心嚮往之。由此使得中國傳統文化的種子，遍撒兩岸三地華人世界，在華人各界各階層人們的心地中，逐漸生根、發芽、開花，乃至結果。因此說，老師不僅接續了大時代巨變造成的歷史文化斷層，而且接續了幾千年來殿堂學術與普羅大眾之間的隔離斷層，使學問重新回到「道不遠人」的境界。中國傳統文化，由此具備了很廣泛的人群基礎，而且未來的華人也一定會傳承下去的，並會融入西方文化中的精華，為未來人類的福祉做出貢獻。

老師從在峨眉山發宏誓願，到今年中秋，首尾七十年，艱辛備嘗，卻矢志不渝，行人之所難行，忍人之所難忍，不折不扣實踐著諾言，也終於完成了他的歷史使命，功德圓滿如今年中秋之月。

老師是一個點燈的人，他來這個世上，是希望能夠點亮越來越多人的心燈。他從來沒有休假，他現在請了一個長假，接下來就靠大家去點亮自己的心燈。把自己這一盞燈點亮了，自然會照亮周圍。這是對老師精神的最好懷念和傳承。

一代宗師的教化
——感念南懷瑾先生

周瑞金

南師懷瑾先生走了

二〇一二年九月三十日晚，即壬辰年八月十五中秋月圓之夜，太湖大學堂舉行南師祭奠告別儀式。來自全國各地、港澳台、美歐等地的親人、朋友、學生共二百多人，滿懷崇敬、痛惜之情為南師送別。儀式上宣讀了溫家寶總理的唁電，中央文明辦副主任王世明先生充滿深情地發表了告別詞，南師兒子南一鵬代表親屬、周瑞金代表太湖大學堂老學生、李傳洪和郭姮妟代表吳江太湖國際實驗學校致辭後，由中國佛學院副院長、教務長、成都文殊院住持宗性大和尚莊嚴行禮、舉火，為南師荼毗。是時，明月當空，萬里無雲，青煙嫋嫋，全場靜默，揮淚拜別……

告別儀式後，許多親友學生銘感南師教化恩澤，心情難以平靜，久久不願離去。南師平日的音容笑貌、教化行止，又清晰地浮現在大家眼前。他在二十世紀八十年代說過的「我們這一代人，是生於憂患，死於憂患」的話，言猶在耳……

生於憂患，死於憂患

南師一九一八年三月十八日生於浙江樂清市翁垟鎮地團橋頭村。時逢軍閥割據、喪權辱國的年代，第二年即一九一九年，便爆發了我國現代史上著名的五四愛國救亡運動。從鴉片戰爭到一九一九年，近八十年的時間裡，中國屢遭西方殖民主義者侵略欺淩，從政治、經濟到文化深受殖民之害。五四後，中國人民終於奮起抗爭，在國共兩黨合作之下，推翻了北洋軍閥統治，實現了南北統一。

與此同時，一些留學美日歐歸來的學者，以西學的觀點張冠李戴地批判中國歷史文化，提出打倒「孔家店」，有的還主張「全盤西化」，發動了一場新文化運動。這場新文化運動對我國引進西方文明，推動思想解放起了重要的歷史性作用。但是，由於它徹底否定中國傳統文化，甚至主張剷除中國歷史文化之載體——漢字，引起了當時很多知識分子，包括學貫中西的文化大家辜鴻銘等人的極力反對，認為那是自毀長城，切斷民族文化命脈。然而，中國歷史文化最終難免在「愚昧、封建、落後」的標籤下，被批判掃蕩，幾近斷滅，這是中國歷史文化亙古未有之變局。百年來的文風乃至大眾思維，也由此一改中國傳統文化下的溫柔敦厚之風，一變而為尖酸刻薄、偏激極端。由此，整個二十世紀，西方來的各種思想在中國主流舞臺上激蕩紛呈。同時，困惑與求索，痛苦與不安，爭論與爭議，也從未停止過。人文文化的荒蕪，造成了信仰危機、道德危機、靈魂危機、社會危機……

南師就成長在這個令人窒息、令人悲憤的憂患環境，親眼目睹了國家和民族命運處在生死存亡的邊緣，青年時代的他憂心如焚。抗日戰爭爆發，南師激於民族大義，投筆從戎，馳騁躍馬西南，屯墾戍邊，在川藏雲貴邊境任大小涼山墾殖公司總經理兼自衛團總指揮，馳騁一方。他有一首詩反映了這段時期的萬丈豪情：「東風驕日九州憂，一局殘棋尚未收。雲散瀾滄江嶺上，有人躍馬拭吳鉤！」後來，鑒於國民黨中央和地方勢力各有圖謀，南師審時度勢，改變了人生方向，掛印而去。在辦了一段時間報紙之後，他重返成都，在中央軍校學習並擔任武術教官與政治指導員。南師的老學生王啟宗先生曾回憶道：「幾乎已是半個世紀以前的事了。記得那時正值日本軍閥對我發動侵略，全國上下奮起抗戰，一般愛國青年無不熱血沸騰，紛紛投筆從戎，救亡圖存。當時我也投身軍旅，於役重慶，一日見報載：『有一南姓青年，以甫弱冠之齡，壯志淩雲，豪情萬丈，不避蠻煙瘴雨之苦，躍馬西南邊陲，部勒戎卒，殫力墾殖，組訓地方，以鞏固國防。迄任務達成，遂悄然單騎返蜀，執教於中央軍校。』」在中央軍校期間，南師結識袁煥仙大居士而悟道，遂立志重續中國文化斷層，並離開了軍校。

歷經了艱難困苦的八年抗戰，人民迫切期待國家和平安定，想不到又要面對兩黨兩軍更大規模的內戰，南師憂心忡忡。一九四七年，他回到溫州樂清老家動員父母妻兒離開大陸，老父親不為所動，反勸他趕快離開。於是，南師分別到杭州天竺和廬山天池寺清修。後到上海，其間曾奔波於南京與杭州兩地，搭救了親近共產黨而被列入國民黨特務計畫殺害名單的巨贊和尚。

一九四八年，南師曾自行到臺灣考察。一九四九年二月底，他終於辭別不肯離鄉的雙親和妻兒，斷然隻身自行赴臺。開始，他棲身在基隆海濱一陋巷，看到「二二八」事件衝擊之後的臺灣，加之一九四九年開始的兩岸分治，社會動盪，人心惶惶。當時謀生困難，先與幾位朋友辦了一家義利行公司，從事琉球到舟山的貨運，開始賺了一筆錢。但好景不長，總經理因貪多，沒有聽從他的囑咐，導致三條機帆船被舟山國民黨當局徵用，損失價值一萬根金條，血本無歸。南師一生就此次做了一回生意，不想時局動盪害他一夜之間破產，一段時間靠典當過日子。但即使在這樣的困難時期，他仍瀟脫超然，不為困境所拘，並且不忘接濟鄰居。在基隆期間，南師曾應詹阿仁先生等人請求，開講了多次禪修課程。

不久，南師離開基隆遷往臺北。鑒於胡適對虛雲老和尚的攻訐，以及鈴木大拙的禪學流向臺灣，南師親筆著作了《禪海蠡測》，並於一九五五年出版。六十年代初，臺灣中國文化學院聘請南師為教授，接著輔仁大學也邀請南師教哲學、《易經》。南師講課厚積薄發，通俗生動，大受學生歡迎。「南懷瑾」三個字不脛而走，請他講課的學校和社會名流也越來越多。

二十世紀七十年代，南師先後創辦東西精華協會，創辦《人文世界》及《知見》等雜誌，成立老古文化事業公司，出版《論語別裁》等著作。一九八〇年，南師受洗塵法師邀請，主持十方叢林書院教學。南師弘揚中華傳統文化，一步步有了更大的平臺，傳道授業擴大到更廣的範圍，走出學校，走向社會，桃李滿園，影響朝野，進入《周易》所說的「舉而措之天下之民」的階段。南師在台弘揚文化期間，不僅忘我地投入全部精神與財力，且不惜舉債辦教育，乃至為培養人才，還供養部分出家在家的窮學生學習。來聽南師課的人中，出家在家、三教九流、中外學生，從平民到軍政要員，南師一視同仁，有教無類。

然而，當南師文化事業順利展開之際，政治風雲突變，因平日來聽課的高官重臣眾多，南師被視為「新政學系領袖」。一九八五年，年近古稀的他，離開了居住三十六年的寶島，移址美國，避開了臺灣的複雜環境和人事糾紛。南師有詩記之：「不是乘風歸去也，只緣避跡出鄉邦。江山故國情無限，始信尼山輸楚狂。」

在美三年，南師不僅考察了美國，也考察了歐洲，同時加強了與大陸親朋的聯繫。他既瞭解大陸歷經「大躍進」和「文化大革命」帶來的重大苦難，也瞭解實施改革開放後百廢待興的困局與新貌。他不計政權交替之際老父親被判無期徒刑瘐死監獄的宿怨，於一九八七年特派他的常隨弟子宏忍尼法師回國內考察宗教、寺廟、僧尼情況，又派在美國電話電報公司任職的弟子李博士，先帶世界銀行專案回大陸幫助經濟建設，後留上海投資辦企業，以在大陸傳播先進經營理念、方式和傳統文化。一九八八年，南師毅然決定回師香港。在香港十五年期間，他講學不輟，隨緣度化的同時，曾受有關方面再三敦請，協調了兩岸信使的祕密談判，應邀投資建設金溫鐵路，動員了更多弟子學生到大陸投資辦企業，傳播他提出的「共產主義理想、社會主義福利、資本主義經營、中華文化精神」的理念。一九九三年，他到廈門南普陀寺舉辦了著名的「南禪七日」活動。他還推動一批又一批人回內地辦學校，注重在貧窮落後偏僻地區，推廣「中英算」兒童經典誦讀活動，大量資助內地大學、研究機構、文化部門培養人才，等等。二〇〇〇年，年屆八十三歲的南師力排眾議，作出回內地弘揚傳統文化的果斷決定，選址蘇州吳江七都廟港，籌建太湖大學堂。二〇〇三年，他到義烏雙林律苑舉辦了禪七。二〇〇四年以後，南師大部分時間停留在上海，指揮太湖大學堂建設，其間仍講學不輟。二〇〇六年，費時六年的太湖大學堂順利落成啟用。八十九歲的南師，從此長期在太湖大學堂弘揚文化，直至仙逝。

參加過大學堂建設，後來一直跟隨南師身邊的馬宏達先生，講述了自己一段親身經歷：太湖大學堂是南師一手籌畫、推動，從動意、設計、建設到開課、維繫，都是他老人家一馬當先，勇往直前，大家不過在後面跟著而已。從建築設計到裝潢設計，中外設計師的多個方案都不能令他滿意，他就讓人買積木來自己動手搭建築模型，最終由建築師去畫圖落實，直到滿意為止。從整體宏觀風格，到內裝潢，幾乎每一個細節，包括房間桌椅如何擺放，掛什麼字畫，直至大學堂一草一木、一磚一瓦，無不傾注了他的心血，無不體現了他融合東西方精華文化的理念。

馬宏達滿懷感情地說：大學堂開辦六年來，僅每天「人民公社」式的晚飯，耄耋之年的南師常常要應酬有緣來訪的客人，這些客人三教九流都有，並非傳言所說的「非富即貴」。南師有教無類，有緣能來見面的，他都慈悲平等相待，談笑風生，希望人家不空來一回，希望對人家有啟發、有幫助。說是吃晚飯，其實他都在照顧客人，答覆客人的問題，寓教育於談話中。南師以自己的身教言傳，影響著有緣見面的人，藉以影響群倫，影響社會。晚飯後，南師一般都會上課，其間也常常答覆學人報告。送走客人後，處理內部外部事務，常常到淩晨。從午後到淩晨，每天至少十二個小時，南師幾乎馬不停蹄，應對各種事務，卻寧定空靈，簡潔明瞭，幹脆俐落。偶爾有空就定一下，很快恢復精神。南師數十年如一日，沒有休假，不肯空過一天，沒有享清閒。以我們年輕人的體力，還遠跟不上他這麼大的工作量。他所做的一切，無不圍繞著「教化」這條主線。你說他為名嗎？他年輕時即已成名，後來逃名還逃不掉，也從不宣傳自己或自己的書。人家給他跪下磕頭，他同時跪下磕頭還禮。你說他為利嗎？他這些年講課什麼時候收過講課費？都是財與法雙手佈施。他也極難接受供養，人家供養紅包，他把空的紅包留下，連說「收到了，收到了」，錢卻馬上換個紅包當場供養回去。他說勸人佈施如鈍刀割肉，沒見過有人佈施了以後「三輪體空」的，大家都是以做生意的動機來供養，所求的更多。你說他為政治資本嗎？他的確不是一般的清高，真的沒把任何勢力放在眼裡，當然也包括了官與財，常常見他跟這類客人講話直言不諱、毫不客氣。他對人是應機設教，有教無類，一視同仁。這麼大的年紀，那樣的只爭朝夕，傳道解惑，嘔心瀝血。古今中外，試問有誰見過或聽過這樣的長者、導師？這些給人說起，沒有人會相信的。

南師說「生於憂患」大家比較容易理解，為什麼說「死於憂患」呢？對這個問題，四十多年來，為南師整理了二十四種講記的劉雨虹老師（已九十二歲高齡）回答說：南師是大視野、大境界、大智慧的人。他以綜觀世界的眼光洞察到，近現代以來，西方從大規模全方位的殖民運動開始，到兩次世界大戰，到現代多領域的霸權主義行徑，其背後有著深遠的文化和種族因素，造成深刻的裂隙與衝突，將世界捲入強權勝公理、弱肉強食的叢林法則，將人類引入越來越深的危險境地。南師從一九六九年訪問日本回來，就為此深深憂慮，不僅為處於如此世界環境中的中國而深深憂慮，更為包括日本人民在內的全人類的未來深深憂慮。

二十世紀八十年代中期，南師判斷此後中華民族有二百年好運。但與此同時，他仍然深懷這種憂患意識。數十年以來，他從成立東西精華協會，到推動東西方精華文化融合，都鑒於這樣的遠見，著眼於全人類的福祉，不斷為推動東西方精華文化融合共用而呼號、奔波、奉獻。可是，環顧當今世界和社會，國際政治道德被強權勝公理所取代，和平民主被霸權威脅所替代，人類的文明與道義被利益至上的價值觀所取代。人們為追逐物質財富而奔忙，為積攢金錢而迷失心靈，人的價值觀、道德觀衰變，各種欲望不斷膨脹，人文精神越發失落，人與人關係疏離，人與自然疏離，人與自我疏離，善良人性被逐漸窒息。在越來越多的欲望刺激中，越來越多的工具依賴和商品依賴中，人們自身的能力越來越脆弱；在越來越多的事務糾纏中，越來越快的變化中，人們越來越無奈，越來越被空虛、焦慮、煩躁、寂寞、孤獨和絕望所煎熬，越來越訴諸怨天尤人。對此，南師的憂患不僅沒有減輕，甚至還在一步步加深。他有一首詩：「憂患千千結，山河寸寸心。謀身與謀國，誰解此中情。憂患千千結，慈悲片片雲。空王觀自在，相對不眠人。」另外，在他的《狂言十二辭》結尾有兩句：「書空咄咄悲人我，弭劫無方喚奈何！」都表達了這種深深的憂患意識。

當代弘揚中華傳統文化的先驅

人們稱頌南師為「國學大師」、「佛法泰斗」、「禪宗大師」、「道家高人」、「密宗上師」、「當代大隱」等等，這都只是南師學問修持、人生行止的不同側面，不足以概括他的全面素養、品格、地位和貢獻。他自己卻從不接受這些稱號，他常說自己「一無所成，一無是處」，自己永遠處於「學人」之位，甚至說「『南懷瑾』三個字與我無關」。自從二十六歲在峨眉山宏深誓願，南師就把弘揚傳統文化，接續中華民族文脈，作為自己畢生努力的方向。「上下五千年，縱橫十萬里。經綸三大教，出入百家言。」這是國民黨四大元老之一李石曾先生當年在臺灣贈送給南師的話，其中一句原本是「經綸五大教」，南師不受，後改為「三大教」。南師正是以如此宏偉的目標和寬廣胸懷，從事一輩子文化傳播與人性教化的事業。

南師幼承庭訓，天資聰穎，十九歲以前廣泛涉獵經史子集，諸子百家，醫藥武藝，詩文皆精。二十五歲於袁煥仙先生處印證悟道之後，他深感傳統文化如果斷滅，中華民族將萬劫不復，比亡國還危險一萬倍。於是，南師二十六歲上峨眉山，為取得寺廟支持他閉關閱藏，在一天夜裡，他當著僧眾（通永法師在內）發宏誓願——弘揚儒釋道諸子百家，接續中國文化斷層，為此請普賢菩薩作證明：自己所證悟對否？剛才所作施食（與降服）方法對否？上峨眉山閉關閱《大藏經》，將來出來弘揚三教百家，接續中國文化斷層，對否？話音剛落，夜空下的山谷突然燦如白晝，並伴隨裂空之響，在場僧眾無不震撼！無不對南師宏深誓願讚歎敬佩！當時，南師嚴囑在場諸位務守祕密，否則必遭天譴。因為當時如果傳揚出去，南師要麼被偶像化，要麼被妖魔化，都不利於平實地弘揚文化事業，不利於大家反求諸己，自立自覺自強。今天，南師已逝，此事可公之於世了。

此後，南師即於峨眉山大坪寺閉關三年，遍閱《大藏經》三藏十二部，佛法修持進入新的境界。出關下山後，他短期講學於雲南大學、四川大學，接著深入四川、西藏地區參訪密宗大師，經白教貢嘎上師及黃教、紅教、花教陸續印證為密宗上師。從此，一直到圓寂，首尾七十載，其間篳路藍縷，但南師獨立而不改，矢志而不渝。用他自己的話說，數十年來一直在各種困難與障礙的夾縫中勉強做一點事。可以說，南師在中國歷史文化命若懸絲的關頭，不惜犧牲自己、犧牲家庭，苦心孤詣，下了一盤大棋。七十年，一盤棋！每一步，浸透了他多少的心血與艱辛！這盤棋對歷史文化的深遠影響，必定歷久而彌新，歷久而為更多人所理解。

一九六六年，南師受邀在臺灣海陸空三軍基地巡迴演講中國傳統文化。在臺中空軍基地演講期間，老蔣先生曾親蒞幕後聆聽，那次演講，南師特別強調亡國尚可復國，若民族文化亡掉，中華民族將萬劫不復！老蔣先生深為所動，並於當年十一月十二日發表《國父一百晉一誕辰暨中山樓落成紀念文》，發起中華文化復興運動，幾個月後正式成立中華文化復興運動推行委員會，邀請了大批學者參與其中（包括錢穆先生等），為保留中國傳統文化做了不少工作。當時老蔣先生曾邀請南師主其事，被婉辭。南師一直說，在兩黨間，他只買票不入場。後來，九十年代初，內地王震將軍、鄧力群先生等牽頭的中國國史委員會曾邀請南師任副主任委員，也被他謝絕了。

二十世紀八十年代後期，南師的著述在內地開始出版，並在此後持續影響著內地各界各階層人們，越來越多的人開始重新認識中國歷史文化，「國學」之風漸起。要知道，中國和印度，幾千年來知識分子與大眾脫節。知識分子講的話、寫的著作，往往困在學術與文雅，甚至困於教條，要普羅大眾聽懂很難。因而大眾雖生活在傳統文化的氛圍裡，卻不知傳統文化之寶貴，以至於在清末衰敗受侵略淩辱之際，誤信少數留學歸來學者對中國傳統文化的醜化詆毀。孔子說：「道不遠人，人之為道而遠人，不可以為道。」南師數十年來，一直主張道是天下的公道，最好要把道理學問講得深入淺出，最好連沒有文化的人都能聽懂。因而，他的著述大多深入淺出，洋溢著「道不遠人」的親和力與說服力，沒有酸澀死板的學究氣，而且旁徵博引，兼攝古今中外，浸透著極為豐富的人生閱歷與經驗，因而廣泛被士農工學商各界各階層、從十幾歲到九十幾歲各年齡段讀者所喜愛。他的書不做廣告，他本人也不接受媒體採訪，都是人們有緣讀了他的書，受益之後，以口碑自動傳揚。

綜觀南師一生，自覺以弘揚中國傳統文化為己任，從大陸到臺灣，從臺灣到美國，從美國到香港，再從香港回大陸，一直苦心孤詣為重建中華文化奔走呼號。他親自撰寫或由弟子整理他闡釋傳統文化的著述，回大陸前出版了三十種，在太湖大學堂六年，又整理出版了二十多種，總共出版五十餘種。有幾種還被翻譯成英、法、韓、日、荷蘭、西班牙、葡萄牙、義大利、羅馬尼亞等多國文字在世界各國出版，影響廣泛。《禪海蠡測》、《論語別裁》、《孟子旁通》、《老子他說》、《原本大學微言》、《靜坐修道與長生不老》、《金剛經說甚麼》等著述在兩岸三地一版再版，很多種書的發行數都高達幾十萬冊以上。這些著述的共同特點，是以經解經，經史合參，旁徵博引，深入淺出，貫通古今，切中時弊。他不受傳統經典各家注解的局限，貫通上下原文以求獲得清晰義理，還將經典原文和同時代相關史料結合起來，並根據時代變遷，聯繫當今的人與事，貼近生活實際幫助讀者理解原著思想，以達到古為今用、經世致用的目的。這樣，南師的著作就填平了古今文化隔閡的溝壑，填平了知識分子與大眾之間的鴻溝，成為當代各界各階層瞭解傳統文化的橋樑，並且對當代人做人做事也有實實在在的指導意義。對於有些學者的批評、挑剔、指責，南師素來抱有錯則改，有誣不辯，有歧義不爭論原則，坦然處之。他真誠告訴讀者：「讀了我的書，希望讀者們從此更上一層樓，探索固有文化的精華所在，千萬不要把我看做是什麼專家權威學者，也不要把我講的當做標準。我從來把自己歸入非正統主流，我只是一個好學而無所成就、一無是處的人。一切是非曲直，均由讀者自己去判斷。」

在太湖大學堂六年，南師公開授課五十多次，有數千中外學生當面聆聽過南師精彩紛呈的演講。演講內容涉及中國傳統文化與認知科學生命科學，中國傳統文化與經濟管理、大眾傳播、金融監督，東西方文化與認知科學生命科學，現代工商與人文，大會計，國學與中國文化，國學經典導讀，《黃帝內經》與中醫科學，當代教育問題，女子德慧修養，中學西學體用問題，新舊文化企業家反思，人性的真相，如何提高身心修養，人生的起點與終點，神通與特異功能問題，答問青壯年參禪者，如何學佛，釋讀《達摩多羅禪經》、《成唯識論》等佛學經典……真是包羅萬象，無所不包，學識涵蓋儒釋道、禪淨密，融匯諸子百家、醫卜天文、西方文化，涉足社會各行業，教化男女老少、中西精英、三教九流。南師的每場演講，智慧通達，幽默風趣，率性真情，慈悲可愛，讓不同國籍、種族、黨派、職業、年齡、性別的各色人等，都有「一次聆聽、終身受用」的親切感受。

他不僅在講壇上、著作中，以及平日與友朋學生的言談裡，表達了對民族文化發展命運的深切關懷，更令人敬佩的是，南師身體力行，經常帶頭或帶領學生在智力、財力、人力等方面，大力支持全國文化教育事業的發展。例如：實際支援希望工程；實際支持設立光華教育基金會，長期支持內地三十多所大學教育；實際支持廈門大學培養中醫人才；實際支持復旦大學新聞學院培養新聞人才；實際支持上海交通大學培養祕書人才；實際支援中國人民大學建設國學院；支持江西宜豐「東方禪文化園」建設，捐建八十余尊羅漢雕塑；支持上海道生醫療科技公司與上海中醫藥大學合作開發中醫數位化「四診儀」的研發與應用。派古道法師支持禪宗曹洞宗傳承，幫助培養人才，重建洞山祖庭，已籌集捐款五千萬元人民幣。二〇一〇年，中國國學中心籌備組、國務院參事室陳進玉主任一行，受國務院祕書長委託，來請教南師如何籌備中國國學中心。接著，北京市國學中心籌備組、北京市團委副書記鄧亞萍一行，也來請教南師如何籌備北京市國學中心。南師都熱情接待，坦陳己見，給予指點。同年，支持中華吟誦學會搶救中國民間吟誦文化，南師不僅給予指導，個人還捐助兩萬元人民幣。二〇一〇年以來，南師又聘請少林武功資深傳人來大學堂教學，弘揚易筋經文化。為支援「未來中國助學聯盟」，南師題詞並推薦兩名講師。二〇一一年，與蘇州移動公司合作，開辦「中國文化學堂」手機課堂，做公益文化教育。二〇一二年，南師應中國人民大學請求，為該校國學館題詞，鼓勵國學院師生「究天人之際，通古今之變」。同時，南師個人支持二〇一一年度新法家學術研究及網站運營經費，要求弟子支持二〇一二年度新法家學術研究及網站運營經費。對近年來國內出現的優秀文藝作品、作家、藝術家，南師也非常鼓勵，例如他對《大秦帝國》作者孫皓暉先生、《濟公》主演游本昌先生、古琴家李祥霆先生、龔一先生、陳長林先生等，曾當面給予物質獎勵或精神鼓勵。

值得一提的是，在南師九十五高齡之際，為了滿足地方人民的願望，並藉以弘揚人文文化，敦化民風，他還親自關心指點吳江七都老太廟文化廣場的籌建，親筆為「老太廟」、「吳泰伯」題名，更捐出十八畝土地用於老太廟文化廣場核心區建設，又派出國際知名建築師登琨豔先生，為老太廟文化廣場做義務的建築設計。南師和太湖大學堂的同學們還為老太廟建設捐款三百五十萬餘元人民幣，其中一百萬元是南師的稿費。他說：這筆錢，是讀書人心血換來的乾淨錢，雖然不多，但也希望為當地人民的福祉與文化建設，盡一份綿薄之力。

南師講學傳道幾十年，受教者受益者無數。這次仙逝，等於上了他一生中最後一堂大課。短時間內牽動了億萬人的心，不光是中國，還有國際上的華人朋友和外國朋友，無數人在這堂課中難過、反思、反省，甚至懺悔、發願，要改變自己、要做功德的，大有人在。看了「懷師」網頁的文章、留言，很感人，很讓人佩服。而這些文章、留言，絕大部分竟是沒有當面見過南師的人寫下的。由此可以看到，無數人都受到了南師的學問、道德、人格的教化、薰陶。這靠的是什麼？靠所謂的學術嗎？靠推銷自己嗎？或者靠新聞媒體的宣傳嗎？都不是。那是他潤物細無聲的教化，滋潤了人們的心田，不同程度地啟發了、感動了、改變了人們的內心，大家發自內心真誠地感念他。看了這些留言，這些文章，我們都會體會到南師畢生弘揚中華傳統文化，心血沒有白花，正在億萬人心中發酵，不斷發揮著改變時代與歷史的作用。

這裡有必要列舉兩個人，看南師教化的方法與力量。上海斯米克集團董事長李慈雄，在就讀臺灣大學電機系二年級時，感到現代物理學無法解決他心中對宇宙源起的困惑，就去找南師，願在他門下學習，從中國文化中尋求答案。南師看了看他說，你到我這裡聽課要交費的，李說我家境困難，勉強交了大學學費，沒有錢來這裡聽課。南師說，那你可以在我這裡打工。李說我不知能否幹得了？南師說就是打掃廁所、擦地及倒茶待客這些雜事。李高興說這我幹得了。南師問什麼時候開始幹？李說我現在就幹，他當場挽起袖子就做起來。南師微微頷首。

「當時老師很嚴格，會趴在馬桶旁邊看裡面有沒有刷乾淨。我洗刷的玻璃茶杯，他會拿到太陽光底下看，發現杯沿不淨處就要我再去洗。尤其是當我給客人倒茶，不小心灑水到茶杯外，南師當眾不客氣地說：看，這就是台大電機系的學生，茶都不會倒。我常常羞愧難當，下不了臺。」李慈雄今天感慨地對我說。而在幾年前，有次南師向我介紹李慈雄時，也說到同樣的內容。南師說，我當時就想打掉台大學生孤高自大的習氣，磨難磨難他，使他動心忍性，增益其所不能。持續半年的測試，未讓李慈雄打退堂鼓，南師才開始教他第一篇文章《史記．貨殖列傳》。李說他當時想學的是佛學，老師講《貨殖列傳》，開始他感到迷惑不解，「我又不做生意，學這個幹啥？想不到十年後，我在美國斯坦福大學拿了博士學位，到美國電話電報公司工作，一九八七年老師突然叫我離開美國回大陸做生意了。冥冥中老師似乎在幾十年前就規劃了我今天的行止。」說起南師的教導，李慈雄永遠記得，自己在離開美國前往上海的時候，南師語重心長地說，世界上最厲害、最有效的東西就是誠實、信用，你去大陸就帶這個文化理念回去。這也成了斯米克集團在上海大獲成功的祕訣。二十世紀九十年代初，上海《解放日報》曾就「向斯米克學習什麼」專題展開了一場持續一個月的大討論，實際上是傳播了南師的辦企業文化理念。日前，李慈雄說，他遵照南師意見，已在上海浦東新區建造了一座恒南書院，今年八月，南師叮囑他可以做弘揚東西精華文化的事業了。

提起融合東西精華文化，國外有許多專家學者十分仰慕南師，彼得．聖吉就是其中一個突出代表。他是美國麻省理工學院的教授，其專著《第五項修煉》曾轟動西方管理界，被譽為現代管理學大師。中國近年來提倡的「學習型組織」、「學習型社會」的概念，就源自於他。十五年前，他尋找到南師，請教如何進一步提升自己，南師教他堅持每天坐禪一小時，同時介紹《大學》、《中庸》、《管子》三部中國經典讓他修習，說其中包含人類最高的管理哲學和政治哲學，也是個人修養、立身處世的寶典。彼得．聖吉深受啟發，說真正找到了東方文化的老師。十五年來，他每年都來向南師求教，並多次率團隊來聆聽南師授課，也獲得了扎扎實實的收穫與成長。南師辭世後，他特地從美國趕來大學堂，發願要把南師的學問和著述進一步傳到西方去，傳到世界去。他說中國文化對西方乃至全世界是很有幫助的，尤其這個時代和未來，世界充滿了危機，非常需要借鑒中國傳統文化諸多寶貴的思想與經驗。就拿管理學來說，如果只是寄託於規則和利益管理，而不是以各自的內心觀照和修養為立足之本，就不是真正好的管理。他在回國前向我表示，他回國後要立即著手組織翻譯南師近年來的演講內容，包括《二十一世紀初的前言後語》、《原本大學微言》中的重要章節、段落，翻譯成英語等，出版小冊子，儘快送到美、英和歐洲主要國家的精英手中，從高級官員到專家學者，讓他們都能瞭解南師解決當前世界所面臨危機的高度東方智慧。這對世界政治、經濟、文化都會產生重要的影響。從彼得．聖吉身上我深切感到，南師嘔心瀝血的教化，已讓西方大師級專家學者充滿歷史責任感，並實際行動起來，努力傳承南師關懷世界前景和人類未來的文化福音。這的確令人鼓舞！

南師二十六歲發宏誓願，到九十五歲圓寂，七十載春秋，七十年心血，畢生從事弘揚中華歷史文化事業，不求名，不為利，苦口婆心，循循善誘，始終如一地完成了接續中國文化斷層的大願。功莫大焉！德何劭矣！

南師，不愧是當代弘揚中華傳統文化的先驅，不愧是「為天地立心，為生民立命，為往聖繼絕學，為萬世開太平」的一代宗匠！

「知君兩件關心事，世上蒼生架上書」

早在七十多年前，南師才二十歲出頭，四川一位患難知交錢吉先生就贈詩南師說：「俠骨柔情天付予，臨風玉樹立中衢。知君兩件關心事，世上蒼生架上書。」能概括南師一生行誼的，就是關心蒼生、關心文化兩件大事，這位知交可謂有眼力，善識人。南師不忘當年恩德，五十多年後在美國多次派人、託人到四川打聽、尋找老友下落，後來得知老友在變亂中已故多年，南師不禁淚落，並賦詩感歎：「蜀道初登一飯難，唯君母子護安康。肯知蘇季非張儉，不信曾參是項梁。徒使王陵有賢母，奈何維詰學空皇。千金投水淮陰恨，今古酬恩枉斷腸！」

幾十年來，人們評論南師視蒼生如子女，視子女如蒼生，這是南師的真實寫照，也是對友人詩吟最好的回應。如對子女他從無特殊照顧，也與一般學生一樣聽演講讀著作，接受教化。而長期追隨南師的李素美、李傳洪姐弟，接受南師教化，人生道路起了變化，南師待他們如子女一樣。因此，南師終其一生，弘揚文化，有教無類，以出世的精神從事入世的事業，一切的一切，都是為了蒼生。他心中裝的，筆下寫的，講壇講的，禪堂開示的，都是關於蒼生的冷暖、安危、覺迷與福祉。

例如從祖國統一大業來說，南師剛剛由美到港，賈亦斌先生、楊思德先生就代表北京登門拜訪，反復敦請南師出面，協調兩岸和談。為了國家民族大義，為了兩岸蒼生福祉，南師只好出面，協調兩岸會談。一九九〇年底，在兩岸代表第一次會談中，南師即提出建議：「我編一個劇本，你們審查。我建議成立一個中國政經重整振興委員會，包括兩岸兩黨或多黨派人士參加，修改歷來憲章，融合東西新舊百家思想，以及中華文化特色的社會主義的憲法、國號、年號問題，都可以在這個委員會內商量，成為全中國人的國統會。這是上策。中策是大陸劃出從浙江溫州到福建泉州、漳州和廈門一塊地方，臺灣劃出金門、馬祖，兩岸合起來搞一個經濟特區，吸收台港等地百年來的經濟工商經驗，有力出力，有錢出錢，做一個新中國的樣板。最重要的是為國家建立南洋海軍強有力的基地，控制南沙及東沙群島，對東南亞—太平洋海域建立管制權力。下策是只對兩岸經濟、貿易、投資、通與不通的枝節問題商討解決辦法，大家談生意，交換煤炭石油。」

會談結束後，南師分別給兩岸領導人寫了一封信，表達自己及時抽身、樂觀其成的心願。信中說：「我本腐儒，平生惟細觀歷史哲學，多增感歎。綜觀八十年來家國，十萬里地河山，前四十年中，如陰符經言，『人發殺機，天地翻覆』。後四十年來，『天發殺機，移星易宿』。及今時勢，吾輩均已老矣。對此劫運，應有總結經驗，瞻前顧後，作出一個嶄新好榜樣，為歷史劃一時代之特色，永垂法式，則為幸甚！但人智各有異同，見地各有長短，一言興邦，豈能望其必然，只盡人事以聽天命而已。我之一生，只求避世自修，讀書樂道了事，才不足以入世，智不足以應物，活到現在，已算萬幸的多餘。只望國家安定，天下太平，就無遺憾了。目前你們已經接觸，希望能秉此好的開始，即有一好的終結。惟須鬆手放我一馬，不再牽涉進去，或可留此餘年，多讀一些書，寫一些心得報告，留為將來做一點參考就好了。多蒙垂注關愛，寵賜暫領，容圖他日報謝。」

兩岸領導人並未讓南師如願。雙方密使又陸陸續續在南師香港寓所會談了多次。其中，一九九一年春季，在兩岸代表第三次會談中，為打破僵局，爭取機會，南師提出「和平共存，協商統一」八字方針作為備忘錄，建議雙方代表簽署。南師的意思是，簽了，回去雙方領導人認可，就有法律效力；有一方不認可也沒關係，放在口袋裡想用時就可以拿出來用。這看似一句文學語言，但妙就妙在這裡。臺灣代表當時表示馬上可簽字，大陸代表因未有授權，不敢簽字，失去了這次機會。此後，很多情況逐漸變化，雙方雖會談多次而未獲進展。

鑒於此，南師提議大陸方面增加汪道涵和許鳴真（即後任國安部長許永耀的父親）二人為密使，參與會談，提升會談分量，增進會談效果。由此，促成海峽兩岸關係協會成立，汪道涵被江澤民主席委任為會長。一年半後，即一九九二年六月十六日的一次會談，南師親自披掛上陣，為兩岸密使親筆起草《和平共濟協商統一建議書》，一式兩份，交密使分別送達兩岸最高當局。建議書內容如下：「有關兩岸關係未來發展問題，適逢汪道涵先生、楊斯德先生、許鳴真先生等與蘇志誠先生等，先後在此相遇，廣泛暢談討論。鄙人所提基本原則三條認為：雙方即應迅速呈報最高領導批示認可，俾各委派代表詳商實施辦法。如蒙雙方最高領導採納，在近期內應請雙方指定相應專人商談，以期具體。如未蒙批示認可，此議作罷。基本原則三條：一、和平共濟，祥化宿怨；二、同心合作，發展經濟；三、協商國家民族統一大業。具建議人南懷瑾敬書。」此建議書由汪道涵直接送達江澤民等中央領導，獲得肯定。而臺灣方面由於蘇志誠深知李登輝意圖，竟私自將建議書壓下了，終因李登輝沒有回應而失之交臂。從此，南師退出兩岸密使的會談。後來，在汪道涵先生的努力下，本著在南師寓所會談的精神，兩岸密使又另闢管道，分別在珠海、澳門、北京等地密會多次，中共高層曾慶紅先生也介入會談。一九九二年十月二十八日至三十日，以汪道涵為會長的海峽兩岸關係協會與以辜振甫為董事長的海峽兩岸基金會，在香港舉行了成功的會談，雙方達成「兩岸均堅持一個中國的原則，各自以口頭聲明方式表述」的共識，這就是後來所謂的「九二共識」。這個共識一直成為兩岸對話與談判的基礎。一九九三年四月二十七日，備受矚目的第一次「汪辜會談」終於在新加坡正式舉行，共同簽署了四項協議。雖然協議只局限於民間性、經濟性、事務性、功能性的範圍，但它畢竟具有濃厚的歷史象徵意義，標誌著兩岸關係邁出歷史性的重要一步。

一九九五年春節前夕，中共中央總書記、國家主席江澤民就發展兩岸關係，推進祖國和平統一進程問題，發表了著名的八項主張，即「江八點」。汪道涵當即向江主席舉薦南師，並將我當時在一家雜誌上撰寫的介紹南師情況的《奇書、奇人、奇功》一文推薦給江主席參閱。同時，汪道涵又代表江主席邀請南師回大陸，交談臺灣社情與推動兩岸關係方略。兩個多月後，南師到上海探望病危的老友許鳴真先生，其間應邀與汪道涵先生會面，用了四個多小時，向汪闡述臺灣歷史沿革，民心民意所在，臺灣政情黨情社情，強調文化統一領先。

就在兩岸關係渡過危機、處於微妙階段的時候，一九九八年十月中旬，辜振甫先生應邀率領海基會代表團訪問上海和北京，與汪道涵再度聚首，並同江主席進行坦率交談，最後達成汪道涵應邀訪問臺灣等四項共識，使兩岸關係春意初現。恰在一九九八年十月下旬，我應臺灣「中央通訊社」的邀請，率領人民日報社新聞代表團訪問臺灣。汪道涵先生得知此事，殷殷囑咐我專程去拜會辜振甫先生，代他致意，並瞭解臺灣政界對剛達成的汪辜會晤四點共識的反應；同時要我返程途經香港時，前去拜會南師，聽取南師對兩岸關係的高見。到達臺北的第二天，我便拜訪了辜老先生，貫徹了汪先生的意圖。代表團從臺灣訪問歸來途經香港時，我特地去拜見南師，聽取他對汪辜會晤的反應。這是我第一次去南師香港寓所拜訪神交已久的南師。當時他八十一歲高齡，精神矍鑠，稱我為「南書房行走」來了。一語雙關，既說我是中央機關報主持言論的副總編，常跑中南海，又戲稱今天我是到「南懷瑾書房行走來了」。當我代汪先生向他致意，並問起他對汪辜會晤的看法時，南師不假思索，心直口快地說道：「現在兩岸都說好，我看不會有結果。『汪辜』閩南話是『黑鍋』。而李登輝這個人你們都沒有看透。他在執政初期，權力基礎未穩，利用密使會談，緩和兩岸關係，取得大陸對臺灣地位的認可，得以騰出手來將李煥、郝柏村、林洋港等政敵消除掉，鞏固自己權力。現在，李登輝不同了，他會容忍汪道涵去臺灣講統一嗎？」我一回到上海，汪先生馬上會見我，聽我彙報臺灣之行。他特別關注南師的反應，我當時隱諱「黑鍋」之說，只說南師不看好兩岸關係的改善，認為汪訪台機會渺茫，李登輝已經發生變化了。果不其然，南師一語成讖。一九九九年七月李登輝拋出「兩國論」，致使汪先生臺灣之行終成泡影。此後，汪辜兩老，對隔海峽，咫尺天涯，無緣再見，抱憾終身。

所幸汪道涵先生最終見證了國共第三次合作的歷史性場面，二〇〇五年五月他強撐病體在錦江小禮堂會見了來訪的國民黨主席連戰，不久與世長辭。正在閉關中的南師，得知汪道涵先生辭世，遂在關中超度老友，並撰輓聯一副：「海上鴻飛留爪印，域中寒盡望春宵」。

通過共同努力，台海兩岸關係協同破冰，三通恢復了，對話順暢了，寶島自由行的大門打開了，兩岸經貿關係、文化交流擴大了。南師十多年來關注兩岸關係的改善，推動祖國和平統一事業的心血終於沒有白花，他生前所期望的「春宵」已經悄然到來。

兩岸談判的這樁事，只是南師數十年來隨緣所做的無數功德之一。南師在臺灣三十六年，在香港加上回到內地共二十四年，在美三年，其間有機緣能登門拜訪求教於他的各界精英無數，其中當然也包括不少政要。南師心無所求，一視同仁，應機設教，終極都指向一個目標——造福國家民族，造福天下蒼生。

「教育以成功做人為目的」

二〇〇〇年，八十三歲的南師在考察了杭州、上海、蘇州等地以後，來到太湖之濱吳江廟港鎮，眼前赫然開闊，太湖一望無際，水邊林下長堤，正是讀書修行地。南師為之動容，遂決定落腳廟港，建設太湖大學堂。歷經六年建設，大學堂終於在南師八十九歲那一年正式啟用。

十幾年前，南師親歷親為，投資數千萬美元合資建設打通浙西南大通道的金溫鐵路，轟動一時，也開了股份制合資建設國內基礎設施的先河。鐵路通車時，南師作了一首詩：「鐵路已鋪成，心憂意未平。世間須大道，何只羨車行。」南師功成身退，一分利益不沾，把鐵路股份全部「還路於民」。他畢生都在修一條人走的大道。「區區一條人間鐵路算什麼。現在這個地方，我是為了繼續修一條『人道之路』。」二〇〇六年初夏，就在太湖大學堂啟動時，南師如是說。

從臺灣到美國，再到香港，南師一路奔波數十載，在弘揚傳統文化中深感人才的匱乏。而人才成長靠教育，中國百多年來新舊交替的教育，文化分科越分越細，為求職應試而學習、為知識專業而教學，離培養人的品德、心性越來越遠。南師對這一套教育理念、方法很不以為然。

二〇〇六年七月，南師以「禪與生命科學認知科學」為題，在太湖大學堂開辦了為時一周的首期講習班，向來自國內外八十多位學生開講了最新的科學與禪學關係的話題。中國科技大學校長朱清時參加講習班後，深有體會說：「南師的教導讓我找到心的寧靜，使我不為個人得失憂慮，一心去追求我所認為的真理。」朱校長認識南師後，開始探索科學與禪學的關係，提出了「發現現代物理的主流學說，正如釋迦牟尼佛兩千年前所說的」；二〇〇九年他又在世界佛學論壇發表題為「物理學步入禪境」的演講，為此遭到一些人的抨擊。但他堅定地說：「一個徹底的科學家，到了一定程度，都會發現人的認識是有局限的，人類只是生物進化的一個階段。科學家要找辦法突破這種極限，首先必須提高大腦的感知和認識能力。而佛法能讓人在禪定狀態下，安靜地思考。這個狀態下，大腦成了超導體。」許多同學聽了南師的課，都有類似朱校長這樣的啟悟。

數年前，王財貴博士在拜訪南師的時候，談起經典讀誦教育的實驗，南師大加讚賞並進一步做了完善，提倡「中英算一起來」的兒童基礎教育，也即對孩子實行東西方文化融合的經典與科技基礎教育，其內容包含：中文經典（以宋代以前的經典為主，是中國文化的基礎經典）、英文經典（西方文化的基本經典）、珠心算（數學是自然科學的基礎）。其方法是寓教於樂，潛移默化，每天只需抽出二十分鐘時間（時間多了孩子可能反感，而培養興趣是關鍵的），大人帶著孩子一起大聲誦讀東西方經典，這些經典本身有著音韻美，因而誦讀時本身就是一種樂趣。不知不覺間，這些誦讀的內容，耳濡目染，就烙印般儲存在孩子們的心裡。等於給孩子從小儲備了無形的財富，也面向未來，面向世界，為融合東西方文化、融合人文與自然科學，造福人類，做了基礎教育的鋪墊。

南師鼓勵王財貴、李素美、郭姮妟、宏忍尼法師等人，分別到內地推廣這種教育。徐永光、陳越光等人也積極回應推動。逐漸地，兩岸三地多地推廣這種教育之後，無數孩子與家庭受益。但同時，也發現了一個問題：這些孩子，記誦了很多別人不懂的東西，不少人開始驕傲起來，看不起人。甚至很多人以為只要誦讀了經典，就一切都好了，也不需要接受現代教育，孩子會自動懂得做人做事了。也有的每天大段時間給孩子們做這個教育，把孩子們弄得很疲累，產生了反感。

面對兒童經典誦讀活動中出現的種種問題，南師在九十一歲高齡，下決心創辦了吳江太湖國際實驗學校，做小學教育的全面實驗。南師親自指導，李素美、郭姮妟母女具體操持，李傳洪借在臺北辦薇閣學校的經驗予以師資等多方面的贊助。教育所涉及的內容，可用三個「合一」來概括：文武合一、古今合一、中外合一。

二〇〇八年，吳江太湖國際實驗學校第一批招收二十九名學生，吃住學習都在學校。學生們每天六時三十分起床，練習武術半小時；早餐後，誦讀經典，像唱歌一樣，不求理解；午飯後散步，並安排靜定課程，那是按《大學》「知止而後有定，定而後能靜，靜而後能安，安而後能慮，慮而後能得」的原理所安排的修身養性課程，具體有呼吸練習、靜坐、傳統養生操等內容。隨年級升高，還要學會採集食物、烹飪、野營、採中藥、野外自救等生活技能。學校採取「大帶小」的學長制，高年級學生做低年級學生的哥哥姐姐，哥哥帶弟弟，姐姐帶妹妹，同吃同寢，同學間親如手足。還規定孩童不許用手機、電腦，遠離互聯網世界，一心飽讀東西方經典。

根據南師的教育理念，這座國際實驗學校在知識教育的同時，更重視生活教育、生存教育，培養孩童生活自理能力、與人相處能力、生存能力、學習能力、團隊精神、做人做事能力。平日學習，還涉獵東西方禮儀、風俗習慣、中醫藥、生物、傳統武功、現代運動、野外求生、食物製作、科學思維、建築設計、工藝美術書法、詩詞歌賦、戲曲音樂等。這麼多的內容，卻編排得法，寓教於樂，幾年時間讓學生在沒有沉重精神負擔（也沒有考試）情況下，快樂地學習和成長。這個學校，學生由開始的幾十名到現在兩百名。教師則有五十餘人，由臺灣教師、內地教師、外籍教師組成。這些教師很多是南師著作的愛好者，他們盡責盡力，做出了很多犧牲。他們日夜守護著、陪伴著、培養著孩子們。他們不是以職業的心態，而是以事業的心態來做教師的。南師曾多次表示對這些教師們的尊敬和感動。南師還經常親自示範為孩童上課。來拜訪南師的各界精英，有的臨時就給孩子們上一課，增廣了孩子們的閱歷見聞，提高了綜合素質培養效果，為孩子們的人生打下了全面成長的堅實基礎。

有家長擔心這些孩子畢業後，能不能與外面的體制接軌。事實證明，今年首屆二十九名畢業生，絕大多數以優異成績考入外界的理想初中，許多學生以個人優秀的綜合素質，被學校爭相錄取。南師給學生家長們也講了很多次課，談教育的問題與家教的重要。強調教育首重家教，家長是孩子第一個老師，也是一輩子的榜樣，家長的身教言傳，對孩子的薰陶影響至關重要。時下社會把教育完全寄託於學校的傾向，是嚴重錯誤的。江蘇省、蘇州市、吳江市分管教育的領導，都來過這個小學觀察，給予了高度評價。二〇一一年，中央文明辦還請河南、山東、四川等地七個小學的校長，來觀摩學習交流教育經驗。下面我引用山東淄博市一位小學校長的觀感，看一看吳江太湖國際實驗學校給他們留下的難忘印象：

二〇一一年八月四日，我們有幸來到太湖大學堂和吳江太湖國際實驗學校培訓學習，為期四天的學習給我帶來一次次的震撼。

學習感悟：太湖大學堂和吳江太湖國際實驗學校，是由南懷瑾先生主持創辦的教育基地，位於蘇州太湖畔，校區湖光山色、環境幽雅，沒有塑膠跑道，有的只是大片的草地，這裡遠離城市的喧鬧，猶如世外桃源一般，小朋友在天然、舒適的環境中成長與學習。學校將「體驗式教育」與國學經典誦讀有機地結合起來，讓學生在讀經中感受生活，在生活中感悟經典。全新的辦學理念、融洽的師生關係、彬彬有禮的師生、多樣的課堂、中外經典誦讀的做法一次次地衝擊著我的教育觀，我的教育理念在學習中不斷更新，尊重生命的教育才是真正的教育，他們培養的是德才兼備、知書達理、溫文爾雅、體魄健全、心智健康的孩子。

（一）多彩的課程

通過吳江太湖國際實驗學校郭校長的介紹和幾天的觀摩，我瞭解到該校的課程是以學生的需求為基礎設置的，學生需要哪方面的教育，學校就開設相應的課程，課程除了傳授語文、數學、英語、經典等知識外，大多數是培養學生生活的技能，如建造房屋、製作麵點、陶藝、刺繡、中醫、茶道、園藝、鑽木取火、禮儀、武藝、划船、跳水、自製玩具、瑜伽、心靈課程等等。現在的學生不只是知識的匱乏，更多的是生活技能的缺失，自理能力、心理承受能力差，在這方面的培養上，太湖國際學校的做法值得我們學習。

（二）小節之處見文明，細微之處顯真情

走在太湖大學堂的路上，你見到的每一位師生都彬彬有禮，迎面走來他們主動退居一旁問好，等客人通過後再走，即使保安人員都不例外，莫大的校園你見不到一張廢紙、雜物，人與人交談時都溫文爾雅、面帶微笑，用餐時學生先背誦《幼學瓊林》中關於用餐的詩句再用餐，在實踐中讓學生感悟經典，坐立行走也是一樣，包括我們觀摩的中外經典誦讀課、中醫課、科學課、茶道課、靜定課等，都圍繞一個主題將經典與實踐結合起來，讓孩子在體驗中再讀經典。如在中文經典課上教師根據「天人合一」這個主題結合中國節氣「立秋」，讓學生到校園中感受一葉知秋，再回到教室誦讀相關經典。「七夕節」的晚上，學生的活動室內張貼了所有與七夕有關的詩句，教師自編自演為學生再現了牛郎織女的故事，帶領孩子們到室外觀察星象，再齊聲誦讀詩句。在這種氛圍的薰陶下，孩子們對國學及中國傳統文化有濃厚興趣，喜歡學習，能接受新概念，慢慢地改掉陋習走向文明。

太湖大學堂裡，處處都有關愛。我們一同來的一位校長胃不舒服，從到校的第一天一直到離校，學校的校長、老師一直關心他，特別是郭校長的母親李老師每天都根據他的情況給他準備藥，包括我們學習靜定時也不忘問他的狀況。與學校的校長、老師交流這件事情時他們絲毫不例外，大學堂裡這很平常，學校每一位老師和學生的身體狀況他們都非常瞭解，這件小事讓我感受到了大學堂裡師生之間的關愛。

（三）一節戶外活動課帶給我的感動

八月五日下午三點，我們與學堂十一名夏令營小朋友一起參加了跳水、划船的活動，擔任本次活動的教師是來自加拿大的外籍教師，還有幾個協助教師。感動一：只要是對孩子有益的事，必須做，不放棄任何一個孩子。跳水時有一個八歲的小女孩特別害怕，無助地哭了起來，從三米的平臺上跳入太湖，這確實需要很大的勇氣，看著一個個孩子先後跳入湖中她哭得更凶了，如果換做我們可能會怕孩子發生危險讓她放棄這項活動。可是戶外輔導老師先是對孩子耐心疏導、鼓勵她，孩子仍然鼓不起勇氣，最後老師抱著孩子完成了動作，第二次小女孩自己完成了動作，孩子戰勝了自己。感動二：教師的合作意識、向心力、互助意識很強。划船時，每艘船上的教師耐心地教，讓孩子玩好，岸上的教師不是雙手胸前交叉做旁觀者，而是在岸上鼓掌、拍照、加油，幾個教師自發地騎上自行車在岸邊沿著我們的路線，看我們是否安全。這裡沒有校長的命令，每位教師是把它當做自己的功課用心地完成。一個老師的課這麼多老師熱心地協助，在我們的校園是很難看到的。感動三：教師的奉獻精神難能可貴，跳水時，幾位老師一直在水裡負責保護，他們一次次地把孩子送上岸，再回到水中，整個活動持續了兩個多小時，沒有一個教師上岸，他們始終面帶微笑。感動四：教師善於自我反省。每天晚上九點三十分到十一點，學校的老師們都會聚在一起反思自己今天活動的失誤，分享自己的快樂，從失敗中總結經驗更好地指導教學。

二〇一二年六月二十一日晚上，吳江太湖國際實驗學校舉行首屆畢業典禮的前夕，南師作了一小時「臨別贈言」的演講，這是南師生前最後一次演講，對學校實驗教育作了一個很好的總結：

「吳江太湖國際實驗學校，『國際』是個名稱，就是要把國際的文化精華吸收過來。『實驗』什麼？因為不同意這一百多年來的小學大學的教育方法，我們主張文化教育要文的武的合一，要新的舊的合一。實驗的是這個。

「你們學的重點之一就是生活的教育，什麼是生活教育啊？你們都很嬌貴的，嬌養慣了。尤其是父母的觀念錯誤，要想孩子們考好學校，將來出人頭地，換一句話就是家長們把自己一輩子做不到的願望，交給孩子身上去負擔，害了孩子們，這是我最反對的。你們到這裡以後呢，不同嘍！生活在一起，學會了怎麼樣吃飯，怎麼樣拿碗，怎麼樣拿筷子，怎麼樣吃菜，怎麼樣睡覺，怎麼樣自己洗衣服，怎麼晾好衣服，怎麼樣鋪被子，怎麼蓋被子，怎麼與人相處，怎麼處理事……聽說你們很晚了還有老師在旁邊陪你們睡，指導你們，這個是生活的教育，是教育的基本。你只學會作詩，會寫字，你功課怎麼好，我都不在乎你們。因為那個容易啊！但生活的教育難，可是你們做到了。這次到臺灣，臺灣的大人們，社會上的人們，對你們印象非常好，大家很欽佩。

「不要以為拿什麼大學的文憑，有個博士學位的，那並不能算成功。你們要曉得，教育的目的是成功做一個人！你們把這些年的基本生活教育的精神帶到社會上，我可以斷定你們將來是頂天立地的人，與眾不同。只說哪個程度好一點，哪個會作詩、寫字，那當然是生活的技術，不是生活的本質。生活的本質一句話：做人。你們這樣出去做人，一定可以影響社會。千萬要記住我今天的話，你們不但是吳江太湖國際實驗學校畢業這一條資格，你還有一條資格，很難的，你說我當年還只有十一二歲六年級畢業，我那個南老頭子九十五歲親自給我講過話，這個資格別人買不到的，只有你們有。記住不要給老頭子丟人哦！

「我今天對你們臨別贈言，記住，你們將來是不是念名校，有沒有拿到碩士、博士，那都是虛的。怎麼做一個完整的了不起的人，怎麼做一番事業，對社會有貢獻，才是你們的目標，千萬要記住！」

誰也想不到，這「臨別贈言」，竟成了南師對吳江太湖國際實驗學校師生們極為珍貴的永別贈言啊！

「事師如師在，道業永相續」

南師祭奠告別儀式的那天晚上，師從南師多年的趙博士一再叮囑我，要我在代表南師中外學生致辭時，一定要把「事師如師在，道業永相續」這層意思表達出來。我很理解也很珍惜趙博士這種心情，這也是我們所有學生在告別南師時的共同心願。

談到大家最關心的傳承問題，陪同南師度過人生最後八年多的馬宏達先生說出了自己的看法：老師的學問是儒釋道三家、諸子百家都通的，不限於任何一家。我們暫且借用佛家來說，釋迦牟尼佛走了以後，最重要的是什麼東西？我認為是佛經，就是經典，他一輩子智慧的結晶核心在於經典。他走後由五百羅漢來結集，然後留傳到後世。雖說佛像、寺廟、出家人或者在家的居士，也是重點，但是沒有那麼重要，一切都圍繞著經典。其實老師比釋迦牟尼幸運，因為他在世的時候，自己可以主導，出版自己的講課記錄或者自寫的書。在老師走前，他的著述大部分已經結集出版完成了，只有一兩本他要出的書尚未出版，而尚未出版的這一兩本書，他已經親自審查完稿了，即將出版。其中一本講《中庸》的，他早已親自寫好稿子，準備放在最後出版的。這是比釋迦牟尼佛幸運的地方，同時也可以說是南師高明的地方。因為提前結集了，而且經過他本人的認可，認定過了。佛經後來的結集，有好幾次，爭議很多，因為佛陀不在場，無法給予最權威的認定。這是講傳承的核心在經典著作，這是最重要的。

同時，對老師的課、老師的書，同樣適用「四依四不依原則」，也即「依法不依人，依義不依語，依智不依識，依了義不依不了義」。其實讀任何書或文章、聽任何人講話或講課，都適用這個原則。這才是智慧之學，否則要麼變為盲從與迷信，要麼糾纏於細枝末節而不見全體。

馬宏達先生還談到，老師在世時，就有人當面提出來說，南門以後要如何發揚光大，南門弟子要如何傳承老師的學問。南師當場表示反對這些觀念。他一直強調，道是天下的公道。他一生的學問，是來自於讀古今中外一切經典書籍，以及他一生的經歷，跟一切人從一切事中學到的東西，所以才能如此淵博，而且不困在書生氣上。如果困在門戶門派之見，那就太有限了。所以他數十年來弘揚文化，從不以自己是袁太老師門下大弟子或維摩精舍的名義來招搖。他還引用過「佛教徒是釋迦牟尼佛的罪人，道士是老莊的罪人，儒生是孔孟的罪人」，認為一旦設立了門戶，學生們一代代傳承下去，難免把自己的意思加在前人身上，或把前人神話、偶像化，難免曲解、誤解、歪曲、誤導，直至失敗。

再說，歷史上諸子百家的任何一個大家，自己說過要開一個宗派嗎？孔子說過「我是儒家」嗎？老子說過「我是道家」嗎？都沒有。那是後人加上去的。所有的聖賢，他們都是海納百川，沒有門戶之見，所謂「君子不器」，沒有邊界的，這樣才能成其大。老師也沒有什麼「南門」、「南學」等觀念，這些觀念都太狹隘了。真正的聖人，他的胸懷，他的學問，是沒有邊際的，沒有設定門戶，也沒有設定學生和非學生的界限。天下人願意讀他的書的，願意接受他教化的，都是他的學生。他說一個人如果不尊師重道，那是混蛋。可是如果把自己當做老師，那是自己昏了頭。聽到有人在外面以他的學生、弟子為名招搖，老師反復講他沒有一個學生。聽到有人在外聲稱是他的關門弟子，他聽了笑說自己從未開過門，何來關門弟子？老師對學生定的標準非常之高，可以說無人能及。同時老師也非常謙虛，與大家都是朋友，他永遠不居於師位，而是永遠處於學人之位，向一切人學習，也聲明不要把他和他的學問當做標準。他說誰有心得，誰心裡清楚，不必搞形式上的師生這一套，這些俗套後患不少。

我很贊同馬宏達先生傳達的南師這些看法。真心誠意要向南師學習的人，最好是誠誠懇懇效法南師「君子不器」、「自強不息」、「無我利他」的精神，認認真真學習領會南師的著作經典，切切實實按照南師的精神和品格去踐行修煉，老老實實遵照南師的教導做人做事！

當越來越多的人、一代又一代的人不中斷點亮自己的心燈，共同努力修築著、維護著「人間大道」，我們仿佛看到南師那如中秋明月般飽含慈悲的微笑……

最後，我用一副輓聯作為本文的結束：

世外高士　儒釋道　禪淨密　宏深誓願　聖績遠播　救度無邊眾生　堪稱當代維摩；

域中奇人　軍政經　教科文　篳路藍縷　甚多建樹　造福中華子孫　史載功業千秋。

南懷瑾致力的事業：重續中國文化之根
——彼得·聖吉談南懷瑾先生

鍾國興

中國文化大師南懷瑾已經駕鶴西去。為了悼念南先生，他的學生彼得·聖吉專程來華，表示要繼續南先生未竟的事業。究竟是什麼讓這東西方兩位大師結為師生之緣？這位拜師十五年之久的學生向老師學到了什麼？他的收穫對我們有何啟迪？請看彼得·聖吉的老朋友、中央黨校報刊社常務副總編輯鍾國興和他的再次對話。

為什麼做南懷瑾的學生

鍾國興：去年您和我說過，今年約我一起去拜訪南懷瑾先生，我一直想著這件事。沒想到南先生忽然離我們而去，這讓我感到非常遺憾。您作為一個外國的學習型組織宣導者，是因為什麼機緣認識南先生這個國學大師的？

彼得．聖吉：我和南先生是一九九五年在香港，通過一位臺灣的朋友介紹相識，這位臺灣的朋友是系統動力學的教授。一九九七年我參加了南先生的靜思活動，這是一次非常特殊的活動，因為在南先生那裡這是第一次通過翻譯來展開的靜思。記得當時有人不理解，問南先生為什麼要專門為我增加翻譯環節，南先生說：「因為我上輩子欠他的。」

鍾國興：老先生智慧而且幽默。您和南先生的師生關係以及深厚的情誼從此建立起來了，記得您說過每年都和南先生見面，這讓許多人都「羡慕嫉妒恨」啊。您被稱為「學習型組織理論之父」，而且被美國《商業週刊》評為「有史以來世界十大管理大師」之一，從名聲來說比南先生還輝煌，從影響力來說比南先生還大。那麼您對南先生為什麼那麼尊敬，甘當他的學生？

彼得．聖吉：一九九七年六月我和南先生展開了第一次深度交流，開始認識他的很多學生。他的學生是非常多元化的，來自社會各界，他們都是真正的實踐者。我欣賞南先生的原因，在於南先生對中國儒釋道研究非常深厚，對這個世界的事情瞭解很深。我和南先生的談話，奇妙之處在於，我們所交流的不同話題是隨意流動的。在這個過程中，你會發現，我們既是和深刻的傳統思想，又是和當下一切聯繫得非常緊密。其實，我和他的交往，最重要的原因就在於，南先生對於人類的發展與成長深度關注，以及他的思考與當下世界緊密聯繫。從一九九七年的靜思活動開始，我基本上每年至少要見南先生一次。在過去的七八年裡，我每年要見他兩次。我們之間通過信件也有來往，我也會寫一些報告心得，他也會回覆我。他在香港的時候，我去過，後來他搬到上海，我就去上海拜訪他。在上海的時候，我們就開始了太湖大學堂的籌畫，我也去過當時的場地，參與了設計。

鍾國興：在對人類命運的深度關懷和對當下世界的關注上，您和南先生是非常一致的。除此之外，您成為他的學生還有別的原因嗎？

彼得．聖吉：其實我找到南老師不是偶然的，我最初開始修禪是在上大學的時候。我是在洛杉磯長大的，我在那兒最好的朋友是日本人，所以我和東方文化文明的接觸有很長很長的時間了。東方文明的印度、中國、日本等，我覺得這些文明是相通的、相互依賴的。我一開始對生意、對商業組織感興趣，原因就是商業組織非常關鍵的就是思考相互間依賴的關係和生存的動力。

我們再回頭去看我的這段經歷，那就是讓我在看我最感興趣的問題時看得清楚了很多。為什麼人類那麼困惑？真要從根本上解決這些困惑的話，什麼樣的事情必須發生？這些更深層的、更本源的問題，是如何在我們社會的其他組織裡反映和暴露出來的，比如企業組織、教育組織？

我們現在再去看南老師的著作，他的早期著作其實很艱深，不太容易讀懂，因為這些都是從他過去三十年的修煉中形成的。但是隨著時間的演進，他最近十年和十五年的寫作，更多的是和儒家、和孔子相結合。我想他是試圖通過這種努力來告訴中國人，儒家學說本身就是一個修煉，它不僅僅是關於制度規則行為的內容，它本身就是一個修煉。同時也告訴大家，一個社會的不同組織究竟應該是什麼樣子的，應該是如何組成的，這包括商業組織、教育組織，還有其他組織。

尋求解決心靈問題之道

鍾國興：我知道您的漢語水準是只會說「謝謝」和「再見」，但是我知道您在南先生的影響下對東方文化有了很深的理解。

彼得．聖吉：中國文化讓我覺得最神奇的地方，比如說道家的學說，道家是講人和自然的關係，是講人和自然的能量；還有佛教的這種根本之討論，人的覺悟；在這兩個學說中間，還有一個儒家的學說，探討的就是我們如何去生活。所以在討論太湖這個地方應該叫什麼的時候，大家有各種各樣的想法，很多人說應該把它建成南懷瑾中心，南老師說不行。最後把它叫做大學堂，實際上就是想昭示他的一個想法。他的工作最重要的一個地方也在於此，就是把儒釋道如何融合起來，最終探討的是我們如何生活。所以很顯然，對於我來說，在整個世界裡，沒有人能像南老師那樣成為我的老師。我在這個世界上可以找到很多與宗教相關的大師，但是他們都不會有南老師這樣對當代世界有這麼深度的聯繫。我可以在商業界找到很多在管理方面很有研究的人，但是他們對於人類、對於人的意識也沒有這麼深入的理解。

鍾國興：中國的文化中，儒釋道都有終極關懷精神，但是側重點不同，把它們打通，讓它們融合，在現代社會中進行解讀，從而在深層次上影響人心和社會，這是一項令人崇敬的事業。

彼得．聖吉：我剛才講的，是從我的體會來說的。如果超越我的角度去想這個事，我的感覺是這個世界必須在人的意識上有深層的變化，這個世界才能產生變化，但同時，這個世界的不同組織機構也必須發生變化。這兩個系統必須同時變化，光是意識的變化是不夠的。比如管理商業組織，就像我在《第五項修煉》裡面講的，組織處於現在的行為，就是因為我們每個人是現在的這樣一個行為狀態。有很多很多書都講了如何提升管理的效率和效益，但是這些書和研究很少涉及我們如何產生真正的意識的角度。這就是為什麼沒有什麼真正的變化產生。我們僅僅是效率上的提高，我們有一些新的改善的方法，但是從來都沒有真正接觸到這種變化的核心。南老師曾經和我說過，中國沒有企業家。

鍾國興：他老人家為什麼說中國沒有企業家？我們社會上可以把搞企業的都叫做企業家啊！

彼得．聖吉：我就問他，您這麼說是什麼意思？中國應該有上百萬的企業家啊。他說，不是這樣的，那些人只是希望掙很多錢的人。在中國的傳統文明裡，企業家是要去改善社會。當然我們可以寫好多書去探討，怎麼去提高效率，怎麼去融資，怎麼去把企業管理好，但是如果我們不談做企業的本意，不談做企業的精神，什麼都不會改變。

鍾國興：說得太對了，不管是什麼家，都要有擔當，沒有擔當只是一個層次較低的人，而不是「家」，更說不上是「大家」。

彼得．聖吉：我們有這樣的習慣，看這個世界總是把它看成是一大堆分散和分類的個人。今天我們在做 IDEALS 項目最終總結的時候，有三十多位在場，裡面有市長，有其他政府官員，還有一些企業的領導者，他們都說這個項目最重要的就是大家一起營造出來的氣氛。當中有很多人說，我們互相都是老師。他們很多都問了很多很深的個人的問題，很多人都說他們在其他的場合和其他做生意的人都不會談這些問題，因為這些問題都很個人，都很深。在這裡面，大家都注意到了一種精神上的變化。當然在過去的四五個月裡面，他們也做過這樣的靜思，但是IDEALS專案的目的是挑戰他們作為企業領導和領導者的能力。這個部分一直就是我們工作的核心，就是人們從內心當中產生變化，然後在他們的日常工作當中產生變化。

怎樣成為一個好的領導者

鍾國興：要營造一種「場」或者一種氛圍，首先要改變心靈，特別是改變自己的內心世界。這讓我想起我們黨內經常說的一句話：在改造客觀世界的同時，必須改造主觀世界。

彼得．聖吉：這也是南老師曾經說過好多次的話：你要想成為一個領導人，你首先要是一個人。如果說我從南老師那裡得到什麼，在管理上得到什麼，那就是如果你想成為一個企業的領導，你就要完全地、徹底地、毫不猶豫地關注你作為一個人的成長。要做到這一點，你必須把你的修煉和你每天的工作緊密聯繫在一起，每天都聯繫起來，不管是學校、企業還是政府，這是件非常艱難的事情。所以大家會問，如何把這些聯繫在一起呢？其實在討論當中，他們已經給出了很多這樣的問題，就是如何把他們自己內心產生的這種變化真正和他們每天的工作聯繫在一起。他們討論如何在工作中能用一種更深層次的欣賞去傾聽，他們說到開始學會欣賞和感謝周圍的人，特別是他們的員工。這就是我從南老師那裡學的第一件事，做管理這件事就是教化自己的實踐。當你是一個老師，或者其他的管理人員的時候，你對別人的生活有著巨大的影響。你意識到這一點了嗎？大多數人沒有意識到。大家都把注意力放在做事上，放在新產品上，放在需要教的課程上，忘記了實際上他們是在跟人打交道，尤其是他們忘記了如果從人的角度出發去做這件事，可以產生非常積極和良好的影響。你可以把它說成管理上的精神，我覺得這個就是儒家學說的核心。

鍾國興：這是我聽到的一個學習型組織專家對儒家學說的解讀，您的解讀應該對於中國的企業家和領導幹部有獨到的啟示。看來東西方文化的結合和融會太有必要了。

彼得．聖吉：是的。在我和南老師的關係當中另外一個很重要的方面，就是這個世界。我在這些年中總是追問他關於中國的傳統文化，中國的事情。他會跟我說，你的工作不是中國，你的工作是這個世界。我在有的地方看到，他在二十世紀七十年代寫到，中西方的交往如何去改善文化之間的彼此欣賞。我一直覺得他的工作有兩個最基本的方面，首先他的工作是和中國有關。上周他的學生宏達講到為什麼南老師是一個在中國歷史上非常重要的人物，他談到南老師寫了很多很多書，而且很多很多人可以讀到這些書。南老師在做這些事的時候，正好是中國文化的根被切斷的時候，我想這就是南老師工作的目的，讓中國的文化重新能夠生根。

重續中國文化之根

鍾國興：讓中國文化重新生根，聽到這句話以後，讓我的心底裡有一種震撼。特別是從一個外國朋友的口中說出，對不起，我的眼睛有些濕潤了。您接著講。

彼得·聖吉：在過去兩百年當中，中國在文化根源上面臨三個挑戰：第一個挑戰就是西方列強對於中國的入侵，使中國變成了一個殖民地的國家。在所有的地方，一個殖民地國家最嚴重的事情就是使殖民地的人民覺得自己是劣等人。第二個挑戰就是二戰結束之後二三十年的時間，為了徹底消滅中國階級的差別，徹底破壞了中國的文化。第三個挑戰，我認為對中國的根威脅最大，就是今天，是消費主義，是全球的現代化。這樣的過程就是建立在人們對於物質享樂的追求上。我看到南老師工作的目的，就是想幫助人們保留、保護中國文化的根，然後重新建立這個根，尤其是面對正在進行和發生的這個威脅的情況下。

鍾國興：重新建根，何其重要，又談何容易啊！對於中國來說，要怎麼來做呢？

彼得·聖吉：我們剛才說的重新建立根，這樣一個過程需要在全球社會的這樣一個環境中進行，這也是南老師努力的一個重要方面。我個人的觀點是，對於中國來說，首要的問題是，我們對世界的貢獻是什麼，我們如何能夠對所有的人類生命，包括地球上所有的生命作出最大的貢獻。我和您也討論過這個問題，從鄧小平時代開始，大家關注的地方就是我們怎麼可以做出點東西來，我們怎麼進入世貿組織，我們怎麼能夠成為經濟和政治上強大的國家，這些事情已經一直在做了。現在的問題是，我們和我們的文化如何能夠為全世界作出貢獻。當然這不是要讓全世界的人都變成儒教的信仰者，而是從我們的文化出發，從儒教、道教、佛教出發，如何能夠讓全世界的人都有更好的生活。所以為什麼南老師會收我這個外國人做學生，我想他就是覺得他的努力不僅僅和中國有關，也是和世界有關。

鍾國興：「我們的文化」，從您的表達方式上可以感受到對中國文化的認同和感情。這讓我們為中國文化感到自豪，也讓我們對中國文化的深層魅力體悟不夠而感到慚愧。您接著談南老師努力做的事情。

彼得．聖吉：南老師還有一個很重要的感興趣、研究的方向，大家其實不太關注，是科學。奧托先生在一九九九年的時候因為他做了一次訪華。他問南老師說，我們是不是處在一個新的精神時代的開始？南老師說，是這樣的，但是這個新的精神時代和過去的精神時代不同，因為它會是一種融合，是過去的傳統精神與科學的融合。因為在二十世紀的科學裡面有很多很重要的洞察，其實到了今天還沒有被充分地瞭解。更加神祕的其實就是我們的生命，宇宙中最偉大的能量就是生命的能量，生命的能量也就是中國傳統文化當中說的「氣」。南老師曾經跟我談到過，他認為這個世界上所有的不同能量的形式，動力的、重力的、電磁力的，強相互作用、弱相互作用，所有的這些都是物理的，都是有限的，宇宙中真正無限的能量形式就是生命的能量形式。他也談到，當人類真正理解了生命的能量，人類本身就會發生變化。

鍾國興：因為您的時間安排，我們必須結束了。能否簡單地對您所講的做個總結？

彼得．聖吉：好。南老師讓我們看到應該共同去關注的，是人的發展、人的成長和人的淨化，再有就是我們當代的世界，人的意識與物理世界的融合，人的心與世界的重新融合。

南老師的大智慧與奇特機緣
——朱清時談南懷瑾先生

王國平

朱清時：我先給你看這把扇子，這上面寫的是：「一日清閒自在仙，六神和合報平安；丹田有寶休尋道，對境無心莫問禪。」這是我去峨眉山之前劉正成寫的，背面是劉正興畫的峨眉山。

王國平：這種情況很少見，兩兄弟，一個寫字，一個畫畫，都是大家，而且書畫合璧，非常難得，值得珍藏。朱校長，我想先請您談一下您的學術背景。

朱清時：我在大學時期是學核子物理的，一九六八年被分到青海山川機床鑄造廠當工人，當了五年工人之後，在青海的一個研究所工作。那個研究所是搞化學的，從此以後，我就變成了一個化學家。「文化大革命」期間，胡耀邦他們組織中科院一些重大課題追趕世界先進科技動向的時候，全國的科研院所大多癱瘓了，但青海的還活躍著，所以一九七四年我們就開始做重大科技專案，一年後，我做了這個項目的負責人。改革開放之前的一九七七年，決定了第一批送我出國。一九七八年我在浙江大學學習英語，一九七九年去了美國，回國後在大連化學物理研究所工作，一九九一年當選為院士，當時還叫學部委員。一九九四年調到中國科技大學，一九九六年開始當副校長，一九九八年開始當校長。我現在在南方科技大學當校長。

王國平：作為一個搞化學、物理研究的科學家，你是什麼時候開始接受傳統文化薰陶和訓練的？

朱清時：很小的時候，我就開始接受傳統文化了。我父親朱穆雍是華西協和大學畢業的，學社會學的。我父親那個時候學的社會學，新中國成立後被認為是偽科學，所以後來被分配到財政局當會計，他一生都沒有搞過社會學。有一次，我拿一本《中國名人大辭典》給他看，裡面有很多人是他的同學，他非常感慨。他主要是錯過了一次好的機會。華西協和大學是教會學校，準備安排他們班七個人去美國留學，但那時我母親已經生了我兩個哥哥，家裡不希望他出國，就到處活動，幫他在省財政局謀了一個職務。新中國成立後，他就變成了國民黨政府工作人員，不再被當做知識分子，這是一步錯棋。但是他一生非常喜歡文學，喜歡中國傳統文化，所以我從他那裡受到了感染。儘管我學理工科，但是我內心深處一樣熱愛中國的傳統文化。這是我人文科學的背景。

王國平：你第一次接觸南老師的作品是什麼時候？

朱清時：我第一次見到南老師是二〇〇四年。我以前沒有接觸過他的作品。我一直在搞理工科，到我當中科大校長時，內心起了一種願望，就是認為中國社會需要一種信仰來支撐。我看現在的學生和我們那時不一樣，跟過去我們當學生時的狀態不一樣。我們讀書的時候，心中有一種信仰在支撐著，所以自己的個人修養很容易被教育和提升。現在的學生很難了，主要是因為他們沒有信仰支撐。那個時候，我對佛學有一種尊重，覺得佛學不管怎麼樣，它教人行善，它教人畏懼因果，對社會是一件好事。我自己是一個自然科學家，我很想把現代自然科學發展的各種成果與佛學當初預言的自然界的各種情況聯繫起來，做一個對比。有人給我介紹說，南老師可能不僅是中國傳統文化，而且是佛學最高水準的代表，那個時候我還沒有真正讀過南老師的書。二〇〇四年，我就去上海拜訪南老師了。

王國平：當時是誰陪你去的？

朱清時：是中科大的一個教授，他跟南老師很熟悉。從那次見了南老師之後，我突然就發現，我們社會中還有這樣一個人，他對古今的瞭解可以說沒有人可比，沒有人可及，他的智慧從我們這一代人來看，只能仰視，他隨口而出的詩詞和佛學的偈頌，對我們來講，都是高深莫測的。自從這次見面以後，我心中就有一個願望，像這樣一個智慧的老人，已經再也找不出第二個了，見一次就少一次，我不能失去這個機會。所以從那一年開始，我一有機會就到他這裡來。

二〇〇四年七月下旬，我應他的邀請，以中科大和太湖大學堂（籌）的名義聯合舉辦了一次認知科學與生命科學的研討會。在太湖邊的一個酒店裡，為期十天，圍繞認知科學與生命科學，結合傳統文化和現代科學做了研討，這次課程有錄影在。那次研討會，讓我發現了南老師的另一面，其實他這個人啊，是非常尊重科學的。他對佛學瞭解很深，始終相信科學和佛學是一回事，因為佛學跟科學都在解釋宇宙，只不過用不同的方法而已。他認為佛陀釋迦牟尼講經的時候，是設法用當時科學的最高成就來講的，《楞嚴大義今釋》

等都用了當時最高的科學成就。他相信，如果佛陀生在當代，一定會用當代最高自然科學成就來重新講經。他一直這樣看。

這次研討會，把我與南老師、太湖大學堂緊緊聯繫在一起。我發現了我人生的一個目標，就是把自然科學和佛學深奧的道理加以比較，看看中間有多少地方能夠有聯繫。我們共同的願望是，希望參考佛學等傳統文化，開闢自然科學研究的思路與方法。同時，用自然科學去解釋佛學的道理，啟迪大家的思維與反思。這樣呢，能夠便於把佛學的真實道理重新在社會上普及。現在社會信仰佛學實際上很畸形，所謂的求神問佛，就是自己買很多香，堆很多錢，去賄賂佛菩薩，功利心太強了。在那之後，我到這裡來，南老師多次講經，講過《成唯識論》、《楞伽經》，這是最接近自然科學的了。他還講過《楞嚴經》、《達摩禪經》，這都是我自己親耳聽過的。他還講過好些，我沒有長時間在這裡，錯過了。他講的整理出了一部分，但大多數還沒有整理出來。

那個時候，南老師風采迷人。他這個人精力充沛，記憶力非常好，每次說是一講兩個小時，實際上都延長到三個小時，而且有的時候他是上午、下午、晚上接著講，隨口就背誦出很多詩詞歌賦和偈頌，這讓很多年輕人吃驚。

王國平：對啊，我第一次見南老師的時候，他說朱清時的名字就是從一首詩中來的。他隨口就背出了杜牧的那首《將赴吳興登樂游原一絕》：「清時有味是無能，閑愛孤雲靜愛僧。欲把一麾江海去，樂游原上望昭陵。」

朱清時：我第一次來的時候，他聽到我的名字就跟我講起了這首詩。在我一生遇到的人當中，他是能夠如此的唯一一人。我自己當然知道我的名字是怎麼來的，我父親告訴過我，此外沒有人知道「清時」有什麼典故，唯有南老，第一次聽到我的名字就想起了這首詩，還馬上就說出來了。這兩年，他勞累過度，操心太多，身體變差了，尤其眼睛不太好。這幾天，你看我都不怎麼打擾他。

王國平：能有機會經常聽南老師講課，你是非常榮幸的。

朱清時：對，我很慶幸。過去十年，我抓住了機會，可惜沒機會能夠每一次講課都聽到。在從跟他接觸的中間，我受到了很多感染和影響，特別是關於佛學，我這十年比過去進步了不知多少。我現在比較清楚，佛學確實如南老師說的，當初是當做一門科學來研究的。佛學研究不是用近現代自然科學的方法，近現代自然科學的方法是培根他們開始的，是用實驗來驗證真理。也就是說，任何真理必須通過實驗來驗證，這個實驗不管誰來做，只要程式一樣都會做出一樣的結果。然後再加上亞里斯多德開始的形式邏輯和推理，這兩者結合起來，就是現代科學的注釋。但是佛學不是這樣，佛學沒有用外部實驗的方法，用的是心身內在實證的方法，是每個人靠自己的感悟和直覺去證明。直覺這個東西啊，實際上是人類認知世界的另一種方法，是很有效的。只不過現代人的直覺越來越少，因為依賴外在的東西太多，雜念和欲望太多。就像大家都過分依賴電腦和算盤一樣，心算能力越來越差。

王國平：中國過去幾千年都很依賴直覺。

朱清時：都靠直覺。在釋迦牟尼那個時代，人的直覺一定比現在人強得多，就像我年輕時候的心算能力比現在年輕人強得多一樣。那個時候沒有電腦，所以你要算什麼東西，包括很大位元數字的乘法，都要靠心算。現在連一位元數的乘法都要電腦，所以大家心算能力都退化了。

同樣道理，現在啊，因為科學的發展，大家都借助實驗來驗證東西，很少再用直覺的方法了。還有，直覺是靠內心很強的感悟能力來認識事物的。直覺的方法要想運用好，人一定要很安靜，使你的內心沒有噪音。大腦是思維借助的一個工具，如同存儲資料的硬碟之一。它就像一個超導體，導體電阻變為零的時候，大腦的電場特別強，一點很小的信號都可以捕捉住。所以，我相信，在釋迦牟尼時代，他們的心與大腦極為安靜，就像我們看到的超導體一樣，所以能夠捕捉到很多我們現在看來高深莫測、神妙難以理解的現象。比如他們認為宇宙是怎麼產生的，人是怎麼產生的，各種唯識的理論，都是靠直覺和心身實證得出來的。南老師是對的，釋迦牟尼和他的弟子們研究佛學，是當做科學一樣來研究的，他們追求的是宇宙和人生的真理。

非常有意思的是，我們現在用自然科學的最高成就認識到的宇宙，可以和釋迦牟尼佛經中他們所認識到的宇宙做一種比較。我這十年，在廟港，在南老師身邊，請教他的問題基本上都是圍繞這個。我這一生，發表過的研究論文有三百篇以上，只有一篇文章影響最大，就是《物理學步入禪境》，以至於國外有些人認為我是佛教徒。看到我在創辦南方科技大學過程中遇到的種種艱難險阻，南老師由開始的支援逐漸變為反對，他希望我集中精力寫科普文章，可以更廣泛地影響社會，培養普羅大眾的科學素養，在民間撒下科學研究的種子。我想等我把南科大的工作做完，會努力完成我人生中的這最後一個使命：寫科普文章。我不會牽強附會地去比較，而是把自然科學的最新成就原汁原味地寫清楚，凡是有文化的人都能看懂，也可以把佛學所講的宇宙和現實世界做一些對比。

王國平：我想，你可能與季羨林、任繼愈等大師也有些交往，我想聽聽你對他們的看法。

朱清時：這麼說吧，現在南老師對佛學和佛經的理解，國內找不到任何人可以與他相比。比如我以前跟他學過《成唯識論》，現在我正在讀《瑜伽師地論》，這兩部經書都是玄奘法師主持翻譯或總結的。《成唯識論》是玄奘法師彙集總結印度唯識十大論師觀點的著作，用的是唐代語言，而且玄奘法師是直譯的，唐代的人看起來已經很吃力，現代人就更吃力啦。可是南老師會給你講得深入淺出。再比如，有很多佛經用的都是唐代的語言，現代人如果望文生義的話，就完全搞錯了。比如《楞嚴經》中的「覺海性澄圓，圓澄覺元妙」，其中「元妙」兩個字，很多人看到「元」，就以為是元始的、元創的、元初的、元本的意思，南老師就講當時是為了避諱唐玄宗名字中的玄，而將「玄妙」的「玄」改成「元」。一說玄妙，大家就都知道了。

王國平：南老師是大智慧。

朱清時：對，這種事情誰知道？只有南老師的大智慧，結合現代的知識來深入淺出地闡釋經文，人們才可以理解。我還可以舉很多例子。我相信，近代很少有人能夠像他這樣對佛經有如此深刻的理解。

王國平：其實，南老師的學問遠不止於佛學，儒、釋、道三家學問在他身上真正實現了融會貫通。

朱清時：釋、儒、道。他最重要的著作是《論語別裁》，大家對《論語》理解得比較多，只不過南老師是站在一個更高的高度來理解它。理解佛經的人就很少了。他給我們講《達摩禪經》，也是這樣。那是晉代的語言，都是五字一句的偈頌，一般的人，特別是沒有修證過的人很難理解，我相信中國找不出第二個人能把這個經理解得這麼深刻，所以我做了很多的筆記，我想的是再也沒有人可以解釋得這麼好。你也知道，現在中國的佛教界也比較亂，所以我有一個發願，就是把四川佛教界的青年領袖們請一些來，在南老師這裡得到一些感染，至少得到和我一樣的感受，知道佛經難在什麼地方，知道應該從哪裡入門去學習。結果我只把宗性法師請過來了，還有好幾個我都請過，結果都是這個事、那個事，沒有來。你也知道，到這裡來，也不容易，所以都沒有成行。以至於我這次到峨眉山去，見了他們的文物局長、博物館長，他們都知道我的努力，知道我在峨眉山、樂山等大寺院請他們的主持來南老這裡，都沒有來，他們也覺得不好意思。

王國平：他們錯過了這種千載難逢的機緣啊！

朱清時：對，他們沒有意識到這個事情的重要性，他們現在完全能對付，因為現在的佛家都停留在表面，大家都是拜拜佛，說兩句偈子，信眾就對他們很佩服了。現在有誰能夠把一部經講透講到底啊？很少了，沒有人能及了。造就南老師這樣的高度有幾個原因：第一，他本人天賦很高，很年輕的時候，智力就很高，在溫州地區是很有名的神童。第二，他十八九歲就入川，當時全國文化界人士都在四川避難，所以用他的話說，本來他只能仰視的人，現在都可以做朋友了。他從他們那裡學到了很多，而且，也有很多條件，比如這些人帶來了很多經書和資料，很多人一輩子都沒有這種機緣。所以，這都是天造就的。第三，他在四川很快就厭倦了當官，他曾經做過少將參議，中央軍校政治教官。

他在當政治教官之前，有一段歷史很重要。那就是他在涼山屯邊墾荒的歷史，相當精彩。他一九三七年入川後，曾經受餓，沒有飯吃。當時他住在一個廟子裡，廟裡的和尚是彭州人，出家前很有才，和地主的女兒戀愛了，可是受到家庭的阻撓，後來兩個人就私奔，不久就被地主家的人抓回去了，抓回以後，女的被活埋了。他痛不欲生，既想復仇，又想自殺，都沒有成功，後來經人勸說，就拋棄紅塵出家了。出家之後，他的母親跟著他，服侍他。南老師寄住在廟裡，這個母親既服侍兒子，也做飯給南老師吃，所以南老師一直很感謝這對母子。後來，大陸開放以後，南老師要報答恩人，首先要找的就是這兩人，但一直沒有找到，這是南老師刻骨銘心的事情。

還有呢！南老師在到中央軍校之前，曾經在大小涼山地區領導一個「大小涼山墾殖公司」，他自任總經理兼自衛團總指揮，也就是司令官。這個隊伍裡有土匪、軍閥和招募來的兵，他確實有這種才華，二十多歲就當司令，自稱北漢王，那個萬人矚目服從的滋味很迷人，但他很快就警醒了。後來，南老師認為這條路不可為，就放棄了兵權，掛印而去。此後有一段時間曾經很潦倒，跟隨他的兩三個人中有人生病了，大家錢花光了，沒飯吃，南老師就到一個報社去找工作。那個時候報社很小，總編輯問：「你能幹什麼？」南老師說：「我能打掃衛生。」總編輯說：「那你做做看。」他就做衛生。總編輯看他的氣質，判斷他是讀書人，就講出來請他寫篇文章，一看，寫得不錯啊，就留下來，不做衛生了，做了真正的編輯。他熬夜的習慣就是由這個時期的工作習慣而來。後來，溫州同鄉張沖（張淮南）介紹他到成都中央軍校（黃埔軍校後身）學習，他後來在那裡任政治教官。

王國平：這一段往事，目前很多公開的資料上很少提及，因為大家都不知道，最多只是引用南老師的幾首屯邊詩。

朱清時：這一段歷史既精彩，也很重要。我要說的是，像他這種機會在和平時期哪裡有啊？二十多歲就當少將，當司令，這種經歷誰有啊？不可能啊！只有大變亂時期才有。

後來，南老師到峨眉山閉關三年，閱讀《大藏經》。下山後，他在樂山張懷恕家裡住了一段時間，閱讀《永樂大典》和《四庫備要》。像他一生遇見的機緣很少人有。他古文功底很好，能讀到《大藏經》、《永樂大典》、《四庫備要》；當時四川遍地都是高人，想請教人也很容易。一九四九年後，他去了臺灣。國內的學者卻經歷了一二十年的動亂。所以說，你說季羨林啊這些人，我們不說天賦，就是機遇，他們也沒有南老師多。

王國平：他們幾十年時光都在反省、檢查、批鬥中度過。

朱清時：所以，我們很珍惜他們，因為像他們這樣的學者太少了。但是，南老師在臺灣，很多重要的經典都可以讀到，很多大學者也雲集臺灣，很多書和資料都能接觸到，這樣，他比國內的佛學家又高了一籌。加上他的性情，他一生不從政、不當官、不去惹閒事，潛心學問，所以沉澱到現在，我想可能是千古一人了。當然，我們不說跟春秋戰國時期的老子、莊子相比，但是至少五百年來沒有過這種人。中國有很多天資跟他差不多、機會跟他差不多的人，但是心不靜，因為太平時期都想當官，都想成就功名，所以呢，他可能是幾百年來第一人。他對儒釋道都有精深的理解。對儒家的理解，他是高人一籌，但是還不是他最重要的，他對佛學和佛經的理解，現在可能找不到第二人了。佛經很多是魏晉和唐代的語言，當時的人讀來已經是晦澀難懂，何況現代人？這需要非常深的學問才能解釋得非常準確。十年來我非常珍惜聽他講佛經的機會，他不講，別人都是望文生義，只有他講了，別人才會服。

王國平：我一直很尊崇季羨林先生、任繼愈先生，但是呢，我認為季羨林先生對國學研究不多，他的主要方向是東方語言學，擅長的是吐火羅文、巴厘文、梵文等；任繼愈先生主要研究的是世界宗教史，並不以傳統文化見長。

朱清時：南老師把這幾門學問貫通起來了。國學受佛學的影響很大，而中國的佛學又受中國的國學影響很大，老莊等影響了中國的佛學，才產生了中國的禪宗。道家更是如此，道家沒有統一的理論，但是其修行方法和理論跟佛學、老莊更有關係。所以中國的儒釋道融合在一起了。季羡林先生、任繼愈先生都是大家，但是他們不是神童，季羡林先生自己就不認為自己天資本高，他靠的是苦學。任繼愈先生在紅塵中工作太久，他自己就說他不信佛，也沒有任何宗教信仰，這樣的人再來研究佛學很難。佛學是這麼一個東西，我剛才說過，它的研究方法是直覺與實證，當這種修養到達一定深度以後，你才能明白很多事物的真相是什麼。你修養沒有到的時候，再精彩的講經，你也會把它當做噪音。這一點跟自然科學正好相反。

雷霆雨露一例是春風

林曦

這個題目，我是借用湘軍儒將李元度祭弔曾文正公的聯句。李元度出身儒林，為人敦厚，頗為曾國藩器重，拔為湘軍將領，並將侄女嫁給他。同治十一年，曾國藩病歿於兩江總督任上，李元度以門生之禮撰聯祭弔。由於此聯語意自然真摯，深為朝野人士所讚賞，傳誦一時。

在我大學畢業前夕，偶然從報章上看到李元度的聯語，頗有感觸。那時校方正舉辦一年一度的徵文比賽，我忽然心血來潮，就以李元度的聯語為題目，寫一篇感念恩師的小品文。出乎意料，評選委員竟將我的小品文列為首獎，並給予頗高的評語。那時校方有一位出色的作家江教授，他特地來找我，直截了當地說：「你的性向在文史、科技方面的初步目標已經完成了，今後最好專心發揮你的潛力。」次日，我將江教授的話向南大師重述一遍，並向他請示。大師沉吟了半晌，嚴肅地說：「年輕人有師長的關愛是值得慶幸的，江教授是有心人，他的話應該好好地思考。」我猶豫了一下，接著提出心中的疑惑：「現在重新開始，可能為時已晚。」「不晚！」大師立刻回答：「你如果能得到我真傳的三分之一，配合科學知識、外語能力，將來不難立足。問題癥結在你本身。『油油不能去，碌碌無所成！』」說著，大師就拿起我的畢業紀念冊，寫下這兩句。

遺憾的是，我還是無法擺脫世緣的牽絆，隨波逐流，繼續在國內外研究所攻讀學位。從此以後，我只能在科技領域苦苦地掙扎，與文史佛道漸行漸遠。一九八三年我回臺灣任教，暌違十載，南大師依然對我關懷備至，並叮囑我應好好地利用時間，儘量抽空到十方書院聽課和參禪。無奈進入社會以後，往往事與願違。一九八五年秋，大師離開了臺灣，先後在美東、香港、廟港定居。由於路途遙遠，我再也沒有機緣聆聽大師的教誨了。

當年大師在我的畢業紀念冊上留言時，順手從書架上取下四冊《指月錄》及兩冊《續指月錄》，笑著說：「你在文章中所說的雷霆雨露，都不究竟，雷霆雨露，盡在公案中，好好去體會！」多年以後，我瀏覽了《傳燈錄》與《指月錄》多次，才逐漸體會到，大師所謂的雷霆雨露，其實是指禪師的宗風與德行。我也因此體會到，大師為什麼特別尊重師道。因為儒釋道三教，都建立在師道與孝道的基礎上，師不尊則道不行，故大師隨時隨處都以身作則。

大師在詩文裡經常提及兩位恩師，一是啟蒙的朱味淵太老師，一是傳法的袁煥仙太老師。此外，為大師所敬重的是象數大師胡庸先生。胡先生是當代的飽學之士，出格高人。一九一一年武昌起義，年方弱冠的胡先生毅然投筆從戎，參加辛亥革命，此後更歷經北伐抗戰諸役，戰功彪炳。唯胡先生天性淡泊，有大樹將軍謙讓不伐之美德，因此在官拜少將旅長之後，便有「李廣難封」之憾。一九四九年，胡先生隨軍轉至臺灣，退役之後，獨居於雨港基隆，以賣卜為生。那時南大師正在基隆經商，聽說雨港來了一位神卜奇人，特地登門造訪，兩人相談甚歡，大有相見恨晚之憾，大師以胡先生德齒俱尊，以師禮相待。

二十世紀六十年代初期，大師已從基隆遷居臺北，卜居於蓬萊新村。在那一段時間，大師與各界知名人士書信交往極為頻繁，為了及時答覆對方疑問，大師兄朱文光和我經常成了大師的信差。一九六〇年，胡先生年屆古稀，寄給大師七律自壽詩四組，大師反復吟誦，讚歎不已。這四組詩意境之高，運典之妙，當時大師周遭的詩友皆自歎不如。大師除了親自和了四組七律之外，並鼓勵門生們共襄盛舉，次日大師即命我將詩文和壽禮送去。胡先生獨居在雨港一間陋室，晚景頗為淒涼。回到臺北，我將胡先生的現況如實稟報，大師聽了長歎一聲，不發一語。其實那一刻，大師已有迎接胡先生到臺北頤養天年的腹案。但由於胡先生為人過於自重，不願牽累大師，始終不肯搬遷。

往後六七年，我不時奉命到基隆探望胡先生，其中最令人印象深刻的一次，是為了一首詩的典故。大約是在一九六五年的仲夏之際，由於大師撰文喜歡引用典故和詩詞，有一天大師引用了「今日捉將官裡去，此回斷送老頭皮」的詩句，卻忘了典出何處，作者何人。想來想去只好去請教胡先生。我奉命到基隆向胡先生說明來意，並呈上信函。哪知道胡先生稍稍過目後，不假思索便脫口說出：「這首詩出自北宋高士楊樸元配四婆之手，當年楊樸名重朝野，宋真宗特地頒旨召見，臨行前四婆作這首詩贈別。這個典故，記在宋人的筆記中。」胡先生的博學強聞令我驚訝不已，但也激起我的雄心鬥志，發願要遍閱歷代筆記大觀。八十年代初期，我在美國亞利桑納大學工作，我之所以能於百忙中在亞利桑納大學東方文化中心圖書館完成此一心願，乃種因於那一次的基隆之行。

胡先生從基隆遷居臺北是一九六八年，那時候他的身體已大不如前，在盛情難卻的前提下，終於收拾行囊，在臺北落腳了。不過定居臺北之後，他並沒有閑著，在大師的懇請下，決定利用餘年，將堪輿絕學傳授給大師、名醫張禮文居士、畫家夏荊山居士。為此，大師特地舉辦了一場簡單、隆重的拜師典禮。典禮整個過程完全依循古禮，師生四人都穿大禮服，弟子向老師行三跪九叩之大禮。拜師典禮僅半小時，但我們這一群在場觀禮的年輕學子，無不熱淚盈眶。

值得一提的是，三年之後，大師等三人都得到胡先生堪輿絕學的心傳。夏荊山居士和張禮文居士，在二十世紀七十年代初期和中期先後移居美國，成為洛杉磯地區兩大堪輿大師；唯有南師備而不用，「做而無做，無做而做」是大師的境界，也是他的本色。塵世上的萬紫千紅，在一代宗師眼底，乃過眼雲煙耳！

早年大師教學的方式偏重傳統，要求極為嚴格。有時感到大師的霹靂手段，頗有雷霆萬鈞的氣勢，令人難以喘息。在學太極拳方面，必須先做好基本功；學靜坐必須先克服身體上的障礙；學《易經》必須先熟記卦爻繫辭；學詩文必須先背誦全詩全文……絲毫不得懈怠，不能馬虎。現在回想起來，傳統教學方法對年輕人確實管用。

六十年代初期，大師已有撰寫《論語別裁》及《歷代大德禪詩選注》的構想，他希望門下弟子一起參與，大師分配給我的工作是負責將他每次所講的內容做總整理。朱文光大師兄最有耐心，他先將所有同學的筆記做初步的篩選。大約一個月之後，我將《論語》的〈學而〉篇整理好的講稿呈上。大師細心地看了一遍，當面指出其中若干語意有欠妥帖且偏離主題之處。於是我重新參閱各人的筆記，重新整理完畢呈上，大師又馬上指出其中一些瑕疵。如此反復整理，直到第五次大師才表示滿意。此後工作進行頗為順利，但是當我們完成第四篇〈里仁〉時，同門中有人藉口課業太重，要先行退出工作行列。大師聞知，歎了一口氣說：「緣起緣滅，勉強不得。」

《歷代大德禪詩選注》的工作，是由文光擔任尋找歷代大德的詩集，我負責選詩，湯德均做整理，另一位師姐做注譯。初步工作大致順利，後來卻因那位負責注譯的師姐不能如期完成任務而不了了之。六十年代中期和七十年代初期，文光和我先後到國外攻讀學位，從此我們都無緣再參與這兩項工作了。

經過這兩次共事，我發現文光和德均人品端正，文光大智若愚，德均大巧若拙，可惜兩人都英年早逝。一九八六年除夕，我聞知文光的噩訊，不自覺信步來到蓬萊新村。相隔十多年，街景已不是舊時的樣貌，只有教堂前那一塊小廣場，沒有太大的改變。在六十年代，每到黃昏之際，小廣場總是擠滿了人，老老少少，打拳舞劍，熱鬧又溫馨。可是那年除夕，卻不見半個人影，冷冽的朔風裡，只見幾隻歸鳥穿梭在樹間。我終於體會到人世的無常，腦海中不禁浮起文光常常掛在嘴邊的偈語：「一切有為法，如夢幻泡影」。

大師在蓬萊新村住了將近七年之久，那一段日子的點點滴滴，一直是大家的美好回憶。一九九二年，我再到美國加州理工學院進修，我住的地方和師母的住宅只有二十多分鐘的車程，幾乎每個週末，我都受師母的邀請。大家提起陳年舊事，當年如何一起清理颱風過後的庭園，如何一起包餃子，如何一起調箏鼓琴，如何一起運動健身……那時在美國，大師的長女可孟在當地的銀行上班，次女聖茵在一家超市工作。她們工作繁忙，收入不豐，可是她們爽朗大方，一如當年，總覺得她們像大師一樣，天生有一股獨立不移的風骨。

在六十年代，大師先後主持了六七次禪七，我總共參加了四次。大師的禪風與當代宗師大異其趣，他接引學人的手法，既非臨濟喝、德山棒，亦非趙州茶、雲門餅，而是將禪機和詩情融為一體，禪中有詩，詩中有禪，再加上他應機垂示，含攝萬瑞，變幻莫測，引人入勝，直扣心扉，令人如飲醍醐。儘管大師的禪七手法堪稱出類拔萃，為當今之一絕，不過從另一個角度來看，大師的禪頗似七寶樓臺，眩人耳目，仰之彌高。

大師歷年接引的學人，不下千人，大師常云：「見與師齊，減師半德，見過於師，方堪傳授。」不過，在末法時代，上上根器的人，稀似鳳毛麟角，難遇難求。

大師在「抗戰」期間，得法於西蜀，獨承慧命，自感肩負承前啟後之大責，兢兢業業，不敢稍有懈怠。大師在中年創立東西精華協會和十方叢林書院，旅居香港期間修金溫鐵路，晚年在太湖之濱建了太湖大學堂，淑世利民，度化有情。年屆古稀之後，更透過企業界在北大、清華、金陵、廈門、復旦等知名大學設獎學金，提攜學子。二〇〇〇年大師又創立國際文教基金會，將兒童中華文化導讀向全國推廣，功德之大，無與倫比。故大師晚年不僅勤轉法輪，也勤轉扶輪。

大師最令有識之士刮目相看的，莫過於他以慧識和慈悲，化解海峽兩岸的對立，消弭刀兵浩劫於無形。唯眾生無邊，苦難無盡，大師憂先天下，當此多難之秋，仍然感到大願未了難了。

大師在其《金粟軒詩鈔》中多次提及「已了娑婆未了緣」。已了娑婆，謂此番娑婆之行，功行已告圓滿；未了緣者，主要指傳薪之法緣。他在《寄贈香江靈源法師》詩云：「行遍天涯我已倦，荷擔大法有何人」。又在詩中云：「自憐獨木支巨廈，眼底林園是嫩枝」。由此可見大師對傳薪法緣之企盼，是何等殷切。又大師在《晚來雷雨》詩中云：「向晚初涼意未伸」，其意之未伸者，是為了傳薪之法緣遲遲未至也。

平心而言，大師雖然威儀天生，但他平素待人接物溫和慈祥，望之儼然，即之也溫，絕少疾言厲色。最令人稱道的是，他應機教化手法之巧妙，非常人所能想像。有一天我正為大師整理檔，忽然有一位訪客登門，敲門之聲大得出奇，我一時分神，將文件散落一地。此時大師面帶微笑走到我身旁，幫我收集，悄悄地說：「臨危必須鎮定，慌張只會誤事，回去看看《世說新語》，你就會明白。」第二天我將《世說新語》翻閱了一遍，果然發現歷史上那些非常人物，都有非常的雅量，臨危應變，無不從容鎮定。

那一次的分神失態，經過大師的及時提醒，對我來講可以說是受用無窮。二十世紀七十年代初期到八十年代初期，我一直滯留在美國，從念書到工作，其間所遭遇的挫折和苦難，非三言兩語所能道盡。幸好在關鍵時刻，我都能及時想起大師的叮嚀，立刻定下心神，緊念《佛說摩利支天陀羅尼經》的咒語，然後計畫自強自救之道，說也奇怪，結果都能轉危為安。

這個《佛說摩利支天陀羅尼經》咒語，是我赴美前夕大師特地傳授給我的。那一天大師喚我到東西精華協會的辦公室，將身上僅有的五十美金塞給我，又將一對青萍龍鳳洞簫相贈，他親切地說：「在異國寂寞是免不了的，吹吹洞簫，可以紓解鬱悶。」大師一向視弟子如子女，又從來不把奇珍異寶放在心上，慷慨大方，完全出自天性。如今那一本《佛說摩利支天陀羅尼經》和那一對青萍洞簫，仍然保存在我的案頭，完好無缺，但睹物思人，卻不勝惆悵神傷！

大師最後定居於太湖畔的廟港，似乎是他預先所做的安排。六十年代大師所卜居的蓬萊新村，客廳中高懸著書法家程滄波居士所寫的雪竇大師之禪詩：「太湖三萬六千頃，月在波心說向誰」。閒暇時大師總是對著它反復吟誦，我曾向大師請教，為何對這一首詩情有獨鍾？他每次都笑著說：「你將來會明白。」五十多年過去了，我才恍然明白。其實大師的早年行跡，也極耐人尋味。「抗戰」初期，大師未滿二十歲，卻決意西行。內戰末期，大師又排除萬難，隻身來台，其中也必有自，其去也必非偶然，蓋天下第一奇境福地，皆靜待天下第一奇才大德之親臨。

二〇一一年二月間，劉雨虹居士從太湖回來臺北，我專程前往拜訪。劉老師勸我作一首詩呈獻給大師，當時我答應在大師百歲大壽那一天獻上一首七律，並且以《晚來風雨》的原韻作為韻腳。大師的那首《晚來風雨》，可以說是我學習律詩的啟蒙詩。一九六一年仲夏某日的午後，臺北下起了滂沱大雨，暑氣盡消，雨霽之後，天氣格外宜人，我照例到蓬萊新村報到。那時客廳裡早已高朋滿座，大師把剛完成的《晚來風雨》那首七律，給大家傳閱，並請大家一起唱和。當年我年少輕狂，不知分寸，也照原韻胡湊了八句，大師看了嘉勉了幾句話就正色告誡：「作詩要懂得剪裁，勇於割捨，更要熟讀歷代名家的作品。」短短數言，我一直視為作詩的座右銘。

在大師所有弟子中，都堅信大師可享期頤以上的遐齡，壽比大德趙州、虛雲，誰也沒有料到，大師竟提前二十五年圓寂。大師似乎將世壽化為無上功德，回向給當來有緣人，使慧命得以延續千秋萬世。

現在，我還是以《晚來風雨》的原韻為韻，寫一首七律作為本文的總結：

蓮池倒駕紫金身　為度有情弭劫塵
出入百家繼絕學　經綸三教轉扶輪
獨承慧命願難了　久待法緣意未伸
木鐸聲消日月暗　同悲天地已無人

大師在《丁未仲秋》詩中云：「佛國蓮開虛一座」，又在《惆悵》詩中云：「為貪遊戲到娑婆」，想必大師原是佛國蓮座上的紫金阿越惟致（不退轉菩薩），為了度化群迷，消弭劫火，乃倒駕慈航。大師的書齋楹聯「上下五千年，縱橫十萬里；經綸三大教，出入百家言」，乍看起來，似屬豪語，其實大師一生學術之成就，此二聯是其總綱。「願難了」、「意未伸」，是有關大師畢生的行願，我特別將「久待法緣」和「意未伸」聯為六句，是刻意道出大師苦待法緣的心聲。第七句的「日月暗」，並不是誇辭，大師圓寂之日，臺灣濃雲密佈，日昏月暗，我不願穿鑿附會，僅做如實之記錄。最後一句我保留「無人」二字，是為了遵從大師的本意，師在《晚來風雨》詩中云：「如何天地似無人」，句中之「人」字，顯然另具含意，非泛指尋常凡夫。

一九六九年冬，東西精華協會成立，大師開講《周易》於辦事處，有感懷詩云：「平懷動靜希夷境，舉步截流是大雄」，又云：「乾坤亙古人常在」，「人」是「大雄」的代名詞，殆無疑問，蓋大師以「大雄」自期，欲為凡夫之所不能也！

我早年追隨大師左右，長達十二年半之久，他對我的影響是全面的、長期的，在二十世紀八九十年代，我也在國外遇到不少科學界的頂尖人物，可是他們給我的震撼和感動，都只局限於片面。十二個年頭，在有限的生命中所占的比例不容小覷。早年師生之間的互動有嚴肅主題，也有輕鬆插曲，不是區區數千言所能概括，但有一事絕對毋庸置疑，當年大師所運用的教學手法，無論似雷霆或如雨露，在所有門下弟子的回憶裡，永遠是溫暖的春風。

附：南師《晚來風雨》

日長赤地暑蒸塵　向晚初涼意未伸
泥淖疏籬奉尺蠖　風簷短角網蛛輪
乾坤影裡開雙眼　雷雨聲中靜一身
手撫琴書言不得　如何天地似無人

瑣憶南師二三事

杜忠誥

一、因推銷《論語別裁》與南師結緣

我和南老師相識，已是三十六年前的事了。其實，我知道有南懷瑾其人，還要更早些。猶記在一九六九年秋間，我從臺中師專畢業後不久，正應召服役軍中。偶於報上讀到正在連載的南師演講記錄稿《論語別裁》，文中那種深入淺出、異趣橫生、圓融通透的講解方式，深深震撼了我。《論語》書中看似教條式的格言，頓然變成日用之間舉手投足都可用得著的生命智慧，只覺得天地間怎麼會有這麼高明的人物？

一九七六年九月，我擔任小學教師五年服務期滿，保送進入台師大國文系二年級就讀。當時南師原本在《青年戰士報》連載的《論語別裁》正好結集成書發行，我利用郵政劃撥預約了一套。書一到手，便如饑似渴地投閒捧讀。想當初，每天一小碟一小碟似的限量品嘗，已甚感動，一旦得緣整盤地放題閱讀，其歡暢痛快之情，自不待言。

幾天後，我利用班會時間，向導師請求給我十分鐘時間，準備向同學們分享一本絕妙好書。導師欣然同意。於是我將《論語別裁》上下兩冊分頭傳閱，各夾一張空白紙以備登計。沒想到班上三十七人，竟然登記了三十八套。經與出版社聯繫，時任人文世界雜誌社（即老古出版社前身）經理的古國治兄奉命出面與我接洽，並慷慨地給我們打了折扣。不知哪裡來的力量，我決定擴大向日夜間部同學大力推介。反應之熱烈出人意料，甚至幾度被書商盯上，試圖以厚利誘我代為賣書。短短半個月時間，就推銷了三百四十幾套，據說也曾令出版社同仁們忙亂了好一陣子。

後來，國治兄前來結清尾款時，南老師託他帶了兩件禮物送我，一件是《南師懷瑾近作詩詞拾零》；另一件是略帶淺藍色極華貴的西裝布料一套（這料子，我先前已婉拒過兩次）。前者我欣然接受，後者以實在用不著而固辭不受。國治兄看我意甚堅決，乃不相強（儘管如此，事隔二十餘年，南師由美國移居香港時，仍將此布料以謝我代為書寫南氏先祖南昱先生行狀碑文送至我家），還邀我去玩。他轉述南師的話說：「此人能在短短半個多月之內，獨力銷出三四百部，必極有才幹，又極富號召力。」說很想看看我。

其實，真正的號召力是能將儒家孔門的悅樂精神詮釋得如此活靈活現的這部書啊！書寫得好，大家又都有此需要，才容易引起共鳴。要說「號召力」，那真正有號召力的，是這部書的作者南先生啊！就因為他寫的書撼動了我的心弦，才讓我心甘情願、義無反顧地幫著去推銷。就如同有人吃過某種佳餚異味，不忍獨享，忍不住想跟大家分享的一點心意罷了！我對南先生心儀已久，正苦於識荊無門，既有機會還真想前去拜見請益呢！

一九七七年二月六日，期末考試結束，我依約在午前十一點準時到達信義路的雜誌社辦公處。南師把該社同仁（多半是他的學生）逐一介紹給我認識，很快大家便都打成了一片，氣氛至為融洽。我看大夥兒都稱南先生為「南老師」，我也自然改口跟著大家稱「南老師」了。我們天南地北談得不少，我問南老師：「好久以來就想研讀佛書，可有一本較為精要的佛經推薦給我？」南師一面回說有，一面轉頭吩咐國治兄到書房拿出一本原文的《楞嚴經》來，並用鋼筆在封面寫下「自從一讀《楞嚴》後，不看人間糟粕書」兩行字，令我印象深刻。吃過午飯，臨別前，南老師還送給我不少書，包括他老人家已出版的整套著作（手頭已有的不拿），及《法苑珠林》、《淵鑒類函》兩套私人藏書，真是喜出望外。我既是個愛書人，以個人當時的條件，又實在買不起這麼多好書，自然也就老實不客氣地照單全收了，因而滿載而歸，害我回來還得搭計程車呢！其中如《禪海蠡測》、《習禪錄影》、《楞嚴經》、《楞嚴大義今釋》、《楞伽大義今釋》等書，都是談論佛法的專門書。這既是我與南老師的初次會面，也是我正式接觸佛經之始，對於我個人後來的學術研究方向與藝術創作之開展，具有轉捩性的影響。

二、悲欣交集認路頭

一九九八年三月，我為南老師的新著《大學微言》打字稿進行最後校對。對於南老師將舊說《大學》「三綱八目」改為「四綱、七證、八目」中的四綱部分，義有未安，以為有待商榷，因而前後修書兩通，申述鄙意。隔了不久，南師回復了一封親筆傳真函：

> 先後兩專函質疑大學四綱之說，足見治學甚勤，用志專凝，殊為可喜可嘉。惜見地

未臻上乘，故於中國文化整體之說，未達上地。此事一言可盡，但亦一言難盡。如因此南來而面言其詳，或當可釋於懷也。

我心知南師好意，自己也覺得久違師教，茅塞已深，有必要去讓老師用他那超高倍數的照妖鏡照一照，以便對治改進，於是就摒擋瑣務，準備到香港去了。南師得悉我決定赴港的來回日程，隔天便差人送來兩張往返機票，受之有愧，卻之不恭，內心著實感動不已。

到港當晚，在大夥兒用餐時，老師還半開玩笑地說：「忠詰這回來香港，是來跟我吵架的。」到了第三天午後，老師喚我到他的辦公室去，單獨與我面談。南師卻說他知道我修行不得力，故特地藉著這個機會，「騙」我到香港來玩玩。「什麼問題不問題，都是妄念，都是次要的。修行上路了，一切問題自然會迎刃而解。」

回到臺北以後，在一個偶然的機緣裡，見到南師昔日用毛筆所書清朝詩人吳梅村的一首詩：「飽食終何用，難全不朽名。秦灰遭鼠盜，魯壁竄魚生。刀筆偏無害，神仙豈易成？故留殘缺處，付與豎儒爭。」一時恍然若失，方知南師所說「一言可盡，但亦一言難盡」的真正意指。不過，這已是後話了。

且說老師那天，還傳授給我一個修行法門。要我兩眼向前平視，不要用力，向前盯著一個目標，把眼神向後回收，就這樣張著眼睛像木雞般地看著前面。並要我有問題就問，如果沒有問題就這麼坐下去。我記得當時只問了一個問題：「這跟莊子所說『以神遇，不以目視』，是不是一樣？」南師答說：「差不多！接近。」我一直誤以為，「盯著」就是盯住一個東西，於是我也就這麼「差不多」地張著眼睛坐了下去。我第一次知道，原來打坐也可以不闔上眼皮呢！

在習坐中，老師跟我談了很多話，也給了我不少開示。當南師說道：「趁我還在，可以為你帶帶路。我走了，誰帶你路啊！」我宛如迷途知返的羔羊，頓時淚如雨下，悲愴不已。嗣後，也著實依法用了一大段工夫。由於定慧力之不足，當時自認為沒有什麼問題，沒能多問。然而，插頭似乎插得不太準確，再加上日常俗務的牽纏，以致漸漸走失，工夫又無甚長進了。

二〇〇二年四月中旬，我赴香港參加海峽兩岸四地書畫篆刻的八人聯展開幕，主要還是想利用這個機會，針對春節期間上山禪修時衍生的身心問題，向南師叩問請益。老師聽完我報告中的引述，發現他教給我的「看光法」被我誤解了，狠狠地數落了我一頓：「我上次告訴你的，你什麼要點都沒有抓到，白跑一趟。總的問題，在你不懂佛學。」要我重新來過，他老人家則不厭其煩地重新現場指導。

老師為了破除我對於「雙盤打坐比較有效」的執著，還刻意要我把原本雙盤坐著的兩腿鬆開，就以小腿與大腿垂直的姿勢，兩眼向前平視地正襟危坐在沙發前沿上。

「意識要忘掉，看的注意力拿掉，也不管眼睛了。眼珠不動，眼皮慢慢閉攏起來，眼珠還是前面，難就是眼珠子不是盯著前面。眼皮慢慢閉攏，自然一片光明中嘛！是不是？是，你不答覆我。不是，再問。這一回再不要搞錯了。自然一片光明中，看的觀念拿掉，注意力拿掉！眼珠子還是盯住的！對不對？這個時候輕鬆吧！不對，你問喔！放開！不要守在頭裡頭，沒有眼睛嘛！連身體也沒有。無眼、耳、鼻、舌、身、意，一切都沒有，注意力也沒有。你就利用這個物理世界自然光跟自己合一，身心內外，一片光明，就完了嘛！

也沒有身體感覺，也不要理。當時告訴你這個吔！沒有眼睛，眼珠子還是對住前面，最後忘了眼珠子。眼不要注意去看，自然在一片光中。如果夜裡，黑色黑光，白色白光，光色變化，都是境界，不理，你自然與虛空合一了嘛！這是有相的虛空喔！先跟有相的虛空合一。這一下你輕鬆愉快吧！比什麼都好。什麼氣脈？什麼拙火？那些狗屁話，一概不理，都在其中了！不一定盤腿。你這樣一定，三天五天，幾個鐘頭，你身心整個的起大變化，不要管他好不好，那就好得不得了了。」

「好！你信得過，你明天走，認確實一點。不然你回去又變了，不罵你又不行了，又變出來，又走冤枉路了！什麼準提法，一切最後圓滿次第都證入了！所有來的問題，要問的，都是妄念，都丟掉就好了。這個時候，管他咒不咒，佛不佛呢！」

「再來，你剛才動（念）了一下，不行了！重新張開，不要慌！等於利用眼球為插頭，定住。不看。注意力拿掉，把眼識這個習氣拿掉，然後證入一片自然光中，就好了。你就這麼定下去。就這樣，話也不要跟你多講了。忘掉，身體忘掉，連腦袋也忘掉，眼睛也忘掉。都丟，念頭更要丟，丟得越徹底，丟得——哎呀！也沒有什麼『徹底』，都是形容詞。都丟完了嘛！禪宗說『放下』，放下就是丟嘛！」

「這不是定嗎？盤個什麼屁的腿啊？連眼睛、頭腦都不要了，還管什麼樣的腿？」

「你跟虛空合一，跟光明合一。我就是我，我就是光。連基督教你翻開《新約全書》都說：『神就是光，光就是神。』連他都懂，你們學佛的反而不懂。放開！愈大愈好。也沒有故意去作什麼大小的分別，這個言語的方便的話，不能聽。像我的書也不能看，連我的語言也不要聽。到了這個時候，一切皆空，還聽個屁啊！」

「還要放！無我了嘛。無人相，無我相，不是理論。只是一放，你就到了。無人相，無我相，無眾生相，無壽者相，就完了。過去心不可得，一個念頭來，過去了嘛！未來心不可得，念頭沒有起，當然不可得。現在心不可得，當下就空了，聽過了就完了嘛！就好了嘛！好了，不給你多講了。費力氣！你再拿不到，你就完蛋了。」

「還有一點吩咐你，什麼『吸一口氣，閉住』，那是笨辦法，不對的。出世法是什麼？你碰到那個不對的，呼一口氣，鼻子呼出來了，切斷了，不呼也不吸，那個是對的。你看！現在我跟你講，你在境界中，不呼也不吸，這個是對的。不是吸進來，不對的，有呼吸就不對了。念頭動了，呼吸就動；念頭不動，呼吸也不動。」

正在這身心與虛空光明合而為一的當兒，忽然感到悲欣交集，眼淚不自覺地滑滾了下來。這時候，老師又說：

「吔！這下你又被悲感困住了！丟掉！看光去。不是看，體會光去。悲感怎麼來的呢？有人問過佛陀，有些人明白了，大哭，有些大笑。佛說那些墮落短的菩薩，過去修行，已經知道了，現在迷住了，墮落了。一下子明白了，會大哭。為什麼？覺得我怎麼那麼笨啊！把自己的東西丟掉。那墮落久了的菩薩，明白了，哈哈大笑。這些都是情緒。《中庸》說：『喜怒哀樂之未發，謂之中；發而皆中節，謂之和。』中節，要節制，要把它停掉。『致中和，天地位焉，萬物育焉。』跟虛空合一。《中庸》都講了，就那麼簡單，比佛法還要明白。懂了佛法，儒家這才懂了。現在我背《中庸》給你聽，你懂了吧！懂了就信得過。一信就拉倒，一路下去了。」

「現在你體會一下，放空！念空了，呼吸也不動，這個是對的。呼吸是生滅法，有來有去都不是。不要努力在看光！名稱叫看光，不是去看。不要分別去看了。眉毛展開，笑！嘿——，假笑，慢慢真笑了，彌勒菩薩都在笑中。搞清楚了吧！再不要迷途了。」

「準提法是修功德，修福德資糧，你可以念，可以修。你多去看看我們老古印的《參學旨要》這本書，有劉洙源的《佛法要領》、《禪修法要》、《永嘉證道歌》、《永嘉禪宗集》，你走這條路是正路。你這個年齡，把老古出版的《參學旨要》好好抱到。把劉洙源初步的可以丟開了，你也可以看，一時就證入了。這樣懂了沒有？費了我很多的口舌。不過，也是空的。嘿——，都沒有事的。『本來無一物，何處惹塵埃？「它來空你的，不是你去空它的。」

「生滅法一切無常，能夠知道的這個，不在身體內，也不在外面、中間。這個沒有變動，你年輕知道，也是這個；現在老了知道，也是這個。沒有寫字以前是這個，寫字以後也是這個。」

老師就這樣不惜苦口婆心，開示了這麼多，這麼詳盡。晚飯後，我終於帶著得無所得的行囊，拜別南老師，回到臺北。我告訴自己，若再因循放逸，簡直對不起天地鬼神了！所謂「枯木崖前岔路多，行人到此盡蹉跎」，老師的這些話，固然是針對我個人的修行問題而發，但那天同堂聽講的，除了宏忍師以外，還有其他很多人。如今我不避繁冗，將南師的殷切開示摘要寫實記出，希望有緣讀到此文的朋友們，也能同沾法益。

三、關於《漢字沿革之研究》出版前後

二〇〇六年，我應邀撰寫《從情、法、理的角度看兩岸簡、繁體字》論文一篇，參加中華書道學會舉辦的「文字與書法」學術研討會。此文系針對兩岸目前使用的兩套漢字系統進行學術的評析，後蒙南師垂青，以為論點新穎且典實有據，決定由老古出版社代為印行。稍後，復得中華文化總會劉兆玄會長親睞而惠予補助，俾作進一步深入研究。卒由原本不到一萬八千字的論文增廣為三萬多字，且適度加入部分圖表以為舉證。

這本小書之撰寫動機單純，是有感於大陸簡化字施行逾半個世紀以來，已然造成年輕一代普遍不認識正統漢字，閱讀古文獻困難重重，浮現華夏傳統文化斷裂的危機，勢非予以正視並盡速謀求補救不可。正當文稿交付打字排版之際，又想到南師一生從事諸多文教志業，幾乎都是為了弘傳中華文化而努力，倘能以南師之德望，在此小書前面說幾句話，則不僅拙著光價為之倍增，也勢必更能引起大陸學界及各方之關注，可望及早深思並共謀改弦更張的策略。考慮到此事攸關華族文化慧命的存亡與續絕，因而得寸進尺，特別致函劉雨虹老師，請她能乘便從旁代為稟明此意。南師為了中華文化著想，果然俯允所請，令我受寵若驚。

當劉老師奉南師交代將寫成的序文傳真給我看時，我卻不甚滿意。原因是我本來希望南師能針對漢字與中華文化的關係說幾句話，但序文中泰半文字卻都在說明我倆相識的過程，以及他老人家對我的觀感，不無替我吹噓之嫌，這令我深感不安。儘管其中也暗寓對我「為學日益」的治學功夫已見精誠，而「為道日損」的修養功夫則尚須加勁的鞭策，但

整篇序文真正扣緊正題的只有末段最後幾行而已，有違筆者當時懇求賜序之本衷。劉老師聽我這麼一說，方才告訴我說，南師為求妥帖，寫此短文，前後還曾三易其稿。真是難為他老人家了。唯南師在序文中所說，拙著「實為維護保全中國傳統文化，寓風雅興頌之諫議」，卻是合乎實情的；至於稱筆者為「今之書俠」，亦自覺貼切而樂於接受。

此書依據漢字自身發展規律與實用功能，分別從「情」（實用層面）、「法」（規範層面）、「理」（學術層面）三個視角，就目前海峽兩岸行用的《簡化字總表》與《常用國字標準字體表》兩套漢字系統所突顯的利弊得失，列舉具體事例，試行析評；並針對當前兩岸「書不同文」的棘手困境，提出了可望有效化解的方案芻議。

二〇一一年七月，此書出爐後，南師還特地買了三百本放置太湖大學堂，隨緣贈送各方來訪的關懷文化教育人士，這一切，歸結雖說仍是為了護持中華文化，但對於作者我而言，南師這些舉動又何嘗沒有「逢人說項斯」的惠愛之情誼在內呢？此書本擬依論文原題命名「從情、法、理的角度看兩岸簡、繁體字」，南師考慮到書題出現「兩岸」二字，或恐引發文化議題以外的無謂誤解，建議改名《漢字沿革之研究》。乍聞以為似欠貼切，因為這本小冊子是討論目前兩岸的兩套用字問題，並非專論字形演化的一般文字學書。繼而諦審一想，其實也極為切當：同是漢字，臺灣的《標準字體》正式傳承自夏、商、周、秦、漢以來的正統字，是「沿」；而大陸的《簡化字》經過強大的政治力介入之改造，是「革」。乃不得不佩服南師處處圓融無礙的妙慧。二〇一二年夏間，第一版四刷在臺灣發行前夕，考慮到很難單憑《漢字沿革之研究》的書題而推知書中的實際內容，為求書名與實際能更加顯豁，特向南師請示，可否在今書名之旁別加原名以作為副題，也蒙獲南師贊同俯允。

四、扶持世教，猶龍難識的南老師

李石曾題贈南老師一聯云：「經綸三大教，出入百家言，縱橫十萬里，上下五千年。」南老師一生志道行義，悲智雙運。儘管聰明絕頂，卻能精勤不懈，幾乎沒有一日不讀書，宛似要把整個傳統中華文化一口吞盡，涉獵之廣、之深，豈僅融貫儒釋道三家而已？卻又無時不以天下蒼生為念，一心以弘揚並傳行中華文化慧命為歸趨。常以無量方便，饒益眾生，孰開人寶不敬承。處處導人向善，隨緣教化，執持正法，兼攝十方。雖為白衣，奉持沙門清淨梵行。

南老師自題《狂言十二辭》：

以亦仙亦佛之才　處半鬼半人之世
治不古不今之學　當談玄實用之間
具俠義宿儒之行　入無賴學者之林
挾王霸縱橫之術　居乞士隱淪之位
譽之則尊如菩薩　毀之則貶為蟊賊
書空咄咄悲人我　弭劫無方喚耐何

以我三十餘年追陪南師之側觀察，以及讀其詩文講辭所得看來，這十二條宛同自書白描的「狂辭」，堪稱如實語者。試想，面對這樣一位「開張天岸馬，奇逸人中龍」的傳奇人物，實際跟他有所交接者本就不多，一般學人即便先能耐下性子將南懷瑾先生全集大略讀過，若缺乏將此身心收攝調和，在禪定工夫上實地履踐一番，僅憑識情浮想，則任呼牛呼馬，恐多不免掉落扣盤捫燭的窠臼！咀嚼古奧經典而後哺養普羅眾生，以助安身立命，凡聞其法音者，無不蒙受教益。昔汪道涵曾云：「南先生最偉大的貢獻，是把古代貴族才會擁有的學問智慧，推廣弘揚，讓一般百姓都能分享。」堪稱知言之論。

人間學問，大抵不外思辨議論與德慧實踐兩途，前者重在知識，屬於客觀的理解層面；後者重在實修，屬於主觀的踐履層面，兩者缺一，人生都不算完滿。而南老師除「經綸三大教」，猶且「出入百家言」，不止留意客觀的理解，更加注重身心內在修證實踐，且一生服膺真理且扣緊「生命的學問」而精進不已，是真正意義的「實踐的智慧學」之信受奉行者，為後生立下不磨的典範而且是雅俗共賞的。因而著書立說，每能發前人之所未發，別有鑒裁，普令讀者獲益。對於前來問學者，則都原原本本，如數家珍，既知其然又知其所以然地為他們指出一條明路來。也難怪當年英哲李約瑟撰寫《中國科學史》時，有關丹道修煉方面的某些問題，往往遍問海內外專家學者都不得其解，卻都在南老師這裡一一獲得圓滿的答覆。若說南老師是當代傳統中華學術文化的集大成者，應是當之無愧的。

五、禪道對書藝之啟示

南老師雖不止一次表示他對於毛筆書法不曾下過苦功，但其書法作品沉著，綿密虛朗，靈和洞達，體勢與張三豐、白玉蟾相接近，屬於仙道派風格，非人工可致。他對於文學及書畫藝術，也有獨到見解。一九八五年冬，南師離開臺灣，遷移到華盛頓的「蘭溪講堂」居住。來年春間，我修書問候，南師在復函中說：

> 詩、文、書、畫看似小道，然欲成為大家，頗不容易。有滿清三百年宮廷之環境，方能培養一個溥儒；有後唐之江南小朝廷，方得造就一個李後主作為詞人而已。人人都說李後主詞好，何嘗進思彼以喪失一個國家政權作成本資料，才能寫出幾句纏綿悱惻的好詞章。倘是白屋書生，出身草澤，必須多聞多閱歷，讀萬卷書行萬里路交萬個友，才能漸成大器者。子其勉乎哉！

這一段話，既是他老人家對於文藝創作的深刻體認，也是對我的一番殷切期勉。

個人由於早歲出身寒微，因而深自警悟非剛健難以挺然自立。可剛健慣了，性格連帶影響到作品風格，在創作上常感點畫用筆上鼓努之力偏多。關於這一點，在甲戌（一九九四年）、乙亥（一九九五年）年間已有強烈的自覺，並極力想要加以消融。當時因為臨寫了張旭名下的草書手卷拓片，深受該卷書跡綿密氣脈的啟示。又以曾替大陸昆曲名家張繼青女士來台公演海報題字，有機會前往聆賞其婉轉細膩、掩咽有度的唱腔，對於線條的品質，有了全新的感悟。一九九五年，華正書局為我出版了第四本作品集——《杜忠誥書藝集》，書中收錄了一九八九至一九九五年前後六七年間較具代表性作品一〇六件，除了後兩年有點由拳而舞的新作外，更多的是稍早幾年具有心路歷程記錄意義的舊作。書出後，寄了一冊呈請南師指教，南師在復函中說：

大作選集甚佳。唯從今起，老弟似應放鬆人力手勁，體任天然，方可更上層樓，別樹一幟。不然，終屬凡俗之勝而已。

這及時的策勉，既契合我當時的自覺心境，更強化了我調整創作方向的動力。之後，書寫時的用筆手勁，乃由原本的剛猛逐漸轉而為鬆柔。

此外，我的行草書運筆速度偏快，也是一病。偏偏多年來還特別喜歡寫狂草，筆勢一放，行筆稍疾，便覺留不住筆。雖然深知其病，且常警惕自己要「減速慢行」，然而，染緣易就，習氣堅固，始終就是慢不下來，常以作品中的燥氣未除為恨。近年來，由於勤修準提法與禪定之故，氣機發動，全身氣脈起了極大的變化，原本長期虛羸的身體，隨著丹田氣的恢復，已逐漸轉變為康強。不知不覺間，行筆速度也變慢了，點畫比以前較沉著，線質似乎也更具彈性，書寫時比以前歡喜自在多了。

走筆至此，愈感吾師教化之高妙無限，言語實難表達萬一也。

南公懷瑾先生辭世的傷痛

古國治

懷師走了，有太多太多的傷痛。

懷師一直是中國文化的護持者，中國近一百多年來，因為國體積弱，深受英法德日等國的船堅炮利之害，國人為了圖強，紛紛興起向西方學習之風，從廢除科舉到國家體制改革，到辛亥革命、五四運動、「文化大革命」。這段期間，中國人一直在否定自己，否定自己的政治，否定自己的教育，否定自己的習俗，最後否定了自己的文化，你可以從南先生的書中，處處看到他為此感到傷心、痛心和擔心。因為文化是立國的精神，是立國的根基，一個人有形而無神，那是什麼樣子？中國人沒有自己獨特的精神文化思想，還叫中國人嗎？

所以他講《論語》《孟子》《大學》《中庸》，他講《易經》《老子》《莊子》《列子》《參同契》，他講《金剛經》《圓覺經》《維摩詰經》，譯釋《楞嚴經》《楞伽經》，而且講得深入淺出，希望人人都能懂，能夠普及到各個層面，其目的無非為了恢復中國文化的元氣，為自己的國家民族貢獻心力，貢獻智慧，為了做這件事他捨家、捨財、捨身命，說來如何不令人傷痛？

如何捨家？他在大陸有二子，一九四九年獨自一人赴臺灣。在臺灣他另有二子二女，在生活艱苦的情況下，對子女每人送一張大學文憑，做完父親的責任然後送出國，要求他們今後自立，子女想要來看父親，因為身邊有客人要接待，往往推遲另約見面時間，即使見面亦因身邊有學生或客人而不能談話，假如你是他的子女，請問是何感受？他給子女的時間不及別人的千分之一萬分之一，為了弘揚中國文化，懷師捨掉了給兒女的時間，捨掉了含飴弄孫，然對子女並非無情，只要有時間有機會亦諄諄教誨，而子女亦付出了對父親的思念。思此，如何不令人傷痛？

如何捨財？懷師沒有房產地產，唯一有的是老古文化事業公司，但是利潤和版稅並沒置私產，都這邊給那邊給，只要有利於文化的事或別人有需要，都捨出去了。他生活簡樸，一天只吃一餐，吩咐做好菜但不是為了自己，一件衣服經過幾十年還在穿，生活沒有娛樂，曾經有人送懷師名貴的玉器古玩，他堅持不要，唯一的愛好就是讀書，買書又花不了幾個錢，有錢沒錢不在乎，視金錢如糞土，辛苦一輩子，自己沒有任何物質享受，懷師自己當然無所謂，站在我們俗人的立場來說，亦令人傷痛！

如何捨身命？懷師為了弘揚佛法，在臺期間曾數次主持禪七，七天七夜下來，往往因疲憊而大病一場，還不要學生照顧。八十多歲在浙江義烏主持禪七，亦因人多如廁不方便而生病。九十多高齡還是和往常一樣，白天接待客人解答問題，夜裡回覆信函，處理事情或校對書稿，因為要對讀者負責，一言一字不能出錯，出書前均親自校對稿件；後來視力不佳，每天還須以聽的方式校稿，經常還要隨機講課。懷師對自己要求甚嚴，一生忙碌，沒有休息，能作貢獻，儘量貢獻，不計身心勞累，做到不能做為止，除了敬佩之外，何嘗不令人傷痛？

懷師曾經創建金溫鐵路，那是為了造福鄉里，並不是他真正想要做的事，他曾經說過世間須大道，何只羨車行，他想做的事除了弘揚中國文化之外，想開拓一條人走的大道，他的理想是融會東西方文化的精華，集合科學家、哲學家、醫學家等各類專家探索宇宙生命的奧祕，解決唯心唯物的問題，為世界人類作貢獻。而今這個理想尚未實現就走了，令人傷痛！

懷師的學生很多，他將他的人生智慧領悟心得修行經驗貢獻給學生，付出了無數的時間精力，而學生卻不成才不成器，沒有成就，那是很痛苦的事，所以經常感歎沒有學生。如今走了，如何不令人傷痛？

就我個人而言，我年輕時消極悲觀厭世，是懷師改變了我的人生觀，猶如再生父母，給了我新的生命，要不是有懷師，我的生命早已不存在，懷師走了，內心的傷痛，無以言喻。

懷師的仰慕者數以萬計，而且有許多人因看了懷師的書而豁然開朗，改變了人生態度，這些人對懷師均心存感激。對仰慕者感恩者而言，因為太多人要來，無數人要來，不能一一滿足，在他辭世時未能親赴靈前致哀致敬，這是很遺憾的事，我亦為此而傷痛。

逝者已矣，一切都化為灰燼，煙消雲散，生死本無常，唯有先生的精神常存，思想常在。願把此傷痛化為學習與實踐，學習實踐他捨己利人的精神，學習實踐他做人做事處處替別人著想的風範，繼續把中國文化的種子傳播下去，把生命智慧的火炬接續下去，遂不辜負他老人家在天之靈。

德澤輝光　永照寰宇
——微斯人吾誰與歸
追思吾師南懷公

閆修篆

劉向《漢書．禮樂志》說：「人性有男女之情，妒忌之別，為制婚姻之禮；有交接長幼之序，為制鄉飲之禮；有哀死思遠之情，為制喪祭之禮；……婚姻之禮廢，則夫婦之道苦，而淫辟之罪多；鄉飲之禮廢，則長幼之序亂，而爭鬥之獄蕃；喪祭之禮廢，則骨肉之恩薄，而背死忘先者眾……」德哲司賓格勒亦謂：「當世界進入都會時代時，高樓連霄而不見天日，名譽、地位、美色、金錢皆可治，乃至倫理、道德，也要論斤計兩，問值幾何了？女人不以做母親為榮，卻希望做丈夫的伴侶，甚至諾拉、娜娜亦所在皆是……」人類文化之墮落，似乎也是有志一同的，然亦未若吾華之為甚。吾人於此可透文化也者之個中消息。

南師畢生以復興中華文化為職志，一言一行，莫不以文化為依歸。蚤夜以思，慨自西風東漸，言國事者，莫不以「求變」為第一要義，視「變」為濟時救世之靈丹妙藥。世人或以傳統為落伍，於是乎有所謂全般西化者，咸以「盡變固常」以為快。仁義道德隨風而靡，文化亦蕩然幾乎息矣！師惑之憫。欲力挽狂瀾，冀拯文化於萬一，先生每曰：「禮壞樂崩，非二三君子者以為之倡，乃能易風俗、而正人心。」一語謂一時教人以口，百世教人以書。南師遂攘臂奮起，力挽狂瀾，乃成《論語別裁》、《孟子旁通》、《老子他說》、《易經雜說》等典籍，深入淺出，以輕鬆之闡述，成一家之言，破世俗之迷，賦我文化以全新面貌、生命與精神。集儒、釋、道諸家之精神於一爐，旁徵博引，「至廣至精，為近百年來我學術界所未臻」。一時蔚為風氣，天下影從，為中華傳統文化留其一脈薪傳。謂吾師為中流砥柱、暗室明燈，洵非虛語！

南師對文化精神、典籍薪傳之憂心，可謂殫精竭慮、不遺餘力。末學於二〇〇三年出版之《皇極經世今說》，蓋尊老師之囑咐與督促，始得付梓問世，並蒙南師親為賜序，感何如之。

緣修篆於一九七九年元月軍旅生涯結束後，糊裡糊塗地步入商場，虛擲二十多年歲月。午夜夢回，頗多感觸。加以國內政壇社會，烏雲瀰漫，陰霾沉沉，因興浮海之念。客中日長，有幸「閒坐小窗讀周易」，遂萌集《周易》百家注之遐思。南師聞悉我的想法，囑鄉長劉雨虹老師告我，《易經》著作，已汗牛充棟，而得透羲皇消息者不多，未若《皇極經世》之久湮無問者。並寄來機票，囑篆赴港一晤。之後，為了搜集《皇極》資料，遂有美國國會圖書館、哈佛燕京圖書館之行，得以睹其典藏，獲益匪淺。鼎兒並為攝影，提供意見，《經世》書歷時五載始成。實賴吾師之鞭策指導，先賢康節先生之絕世奇構，文化瑰寶，始得重現於世。

南師以謙沖自牧，未曾以長者自居，有來求見者，拜揖則必回揖，若跪則必跪地拜（佛氏初入門，或學資淺者，對其長者，往往行跪拜禮），未嘗受人一拜。謙稱其所言皆誆，不足為訓，後果聽者自負云云。其謙不為師之風範、美德，尤足令人起敬，每謙稱其學不足為師，故未嘗有學生。實則感歎吾儕之質陋、器窳，不堪忝列門牆。徒望萬仞宮牆、龍章象魏，篆自以蓬蒿榆柳，不敢自列師門牆而遺人笑柄也！

觀今之世，人頗唯「物」是逐，文化墮落亦已甚矣！人類之苦難，亦與時俱增。此乃吾師所以忌憚而不懌以者，念茲在茲、奔走於途之所由者，亦師之所以長太息者！

老師集畢生心血與精力，著書立說以燃燒自己，照亮天下，誠所謂大菩薩道！老師年已九十有五，固不如齊彭之修也，然師之著書立說、德育教化、澤被蒼生、功在民族，庸計其年之修、壽之齊乎?!

昔哲邵子（康節）有言：「天地之道備於人，萬物之道備於身，眾妙之道備於神。天下之能事畢矣。」此吾所以為師悼者。

辭曰：

太湖泱泱　吳山蒼蒼
先生之學　日月齊光

讓生命破殼而出
——遲到的懺悔

呂松濤

老師：

您雖然已經離去，但我知道您始終與我們在一起，您與萬物一體，無所在無所不在。兩年前，您就讓我把自己的經歷寫出來；今年三月份，您還囑我，一定在八月底完稿。有一次在理髮室，您說：「你這本書乾脆就叫《懺悔錄》吧！雖然盧梭也有《懺悔錄》，那又何妨？」隨後您又囑咐，讓我寫一部分就交來，您就改一部分。可我一拖再拖，沒想到竟成為終生憾事！

二〇一二年九月四日，我去美國時，雖知道老師身體欠安，但總以為，老師怎麼會有問題呢？我們還期待著老師百歲時開講密法。九月十七日，宏達給我電話說，若美國無要事，速回！我這才深感事態嚴重。九月十九日，我從紐約趕到太湖大學堂後，方知老師已然閉關。九月二十九日，老師安然辭世。在老師臨終前竟不能見一面，我懊悔至極。每每回想與老師相處的日子，歷歷在目，不斷反思，不斷懺悔，但更多的是感激。老師是大醫王，把我心中的魔障清除，讓我重生，找到生命之「命」，找到安身立命之本；亦懺悔多年來自己所造諸業，今日給老師再寫報告，一併傾訴。

懺悔一，公司人員曾盜用師名宣傳產品，有辱師之聖名；

懺悔二，師殷盼學生長期學修於大學堂，而學生每以俗事延誤，有負師之厚望；

懺悔三，雖自一九九六年遍讀師之著作，卻未能體悟其中深髓，貪嗔癡之心未改，致使造諸惡業，屢戰屢敗；

懺悔四，與老師相識之後，不能深信老師點化，奉教而行，往往事後才感到老師之智慧，有負師之教誨；

懺悔五，未能按師言以「江村市隱」為公司總部，未能做到師之期望，運籌帷幄，決勝千里，有負師之灼見；

懺悔六，未能主動去完整系統地參師之話頭，不能完全與師相應；

懺悔七，老師多次期望學生發願，但總是願力不足，有愧師之深心；

懺悔八，未能於八月前完成所囑之作，深負師之所囑。

此時此刻，老師殷切的期望，如閃電般的機鋒，大海般深邃的智慧與博學，特別是老師無緣大悲的情懷，普度天下的願力，一一湧上心頭；老師那種灑脫自如、談笑風生、智慧泉湧、豪邁古今的舉止和風範歷歷在目。

今日再向老師寫一份心得，未來在自己的人生旅途中不斷向老師交答卷吧！

變革的時代給了我創業的衝動。一九九一年十一月，我帶著懷了孩子的太太和全部家當，踏上了南去珠海的列車，開始了創業的征途。

從經營大排檔開始，炒地皮賺得了第一桶金，不到兩年的時間積累了巨額財富。一九九四年七月公司遷到上海，與珠海一位朋友合資成立一家公司。

我自以為能力無邊，一切以資金的積累為目的，先收購了一家欠債兩億元的公司，由此開始東借西挪，公司迅速膨脹，專案涉及房產、製藥、食品、電腦等，形成資產五億元規模的公司，但其中百分之八十以上為負債。由於朋友南方出事，上海的資金鏈突然斷裂，二十多家金融機構索債，曾一天內有十三張傳票，非金融機構甚至到家裡討債。到了一九九六年十二月，剩下八千八百萬的債務、五萬元現金、一個藥品的銷售代理權，當時身陷絕境。到了除夕夜晚，我在黃浦江岸來回徘徊，想一死了之。

後來想開後，我於一九九七年初註冊了上海綠谷集團，開始了第二次創業。不到一年的時間，公司又重新崛起，銷售額超過四億元，成為中國抗癌藥領域的龍頭企業。一九九九年底，公司剛形成規模，與我一起創業的六位股東突然提出分家，公司又迅速跌到賠錢的境地。

二〇〇〇年初，我開始了第三次創業。用六年時間，公司由開始時的一百多人擴大到九千餘人，銷售額突破二十億元，同時又建立了一個直銷隊伍等著申請執照，綠谷成為中醫藥領域極有影響的企業。

雖然公司有大量的現金流，看似紅紅火火，但沒有使命與責任，只有金錢與利益，誇大宣傳，做一些假、大、空的違規廣告，為獲取利益無所不用其極，野蠻競爭，不擇手段，甚至對客戶不負責任，頻頻遭媒體曝光，並不斷遭主管部門查處。我感到出事是早晚的事。

果然，二〇〇七年四月三十日，國家藥監局關閉了綠谷西安藥廠。

二〇〇八年一月十二日，中央電視臺新聞聯播對綠谷進行了長達五分鐘的曝光。數百家媒體聚焦綠谷，全國各相關主管部門開始對綠谷嚴查。我的第三次創業降至冰點，整個公司人去樓空，一個相當規模的公司又一次歸零。

破殼

二〇〇六年七月一日至七日，太湖大學堂第一次正式開課——「禪與生命科學的認知」，我有幸參加。

老師的課真是天籟之聲，每次開講我都去參加。有一次，我給老師說，這麼多年來，我很會掙錢，我是一個舞劍高手，卻沒有方向，不知殺誰？老師說：「項莊舞劍，意在沛公，你心裡沒有沛公。」

二〇〇六年十一月，彼德．聖吉帶著國際上三十多位管理及生命科學專家到大學堂聽課，老師對「生命」兩字作了獨到的解釋：生命是由「生」和「命」兩個字組成，「生」是存活，「命」是理念、靈魂，精神層面的東西。我突然意識到自己的問題是有「生」而無「命」。人類最古老的問題：「我是誰？我從哪裡來？我到底要做什麼？」成了揮之不去的問題，不斷思考、參究，「命」已在我內心萌動。

我向老師請教，我幾次創業都很快成功，但總是又很快失去，別人都說掙錢難，我則感覺很容易，但就是守不住。怎樣才能跳出成與敗的周期？二〇〇六年十一月十四日下午四點，老師在辦公室為我單獨開示，問我為什麼要學佛？我回答說，多年前看您書中提到佛學是大智慧，像《孫子兵法》一樣，想學做事的謀略。老師說：「謀略是世智辯聰，不是大智慧，直心是道場。」我說：「第一次見老師，老師說，做人要有願力，後來想發願力，但自己總覺得每次發願力都是假的。」老師說：「見地、定力、願力是統一的，沒有見地，不會有定力和願力。」我又說：「我現在是有『生』而無『命』，希望能在老師處找到安身立命之所在。」老師說：「空了才有，空了，智慧才能出來。老子說：『萬物芸芸，各歸其根，歸根曰靜，靜曰復命。』」老師慈悲，又詳細地教我如何打坐。在定中，老師進一步開示《金剛經》上說的「應無所住而生其心」。接著又說「一切有為法，如夢幻泡影，如露亦如電，應作如是觀」。當老師說完這四句話，真如醍醐灌頂，突然感到整個身體像解開化掉一樣，所謂自己的事業離我如此的遙遠，真如夢幻一樣支離破碎，像泥一樣融化在水裡。

對老師那次開示，我總結在《生命的甦醒》報告裡，不是我甦醒，而是我要掙脫精神的枷鎖，擺脫無助的狀態。二〇〇六年我對公司正做的一切感到臉紅、痛心，我想逃離，尋找生命中的「命」，我向老師要求到太湖大學堂閉關一年，閉門思過，當場得到老師的准許。

二〇〇七年二月十八日大年初一，懷著求索人生答案的急切心情，帶著不破不立的決心，從上海自己開車到了太湖大學堂，開始了為期一年的閉關。現在還清楚地記得，老師親自囑咐永會師和親證師在禪堂幫我佈置一切。

從二月十八日起，每天上午三小時打坐，下午四小時，晚上兩小時。由於我沒有系統的佛學基礎，老師從最基本的禪定開始教，每天上課。親證師對我講，老師實際是給你一個人講課，我們陪讀。我下定決心，絕不能愧對老師，用一年的時間拿出成果來。老師每天晚上上課，有時下午亦講。二〇〇七年春節，大部分從世界各地來過節的同學都在正月十五前回去了，我經常一個人在禪堂打坐，老師不定期來檢查，我每天晚上睡覺時兩腿都抬不起來，從原來每支香坐四十分鐘，到五月份每次已可坐一個半小時至兩小時。

在閉關期間，公司的業務亦如我所料，最終還是出事了。老師說，你出去幾天處理吧。有次回來後，老師讓我閉黑關（關在一個沒有任何光線的房子中）。一年來，隨著不斷聽課、打坐，我愈加感到自己過去罪孽深重。在一次給老師寫的報告裡說，我原來為了賣藥不得不看病，但現在是為了看病不得不賣藥。這種轉換看似簡單，但是價值觀徹底顛覆了。

有一天我突然領悟到：公司存在的理由是把別人的病治好！如此淺顯的道理，過去為什麼竟然都沒有意識到？但在老師處突然意識到了，企業存在的理由是為客戶創造價值。過去總是掛在嘴上，說得都很漂亮，但卻沒有真正意識到。在閉關期間，佛經漸漸能夠看懂些了，又大量看了老師對佛道等的闡釋文字，才知道過去是背道而馳，所以公司的業務總是麻煩不斷，到處失火。在老師處得到的最大收穫是人生價值觀的徹底轉換，為他人才能為自己，但這時的為他人還是從自己出發。

二〇〇八年一月份，公司出事後，若沒有老師的耳提面命，我面對整個大廈的傾倒，根本不知如何應對。有一次老師給我說，要學會觀心，你心裡煩惱時，那個知道你煩惱的東西是不動的。即使我聽懂了，也沒有做到。

整個二〇〇七年到二〇〇八年，我幾乎是在兩條戰線上進行著最艱難的修煉，一個是在大學堂的禪堂，一個是在社會上的禪堂。

二〇〇八年公司轟然倒塌，給了我前所未有的衝擊。這兩年像割肉一樣，把我身上的肉一塊塊割下，空剩一副白骨。隨著公司業務一項項地倒塌，逼得我不得不放下，幾乎被剝奪到殘忍的程度，真是「驅耕夫之牛，奪饑人之食」。我自認為不笨，也足夠勤奮，但為什麼會不斷地成功，又不斷地失敗？問題到底出在哪裡？天欲亡我？還是我自為之？

我是誰？我從哪裡來？我向哪裡去？我的命到底在哪裡？帶著這個越來越緊的話頭，二〇〇八年十一月初我去了美國。老師給別人說，松濤想不通，去「避運」去了。

剛到美國，我從理性上對自己以往的發展經營不斷自我批判，從用人、決策、管理、經營諸方面反省自己。雖說也得出一些結論，但自己總難滿意。老師對我的狀態十分關心。一天，宏達向我轉告老師的話：「不要搞道理，多念準提咒。」於是，我就既不看書，也不默想，平時就念準提咒，每天四小時打坐，參話頭——「我錯在哪裡？」

十二月初的一天，我突然參明白四個字：「心不在焉」。是呀，十幾年來，自己在沒有方向地打拼，只有外在的努力，沒有做與自己內心相契的事。做中醫藥始終「心不在焉」，沒有真正的願力，心不在中醫藥，當然更沒有為客戶著想，一切從自己出發，所有事情就很難合於「道」了。

命在哪裡？命應在向上一路的地方！

在內外夾攻下（外是公司風雨，內是老師牽引），我感到自己必須要有完全的新生。

這幾年的挫折，恰好促使我迅速獲得新生。

反觀公司歷史，才發現公司從來沒有正確的使命與責任，一切都是從金錢出發，沒有願力，沒有目標，沒有與患者心心相應，對人或事的判斷處處扭曲，不能合於中醫藥產業發展的規律，也沒有合於道的策略，自私自利，怎能不敗？不是「心不在焉」，而是「心不是焉」。新生是超越所有的過去，是質變，是破繭以後的化蝶。

二〇〇九年春節回國後，我立即開啟了第四次創業的歷程，重整人馬，實事求是，依道而行，從關心患者出發，關心員工，一切都如順水行舟，公司回歸正軌，業務突飛猛進，一日千里。我徹底理解了自助天助的真意，理解了何為勢如破竹。到二〇一二年，整個公司用短短四年的時間，規模不但超過二〇〇六年，而且擁有著無比廣闊的前景。

特別值得一提的是，因為沒錢，我在二〇〇八年幾乎放棄了中醫「四診儀」的開發。老師鼓勵我說，你砸鍋賣鐵當褲子，也要堅持搞下去。現在四診儀已研發成功，是中醫現代化革命性的產品，未來將對人類健康起重大作用。若沒有老師，亦沒有今天的四診儀了，老師洞若觀火的智慧，摘葉飛針的妙手，可見一斑。

二〇〇八年之前，每次去北京，不管天氣如何，總感覺是陰天。現在，一切心安理得，真是心裡沒有賊，不怕鬼敲門。得道與失道竟是天壤之別！

若沒有老師的教誨和加持，根本不可能絕處逢生。我在二〇〇八年十二月給老師寫的《大死之後的活》報告，是精神上開始活了，沒想到思路一轉，人生亦活了。

我自以為都參清楚了。雖然標榜大死之後的「活」，但是在二〇〇九年繼續發展事業的過程中，發現所幹的事還不是我要找的命，自己的力量感覺還沒有激發起來，沒有生機勃勃之感。

求道

從二〇〇九年上半年開始，我一邊重新創業，一邊在老師處參學。隨著修行的深入，有兩個矛盾困擾：（一）修道和事業孰輕孰重？（二）現在公司只是重生，並沒有真正找到「命」的感覺，願力還沒有真正出來，只是按規律辦事。在二〇〇九年十一月十七日《轉換生命的軌道》報告中，寫出了困惑但沒把問題說清，老師批示「了心不易」。當晚又給了一個話頭，老師說：「你為啥找不到命？還有一個心結沒有打開。」我問老師是什麼，師說：「禪師還會給你答案嗎？自己參！」

二〇一〇年大部分時間我還是在老師處用功，間或處理些公司事務。有天晚餐時，老師點評一位歷史人物說「利他不夠」，對我深有觸動。在九月十九日的心得報告《逐漸清晰的大球》中寫道：「預見能力不是對現實事物走勢的判斷，不是一種聰明智慧對客觀事物的洞察，它來源於真正想使人們生活發生改觀的願望。若不能與眾生產生共鳴，若不能為眾生疾苦而憂心忡忡，若沒有改善眾生疾苦的急切願望，沒有對待眾生的慈悲心懷，外在的功用又有何意義？永遠只是一種世智辨聰的小計，永遠只是一種隔靴搔癢的舉動而已。」

我自以為參破了那個心結，破了小我，但只是理上解決，事上不徹底，雖然我認為又翻了一層，但還是一個空的願力。

二〇一一年三月份開始，隨著「江村市隱」的建成使用，我基本上都在大學堂學修。

老師開始領導大家研究唯識學，幾乎每天都講。我上午學習，下午打坐，晚上聽課，老師說我這段時間突飛猛進。有次送老師回主樓，我問老師：「佛法是否真的包容生命科學、認知科學、心理學等？」師說：「當然！這是個大寶貝，可惜你們沒有願力。」我向老師表示決心真正深入研究唯識，融合現代生命科學、認知科學等；準備花三到五年時間，搞透《瑜伽師地論》。老師聽後十分欣慰，送我兩套《瑜伽師地論》，並說可在上海家裡和江村市隱各放一套。

二〇一一年七月十五日晚，老師對唯識學習的小結，如黃鐘大呂，直指人心，我對「不動地前才舍藏，金剛道後異熟空」突有一種體悟。七月二十日晚，老師在講「識者識所識」時，我深有感悟。我隨後寫成報告《打破玻璃始見真》。

二〇一一年七月二十三日晚，老師把我的報告念給大家，並用同安察禪師《十玄頌》第十頌給我開示。我此刻才知，原來此前我所有的境界總是「鷺鷥立雪非同白，明月蘆花不似他」。老師又強調最後兩句：「殷勤為唱玄中曲，空裡蟾光撮得麼？」老師說：「撮得——參！」又給了一個大話頭。

二〇一一年七月二十六日在米蘭機場，我突然想到了兩首詩——明白前：「清明時節雨紛紛，路上行人欲斷魂。借問酒家何處有？牧童遙指杏花村。」明白後：「春眠不覺曉，處處聞啼鳥。夜來風雨聲，花落知多少。」這實際上是對七月十五日感悟的進一步強化，但還是沒有「撮得」。

我多半是在大學堂度過了二〇一一年。除了唯識課，老師還講了不少中國文化經典，如關於經世致用，講了《尚書．大禹謨》、《素書》等。

江村市隱是老師始終牽掛的，在江村市隱的建設過程中，老師多次關心並親自驗收和題名，還囑咐我說：「以後你將公司總部放在江村市隱，以後我會在這裡講授生命科學的課程。」我曾問老師為何起此名，老師說：「參！」

二〇一一年十二月初，我給老師寫了《二十年轉身》的報告，我以為自己參明白了「空裡蟾光撮得麼」，其實並沒參透。

發願

二〇一一年下半年，老師就讓我抓緊把自己的一段經歷寫下來。二〇一二年春節後，老師幾次見我都說要嚴重地談一次，直拖到五月二十日下午。那天的談話氣氛凝重，老師問我：「你未來到底想做什麼？」我說：「我未來想走老師的路，傳播中國文化，像老師一樣發願。」老師說：「你的願力還理解不了我的願力。」我說是。老師說：「這個話題是談最後一次，以後不再談了。」我聽後馬上哭了，老師也流淚了。我立即向老師叩了三個頭，當時以為老師只是嚴肅地鼓勵，現在看來都是走前的交代，老師何等的慈悲！

「你的願力還理解不了我的願力！」與老師的這次談話，促使我對願力這個話頭又進一步深參。

八月十三日，老師身體欠安，還讓宏忍師給我發信息：「以後可以讓宏忍師帶著大家學習《難經》，老師旁邊給以指導。」我當時在京出差，看到資訊不禁潸然淚下。八月二十六日，我又去看老師，老師未下樓。大家在餐廳吃飯時，老師又讓宏忍師給我一本《徐靈胎醫學全集》讓我學習。拿到書後百感交集，我深深感受到了一顆聖者之心！

二〇一二年九月十九日，我回大學堂後，老師已閉關，同學們在學堂裡為老師護關，默默為老師祈禱。九月二十一日，我為老師整夜護關到黎明時，自己哭了一個小時，老師一生太苦了，願力太大了，太慈悲了。為了弘揚中華文化，受了多少罪，吃了多少苦，遭受多少的委屈！連學生亦求啊，求學生學習，求學生發願，求學生進步。

從九月十九日到十月五日，我把老師的書都拿出來系統地瀏覽，好像突然看懂老師了。有人誤解老師，說老師的學術沒有體系，他們哪裡了解老師的完整體系啊！老師的學問就是生命智慧之學，他為天下人修了一條完整的生命修煉之路——通向人心之路。老師把中國文化及世界文化推向高峰，老師的學問體系裡，理、法、方、藥俱全，並療效神奇，世人若想提高自己，還向哪裡找？老師豈止是千古一人！老師說：「佛為心，道為骨，儒為表，大度看世界；技在手，能在身，思在腦，從容過生活。」老師的學問就是內聖外王之道。

有人說老師只是做了傳統文化的解釋工作，有人說老師只是學問淵博，這都不對。老師不是「我注六經」，而是「六經注我」。老師貫通古今中外，只是借他人而抒發自己心性而已。誰又能像老師那樣自由往來於儒、釋、道、武、醫、諸子百家？老師亦是不往不來，參透古今天地，如如不動，無所從來，無所從去。

老師去世後的日子裡，所有的同學都好像成熟了。很多人在談老師身後事時，自然也把自己的尾巴露出來。老師像一盞明燈，誰有雜念，立顯原形；老師像熊熊大火，只要有私心的飛蛾，馬上被燒掉，真是動念即乖。跟老師那種完全無私的普度天下的宏願相比，所有人都顯得渺小。老師去世沒有交代就是最好的交代，老師的去世給所有人上了一課，亦給所有人一個永遠要參的話頭。

老師一生為天下人「殷勤為唱玄中曲」，為的是讓天下人撮得空裡蟾光，老師的願力哪裡是我輩所能瞭解的。孟子說：「可欲之謂善，有諸己之謂信，充實之謂美，充實而有光輝之謂大，大而化之之謂聖，聖而不可知之之謂神。」兩千年前的孟子為老師提前做了結論，偉哉老師！

回想老師二〇〇六年十一月給我的開示：「見地、定力、願力是統一的，沒有見地，不會有定力和願力。」老師說安身立命之所在：「空了才有，空了，智慧才能出來。」我第一次見老師，老師告訴我要找那個萬變之中不變的「一」，在第一次見面和第一次開示時全部告訴我答案了，最初的就是最終的。

我對老師所有的書籍進行系統閱讀，我讀出老師的書是生命智慧之學。到這個時候，我真正對生命智慧之學有體悟了：一個是對老師生命之學的系統理解；二是我對老師止於至善的感受；三是有諸己之謂信的體驗。真正的人生就像「主謂賓」，大多數人只有主語（自我）沒有賓語（他人），為什麼沒有賓語（他人）？是因為沒有謂語（見地、定力、願力）。生命是「生」加「命」，是「主謂賓」合一。歷經數年的參悟，我今天才算找到「命」之所在，原來命就是一個人，找到一個「一」並一生去叩拜，而這個「一」就是萬法歸一的道，是精益求精、向上一路的道啊！只有這樣才心無恐懼，無憂顛倒夢想，才能一口吞盡西江水，才能攪長河為酥酪、變大地為黃金，才能鐵臂擔道義、妙手著文章，從而蓋天蓋地去，才能真正體悟大雄寶殿之大雄真義，出世入世又有何妨？老師終於讓我的生命破殼而出了。

老師這些年對我「殷勤為唱玄中曲」，亦不斷關心我「空裡蟾光撮得麼」。老師也許正以慈祥的目光注視著我，「空裡蟾光撮得麼」？我亦向老師會心一笑。

老師與天地同在，萬古長存！

學生呂松濤叩拜

二〇一二年十二月

憶南師情

南師北斗鶴歸去

鄭宇民

送南老，正值中秋夜，格外的靜，十分的悲，大學堂的空氣，讓人的心在悸動中收緊再收緊。低垂的月亮很蒼白，升騰的青煙很肅穆，我一直在看，那一縷縷的青煙會不會顯化出南老的身影。我根本不相信南老已經離開我們，南老是在閉關，南老的佛心道骨儒表就在面前。前不久，他還為我們吟誦蘇曼殊的「滿山紅葉女郎樵」；前不久，他還教我們讀《史迻》，讀《增廣智囊補》，不曾想，今天卻是「拄杖芒鞋幾劫灰，英雄菩薩兩嗟傷」。

告別儀式很簡短，文明辦的領導致悼詞，他稱南老是大學問家，是永遠的精神導師。我一直認為，南懷瑾先生是大家，是傳播運用的大家，是把經典文化大眾化的導師。而南老則認為自己只是「個體戶」，辦的是「私塾」。他堅持，中國文化的傳承必須與時俱進，經世致用，並依此改變大眾的生存狀態、行事方法和價值取向。他認為引導運用重於訓詁考證，反對把中國傳統典籍的研究引入狹窄的學術胡同，這無異於鑽地洞。為此，他不免受質疑。南老說，夏蟲不可以語冰。他不遺餘力，讓聖人走下神壇，讓大眾走近經典，讓傳統走向普及共用。

一

我經常和民營企業家一道去聽南老的講座。他說：「民營企業家的幸福指數很低，辛苦指數很高，發財了不幸福，發達了不快樂，白天當老板，晚上睡地板，中午還要盯牢創業板。追求目標物質化，其實是文化貧乏，中國的市場經濟如果缺少文化干預，缺少文明指引，就成了西瓜皮，滑到哪裡算哪裡。」他把他闡釋的財富觀傳導給民營企業家，他說自古以來財富為五家所有：一是皇家所有；二是盜賊所有；三是去病所有；四是災害所有；五是惡子所有。如果把財富的去路搞明白了，來路的追逐也沒有必要太執著了。他希望企業家不要過分追逐財富，而要有責任擔當。

我認識南老是因為金溫鐵路。二十世紀九十年代初，他宣導用民資民建的辦法啟動修建工程，他的弟子覺得這個項目賠錢，不肯出資，他就叫弟子面壁反思。三天後，弟子向南師報告心得：企業家立身處世，還有比賺錢更有意義的事，比如，修鐵路。

告別儀式的草場上，自發跪著許多人，其中不乏著名的企業家。他們雙手合十，哀哀抽泣……也許，今生再也沒有嚴師要求他們面壁思過了，但他們的腦子裡已經刻下了反省思過檢點慎行的尺規，「敬畏」二字已經成了前行的路牌警示。他們不會再有奉師命修鐵路的機會，但是，他們還得修，修來路，修去路，修心路……

夜寒陣陣襲來，月亮漸行漸遠。光是冷的，影是冷的，心也是冷的。我不斷打寒戰，腦子裡斷斷續續地浮想起南老平時關於人生的指點。

南老多次說到人生苦短，但是更苦的是折騰，要能安時處順，珍惜此生，不可折騰，不管是折騰人家還是折騰自己都是不安生。有一次，南存輝與我一道前往廟港。他向老人家報告，樂清家鄉宗親想修一下宗墓，有人動議把周邊的無主墳墓平掉，把新近入土的墳墓遷走。南老聽了連連搖手，他說，地上拆遷已經夠遭罪了，不能再搞二茬罪，死人入土為安，死人世界是平等的，有錢人沒錢人都是死，不要再分三六九等了，我們的宗姓要與外姓和諧相處，都遷走了太冷清，要修就大家一起修才是。

南老的善、南老的民本思想和民生情結，藏於內、溢於外，融於身行與傳導的統一之中。二〇一一年十月六日，我去看望南老，剛好有個美國的弟子來彙報施食的心得。南老教導他說，施食就是普濟，普濟是要有實際內容的，對吃不上飯的人和其他無食源的生命進行施食，這是最基礎的普濟行為。佛門把生存空間分為上三道、下三道，施食主要對於下三道，還包括不能轉世為人的豬、狗、貓。如果不施食，它們就會來敲你的窗門。他又跟我說，上下三道是佛家語，其實是借喻社會階層劃分，要注重「下三道」，對最底層的生命生存給予最集中的關注，只有把弱勢群體妥為安置，社會才會和諧，當政者就不怕半夜敲門。

南老實踐入世有兩條路徑，一是大眾行識，二是智慧資政。他對中華傳統文化的傳導是雙向並行、交互作用的。太湖大學堂，也是個精神「大食堂」，一到開飯時間，士農工商儒釋道各色人等，都會齊聚一起，談古論今，縱橫捭闔。在這裡，序長不序爵，求學不求利，是精神聚餐、智慧聚餐。也正因為此，有許多政界的朋友，成了南老智慧資政的客體。

南老是一個有民族責任感的學問家。他說他是「爹不親娘不愛」的「棄兒」，但是他「敬爹孝娘」，他答應擔任兩岸和談橋樑，為的是中華民族和睦；他建言獻計，為的是國家富強。他的國學智慧，是參政資政的財富源泉。二〇一一年八月，香港有人問他，競選交替怎麼辦，他念了李賀的雜言詩《休洗紅》——「洗多紅色淡」，「洗多紅在水」……言下之意，要注重更替中各得其所，新紅舊裡都是一件衣，千萬不能撕破了。

像任何造詣精湛的大家一樣，南老的國學智慧從不用來抨擊人，而只用來點化人。他說，我不是武僧，賢者不打嘴仗，智者不用武鬥。治國之道在於得人，要真正尊重真正的有識之士，這兩個「真正」很重要，必須是真尊重，必須是真有識。他舉例，朱元璋當年主持一項工程久拖不下，高人託夢要他取用學儒的心肝，他就動了殺戮的念頭。馬皇后聞訊趕來說，錯矣，儒者的心肝就是儒者的心胸文章，讓最有心胸最有見地的有識之士參與其事，事即成矣。南老的智慧心胸是一般人很難企及的，他的經歷閱歷是一般人很難比擬的，他用體認講功課，用閱歷做指引，用人生做學問，學識比學歷重要，學養比學識重要，弘揚比學養重要。閱歷是學養的基本積累，心胸是閱歷的主要庫容，踐行是弘揚的具體路徑。我們達不到南老的境界，但可以體悟南老的境界。

二

池座上堆滿木柴，火把搖曳，一點就著，一時間，煙火升騰，香氣繚繞，原先無雲的月空，堆積起一團團祥雲，燈火映照，淚光齊集，人們完全被籠罩在一個智者、仁者、勇者營造的境界裡，齋心服形，遊外弘內。南老，我們看見您的微笑了，看見您的招手了，看見您的坦然了，看見您的掛念了，您真的就這樣走了？您交給我的許多事，還沒有做到；您說給我的許多話，還沒有參透。每當您與我談話的時候，我就會真切地感受到慈親的溫暖，但是，我沒有好好孝敬過您，我只給您帶家鄉的盤菜，只給您送土製的月餅，我無知地運用了您無私給予我的無窮點化，卻沒有珍惜與您在一起的日子。您說，會常想念我，可是，如今您撇開我，只留下我想念您。

我清楚地記得，那一年打「血燕」，您說，打得好，很佩服，別讓人家欺負我們沒文化。您提醒我，要小心喲，注意安全！您告誡說：「不能太直『堂堂之陣，正正之旗』有時扛不動。」您親筆題寫了誡勉：「世事正須高著眼，宦情不厭少低頭。」

此時此刻，我低著頭，把鮮花一枝枝插在南老的去路上，我想告訴南老，百合花是您乘願的信使，馬蹄蓮是您回家的指引，您要常回家看看。

您在二〇一一年八月和十月兩次指示我去看看中印庵。我知道，您於一九四七年前後在那裡閉關，您有很深的靈峰情結，您交給我一組詩，是您當年離開中印庵時的舊作：

銅駝血淚漬蒼苔　拄杖芒鞋幾劫灰

記取靈峰峰上色　風塵何日鶴歸來

這些塵封多年的浮海別離詩，意味著您思鄉的心在萌動，我感受到了這份萌動，我多麼希望讓您老如願，遊子還鄉，在曾經的靜室，在靈峰的高處，誦經著述，吟詩抒懷。「黃昏鶴去梅魂冷，一杵鐘聲億萬家」，我知道，這是您吟詠了六十年、寄託了六十年的願望；「國計家籌都不了，入山何處白雲深」，我知道，您這是問天、問鄉、問路。我心無遺，我力不及，我為您探路，我會再去中印庵，為您找回當年的您。

四

燈滅了嗎？人散了嗎？我獨自一人來到禪堂，寂靜得如同另外一個世界，無眼耳鼻舌身意，只聽到一聲重重的歎息；我又獨自一人來到食堂，南老的座椅還在，兩個靠墊，相向虛立，原先，它們是多麼充實，多麼豐盈。我一遍遍地撫摸著座椅的扶手，我喃喃地說，南老，您還在的，您只是閉關，您只是遠行。我們等您，等您乘願回來。我們還在這裡聽課，還在這裡廣采博聞，還帶上家鄉的盤菜，還送您土製的月餅，還在這裡念誦心得文章，一定會見到您的，在大學堂，在中印庵，在夢覺時，在未來世界……

夢！夢！夢！

楓橋

今年中秋的月特別清，特別亮，也特別圓，以至於每天只要一闔上眼，我的眼前都會清晰地浮現出那輪明月，在心中不斷放大、放大，山河大地終歸一片清輝。

老師的荼毗儀式上，我望著宗性法師手上的火把，看火焰跳躍，亦夢亦幻，沉浸在失去老師的哀痛中，宗性法師突然大喝三聲——「夢！夢！夢！」我當下被震醒。一切難道不是夢嗎？

今年清明時節，不知何來的福德，我夫妻倆同蒙老師召見。面對老師，我滿腔的問題一下子都吐不出來了，反倒是老師，慈祥、親切，對我充滿了鼓勵和讚許。事後回味，老師原來已經在不經意間把我的疑惑都指點了出來，甚至對我疏略的人生都已經點明了方向。老師給我起了兩個筆名，殷切囑咐，希望我今後也能夠搭建起溝通傳統文化與現代的橋樑。更令我備感幸福的是老師關照我們以後好好在學堂用功，多學習，並再三叮嚀說：「你們在這裡抓緊學習，趁我還在這裡，抓緊學，也許半年以後你們要再找我就難了。」我心裡一下子就浮現出幾年前外公辭世前向小輩們預告時日而且異常精準的事，當時心情就沉悶下來。老師視力不好，我坐在他對面，他看不清我的表情，但是他就像知道我的心事似的，又將不祥的話意輕輕地轉開，告訴我半年之後他也許會去其他某個地方居住。

從那天開始，我但凡有空就往學堂跑，聆聽老師的話語，感受老師的風範，也接受學堂師長們共同的熏習。我是學堂的新面孔，年紀大約也是最小，老師非常地照顧我，有時我默默地坐在靠邊的桌子，他知道了，就會熱情地招呼說：「你也來了啊，快快過來，這裡坐！」老師有時還會當著其他師長的面誇獎我，鼓勵我，指著我說：「這是個人才啊！」每每及此，我都不敢正視老師，因為我知道自己在學堂各位大龍象面前實在是不值一提。老師的鼓勵也許只是讓我更好、更自在地融入整個學堂如大家庭一般的親切氛圍，讓各位師長都能提攜關照我這個後進生吧。在當眾誇讚我之外，老師會在私下給我的開示中痛下棍棒，令我深切地意識到自己的痼疾。老師還常常會用各種方式開示眾同學，對於此禪宗的手法，各人體會不同。我也明白老師同樣在指出我的缺點，每當此時，內心中彷彿開出聖潔的花來。

跟隨老師學習的時間非常短暫，但老師對我的影響於我來說已經永恒。其實我這麼多日子裡都心存僥倖，希望老師說的「半年」只是為了讓我努力學習，可心裡一直有陰影，害怕老師真的半年就離開我們，所以在學習上就非常焦急。有一段時候，我通宵達旦地用功。聽到我彙報這樣的情況，老師忙拍著我的胳膊說：「放下，放下，欲速則不達。」可是因緣往往就是這樣，如果沒有老師的半年一說，背負各種障礙的我就難以見到老師這麼多次；有了半年一說，我的焦急之情反而阻礙了自身的精進，實在愧對老師。

八月初，老師閉關之後，我就再也沒有見到過老師，但是心裡卻不斷地回味這幾個月來與老師相處的點點滴滴，特別是老師入定之後，我每天關注著老師的消息，將老師給我的批示整理成冊，反芻、體會我與老師接觸的種種細節，對老師的大悲大願，對老師的內心和言行有了更深刻的領悟。老師的喜，是為別人的進步而喜；老師的怒，是為弟子不明究竟無端造業而怒；老師的淚，為中華文化心脈有人繼承發揚而落；老師的痛，不在他咳嗽的身體，而在多病多災的社會……老師每日連鬼道、地獄的眾生都不忘記佈施，對我們所有人更是平等相待，傾盡心力。後來才聽說，老師八月中旬開始就已經不進食了，每日只喝少量的水，可是九月三日他還撐著病軀對我的學習報告做了批示，回想起來，那種沉痛無以言表。一個瘦小的老人，把自己燃燒殆盡，如同月光普照，將光明無私地帶給大家，為無數人在暗夜中點亮了心燈。他完全徹底地將自己奉獻給了我們這個民族，乃至人類文化的進步，沒有一絲一毫為了自己的心思。

九月十九日，得知老師入定，也有網路傳言他辭世，我心急如焚，雖然期待有奇跡出現，但是心裡明白，老師早已準備好了。我今年初見老師之前，與很多老師的粉絲一樣，感覺老師無所不能，神通又神祕。但一見到這個可愛又可敬的老人，我就明白自己太小看老師了。老師根本就不去展示和玩弄這些神祕，「此身不上如來座，收拾河山亦要人」。他展現的就是一個真實的普通人，身上痛就痛，酸就酸，明白地告訴迷信神通的人們，老師能以人身辦人事，大家也同樣可以，同樣應該。老師以病弱之軀告訴大家，不要用神通和神祕標榜自己，形體的衰敗是自然規律，人性、道德、文化的養成則是千秋功業。

我見到老師時，他就一直有咳嗽的病症，有時咳得連講話都困難，令人揪心，但是老師還是每日接待客人，教導學生，批示作業，關注時事，忙忙碌碌得讓我們年輕人也自愧不如。從照片的對比中可以看出，老師今年與往年相比又憔悴了許多，他為了自己二十六歲時就許下的大願，經歷風雨如晦整整七十載，已經將肉體消耗到了最後。九月二十九日，老師示寂。三十日，送別老師。屈指算來，正好我在學堂學習半年。

半年一晃而過，如夢幻泡影，如露亦如電，但老師潤及我的一切，卻是累劫難逢的。那夢幻的背後，那以一個普通老人示現的深處，分明還有個不病不咳如如不動揮灑自如的老師，他慈悲、智慧、平等，一如年輕時代，他永遠與我們同在。

老師已經指點了我們每個人如何脫離這夢幻，回歸真實，接下來就看我們自己的了。

法乳一滴恩似海　三界原幻師曾來
入得門中急自度　收拾河山我亦才

感恩老師，懷念老師。

華枝春滿　天心月圓

流年

自古以來，從來沒有一個人，能夠在世時影響造福數以十億計的人們，往生時牽動感動數十億的人們。

自古以來，從來沒有一個人，無官無職，無權無勢，甚至沒有像樣的文憑，只有一個親切的稱呼——「南老師」，卻讓天下人都無比的景仰，無比的敬重，無比的恩。

自古以來，從來沒有一個人，發願「把天下人當子女，把子女當天下人」，「兩腳踏翻塵世界，一肩挑盡古今愁」。為了至高無上的道德教化，捨棄一切，而光照千秋。

自古以來，從來沒有一個人，人生如此精彩紛呈，智慧如此通達無比，人情如此練達，慈悲可愛，幽默風趣，讓不同國籍、種族、黨派、年齡、性別的各種各樣的人們，都喜歡和親近。

自古以來，從來沒有一個人，在他的色身將要離開塵世時，不需要封號，也不需要做作，更不需要宣講，而讓所有有緣的人，都會發自內心、最真誠地痛惜，痛心，痛哭，痛悔，痛別。

自古以來，從來沒有一個人，可以上下五千年，縱橫十萬里，經綸三大教，出入百家言，通經史子集、現代文明，實修實證，教化一生。

這就是我們的南老師，南公懷瑾老師。九月十九日南公示疾，並入深深定。二十九日示寂。

三十日晚，在南老親手創辦的太湖大學堂，親友學生們為南老舉行荼毗儀式。

今晚，月朗風清，晴空無雲，群星皆隱。一百餘名老學生，無不淚眼相對，莊重而深情地來送別最親切、最敬愛的老師。當南老的靈柩在一聲聲「南無本師釋迦牟尼佛」的陪伴下，由親人護送出來時，所有的人無不淚奔如流，悲抑不已。特別是播音器中傳來南老原聲唱的佛號時，他的音容笑貌，直逼眼前，更是令所有的人涕淚悲泣。在場的每個人都受南老無私大恩，而南老從來沒求學生們做什麼，除了要學生們更好地成長，更好地修道，更好地利生。

溫總理的唁電，數語片言，卻是極為崇敬，對南老為弘揚中華民族傳統文化的居功甚偉給予極高的評價。周瑞金老學長一開口——「我們最敬愛最親切的南老師」，卻引來了四周泣聲一片。南一鵬學長的致謝，更令人感動——「父親以天下人為子女，以子女為天下人」。南老的親人，平時極少有機會見到老師，而老師卻把所有的人當成自己的孩子，親切而慈悲，「夫子，溫、良、恭、儉、讓」，是也。

舉火儀式由成都文殊院的宗性大和尚主持。眾人頌七遍般若波羅密多心經後，按佛教儀軌，進行荼毗。眾人紛紛跪拜，口頌佛號，向火中的南老行禮。

此時，天空如洗，明月朗朗，一切圓滿如願。主持人稱：「南老的一生如今夜之明月如此圓滿！南老的願望是希望所有的人都如此圓滿」，又感動了所有的人。

誠如弘一法師的遺言：「君子之交，其淡如水。執象而求，咫尺千里。問余何適，廓爾亡言。華枝春滿，天心月圓。」

漫天的月光，是南老慈祥的目光，似乎在囑咐著：

不必著相，南老已在常寂光中，與諸佛同在；

不必悲傷，南老已經捨色身而去，而大願永存；

不必擔憂，南老已經春風化雨，只待秋實，功在當代，利在千秋；

不必遲疑，南老已經精神不朽，時時鞭策，念念在茲，刻刻同在。

感恩南公！感恩南師！祈願恩師乘願再來！

南無本師釋迦牟尼佛！南老阿彌陀佛！南無十方三世諸佛諸菩薩摩訶薩！

我與南懷瑾先生的師生情誼

王學信

二〇一二年九月下旬，我突感內心煩躁不安，有幾個夜晚雖勉強入眠，仍難安寢，不知究為何故。

九月三十日正值中秋佳節，心思恍惚中，我前往宜南看望九旬老母。見老母精神健旺，甚感欣慰。攀談間，突然手機驟響，是好友中國新聞社老社長郭招金先生打來的。他急切地告知，南老已於昨天下午四時許圓寂，這一消息業經另一好友證實，語氣極為傷感。

南師圓寂，再無可疑，聽聞之下，不啻晴天霹靂。我腦海中頓時一片空白，怔怔地坐在那裡，淚花模糊了雙眼，許久，許久……我不停地問自己：「這是真的嗎？這怎麼可能？怎麼可能？老師還有那麼多事沒有做完……」

是日中秋夜，天晴氣清，月光如水，灑落窗前。我仰望中天明月，心就像被掏空了一般，援筆寫下《悼南師懷瑾公二首》以寄心中的無盡思念。其小序云：「壬辰中秋日，驚悉南師懷瑾公示寂，心甚悲摧，雙淚潸然，情不自持。因有此詠，詩以奠之。」其七絕云：「一夕中秋驚坐起，清光桂魄照窗前。南師慧炬傳天下，依舊音容在世間。」其五絕云：「遙念師恩重，心摧淚自潸。南師人不遠，遺愛滿人間。」

兩詩寫罷，不覺淚流滿面，望著南師贈我的大幅彩色照片——照片上，老師安詳地坐著，膝上放著一本打開的書，滿頭銀髮，慈祥地笑著，永遠溫馨而慈愛。瞬時，往日如昨，歷歷如在眼前……

未謀師面　先結師緣

一九九四年的一天，我的好友史平先生來家中作客。他畢業於北大中文系古典文獻專業，當時供職於國家外文局，正負責外文局所屬一家出版社編輯出版南懷瑾先生的著作，其中有《易經雜說》、《易經繫傳別講》、《禪海蠡測》、《禪話》、《道家密宗與東方神祕學》等。

他介紹說：「南先生是極富傳奇色彩的海外著名學者，畢生致力於弘揚中華傳統文化，對儒、釋、道三家之學的參悟、研究極有見地。此次推出南先生系列著作對振興中華文化很有意義。」接著，他話鋒一轉：「不過，現在大陸讀者對南先生很不瞭解，甚至連名字也沒聽說過，各種媒體也從來沒有報導過。如果你有興趣，希望能寫一篇全面介紹南先生的文章，正好也適合刊登在你們《華聲報》上。」

《華聲報》是國務院僑務辦公室主辦的中央級僑報，當時我是報社編委兼副刊部主任，於是，我對史先生說：「介紹南先生的文章登在《華聲報》副刊上真的很合適，可惜我沒有見過南先生，也很不瞭解，只是聽好友提起過，南先生是當代佛門大居士，又是大學者。

你要有現成的文章那就太好了。」

史先生說：「現成的文章真的沒有，按說應該先去香港採訪南先生，然後再寫，可是時間又來不及，只好煩勞你老兄了。我準備些材料，你先研究研究，再決定怎麼寫。」我在中學時就酷愛中華傳統文化，大學又讀的是北師大中文系古典文學專業，因此對史平先生如此熱情推薦的南先生自然產生濃厚興趣，便爽快地答應下來。

幾天後，史先生帶來一批關於南先生的資料交給了我。隨後，我仔細閱讀了全部資料，發現儘管其中不少僅是零章碎簡，但也有一些較為完整的記述和回憶片段，最可貴的是，資料內容可信度很高，這使我增添了信心。

隨著對資料的深入研讀，南先生的人生行履清晰起來，音容笑貌也鮮活地呈現在我的腦海中。於是，我揮筆寫下了文章的標題：《學界楷模　一代宗師——記中華傳統文化之集大成者南懷瑾先生》。一連幾個不眠之夜，萬籟俱寂，奮筆疾書，全文終告完成。我在文中凝煉而全面地敘說了南先生的生平事蹟，力爭以最簡約的文字、盡可能豐富的內涵，為讀者提供更多的相關資訊，讓人們更多地瞭解南先生。行文之時，我深深為先生的文章、道義、品格所感動、所激勵。

該文以整版篇幅刊出，排版時，恰逢青島市政協委員成洪章先生寄來他的大幅篆刻作品觀音菩薩造像，極為精美，遂套紅作為全文襯底，版面十分漂亮、醒目。史先生見到這期報紙，十分高興，隨即給南先生轉去了樣報。這期《華聲報》也引起更多人的關注，社會反響很好。不久，臺北《十方》雜誌全文轉載了這篇文章。為此，我深感欣慰。雖然當時尚未與先生謀面，但先生已然成為我心目中深深仰慕的老師。

香江禪坐　南師親傳

一九九五年六月下旬，我偕同曹越先生應南師之邀來港拜訪。南師見我們如期造訪，非常高興，執手問長問短。我在《南懷瑾詩話》自敘中記述了與南師的初次見面：「時維五月，歲次乙亥，余嘗偕友自京赴港造訪南懷瑾先生，此香港回歸之前二年事也。余於南師，雖素仰盛名，卻未曾謀面，故彼次初見，心中惴惴，蓋恐言語之不到而禮數之未周也。孰知一經晤面，見師靄然長者，風神俊爽，銀髮皤然，有儒、道、佛三家氣象者。及與師執手晤談，則覺師之手潤澤輕柔，暖似三春，固知師非常人也。而『望之儼然，即之也溫』，一如晤對父母然。」

當晚在南師寓所餐畢，南師指了指我們，對在座弟子賓朋說：「他們二位從北京遠道而來，今天就開講玄奘大師的《八識規矩頌》，你們要聽好哦！」接著，南師助手李淑君小姐將事先準備好的相關資料分發給大家。南師呷了一口茶，便開始娓娓講述。能親耳聆聽南師對《八識規矩頌》的詳盡解說，實為人生一大幸事。儘管此前自己對佛學接觸不多，所知十分有限，但聽了南師一連幾個晚上的精闢、生動講述，初學唯識，仍有如飲醍醐之感，眼界頓開。

在港數日，每天午後我們便到南師寓所禪坐。禪堂內檀香嫋嫋，至潔至淨，細心的李淑君小姐總是先為我們準備好兩個高低適合的座墊，還有放在雙膝上的兩條厚厚的毛巾被，避免靜坐時雙膝染上寒氣。

囑為詩話　三載乃成

在港期間，有一天我與曹越先生及香港中國通訊社郭招金社長侍坐於南師寓所。南師贈我《金粟軒紀年詩初集》一部，當時匆匆翻閱，見南師詩作格律謹嚴，文詞雅馴，聲調鏗鏘，且意境深邃，頗具古人韻味，實為難得一見之佳制，便連聲讚歎。讚歎之餘，又深感詩集中沒有注釋，恐怕會影響讀者對詩作的理解。南師聽罷，很是贊同，對我說：「原有此意，只是沒有找到適合的人來做，你如果有興趣，就來做做這個事。」

臨別時，南師又贈我《金粟軒詩詞楹聯詩話合編》、《楞嚴大義今釋》、《楞伽大義今釋》、《禪海蠡測》等著述，以及沈德潛編選之《唐詩別裁集》、《宋詩別裁集》、《清詩別裁集》，王文濡編著之《評注宋元明詩》、《清詩評注》，丁福保編《佛學大辭典》等，足足裝了一提包。

南師嘗說：「我不是詩人，我的詩只是興之所至，自己拿來發抒心情和思想的感喟而已，有時是作為個人經歷的記憶資料。在我的寫作中，少有對蟲魚鳥獸、山川人物纏綿悱惻的情懷，又在詩詞中隨意摻入理性的句子，或佛道的術語。有山林羽士的蔬筍氣，又有理學家們的頭巾味，既不能創作新格，又不肯泥古不化，一無所是，只能說像禪師和尚們臨機的偈語。」

此誠師之自謙耳，而我讀師之詩，「仰之彌高，鑽之彌堅；瞻之在前，忽焉在後」，誠天籟之音，而非凡人之語也。余雖素喜古詩文，然以往既囿於見聞，且不求甚解，僅粗知大要耳，皆屬淺嘗。於儒、釋、道三家之學，亦僅識皮毛，遑論登堂入室哉！故悔當初率爾承命，而今則無言以對，進退失據矣。」

在《南懷瑾詩話》自敘中，我記述了當時醞釀、思考的過程：「於逡巡中，餘食不甘味，寢不安席，終日惶惶，若有所失，幾魂不守舍者。居有頃，一夕默坐，獨對孤燈。望星月交輝，聽蟬鳴聒耳，忽心中寂然，靜如止水，遂豁然有省。夫必有倜儻非常之人，乃有倜儻非常之詩。欲知其詩，必知其人；而欲知其人，則必知其詩，人詩一也。」

蓋南師經綸三教，出入百家，究天人之際，通古今之變；博聞法藏，獨契心源；於禪密諸宗，深得個中三昧焉。且數十年以降，歷軍政文教諸界，芒鞋筇杖，足跡遍及吳越巴蜀、西康雲貴、滬寧港臺，及美、日、法諸國，於世出世間，雲施雨化，著述等身，桃李遍天下。然師於此劫難頻仍之世，每歎聖賢大道難行，而哀民生多艱；冀中華江山一統，而致天下太平。故身處塵勞而不染，視人間富貴若浮雲，瑰意琦行，超然獨處，惟清淨貞正以自娛耳。古人每謂：「舉世混濁，清士乃見」，「歲寒，然後知松柏之後凋也」。想見師之為人，信然。

南師之詩作，絕非風花雪月、無病呻吟之類，蓋因南師幼承庭訓，後得朱師味淵公、袁師煥仙公詩教傳承，素秉古聖先賢之遺教，詩以載道，紀事抒懷，感時憶舊，每發乎情而止於禮義。雖指斥時弊，評說古今，亦絕非疾言厲色，不失詩家溫柔敦厚之旨也。且師多有禪詩偈頌，以開示僧俗四眾，其意高境遠，蘊藉無涯，直追古德。蘇東坡贈惠通詩云：「語帶煙霞從古少，氣含蔬筍到公無。」其此之謂乎？

其間，我宿患之肝疾多次發病，險象迭生。南師聞訊則憂心默念，每堅囑頤養病體，不可操勞過甚，靜坐養生，持之以恆，或可助一臂之力。南師的呵護、關注，使我備感溫暖，也堅定了我戰勝宿疾的信心。於是，我謹遵師囑，每天工作結束後，晚上僅用兩個小時做詩集釋注，之後於子夜時分便靜心禪坐，心無旁騖。如此日復一日，凡三歷寒暑，沉屙漸痊，《南懷瑾詩話》初稿亦始告完成。其時，我心之快慰，殊難以言語道也。

兩赴香江　修訂書稿

一九九九年八月一日我趕赴南師寓所，秉師命前來修訂《南懷瑾詩話》書稿。與四年前一樣，在這間大而典雅的會客廳兼餐廳，靠近廚房一側，擺放著大圓餐桌。客廳右面是深棕色電視組合櫃，內有大螢幕彩電及錄影、音響設備。組合櫃上供著釋迦牟尼佛、藥師如來、文殊菩薩、觀音菩薩、地藏菩薩、孔子等或銅、或玉、或瓷的精美造像，正中供養兩朵玲瓏剔透的水晶蓮花，熠熠閃光。牆壁上懸一大幅水墨淋漓的墨荷圖，上題「一花一世界，一葉一如來」。客廳左面靠近一張三座紅木沙發椅處，是一長型餐桌，牆上懸掛一幅身著紅袍的鍾馗圖，兩邊是左宗棠的行書對聯：「哦成詩句花生吻，傾盡葵心日愈高。」

晚上七點半，是雷打不動的晚餐時間，客人們也都陸續到齊了。其中有上次結識的馬有慧、彭嘉恒夫婦，趙海英博士，還有香港中文大學吳毓武教授，陳美玲小姐，以及懷師的小兒子南國熙和他的夫人何碧媚等，共十餘人。席間，懷師不時招呼大家添菜添飯，雖然滿桌菜肴有十幾大盤，但懷師只揀幾樣淺嘗而已，主食則是兩小碗紅薯小米稀飯，而且全天僅此一餐。早餐不食，中午只吃少許略放鹽的炒花生米。

餐罷茶敘，大家喝著熱熱的紅茶，談論世界各地及大陸港臺各類新聞，而新來的客人往往應懷師和大家的要求，介紹當地的新鮮事、流行的小笑話和相關資訊。這時，懷師總要燃上一支「三五」牌香菸，慢慢吸著，微笑著傾聽大家熱鬧的交流，不時插上幾句幽默的話語。

翌日，《南懷瑾詩話》的修訂工作開始了。說來還是有點兒複雜，要對每首詩的歷史、社會背景，南師的行履所及，心中的所想所思，以及所涉人、事，掌故全面梳理、把握，文字上則務求精準、典雅、暢達。鑒於南師的不少詩作涉及儒學、佛學、道學等，在詮釋時更要嚴謹、到位，不可有絲毫馬虎，對禪詩中所蘊含之禪意、禪境更需細細體味，準確闡釋，不可錯解。因此，全書的修訂過程便成了我進一步深入、全面學習和研討的難得機遇。最為難得的是，隨侍南師左右，可時時請益，故而不少疑難迎刃而解，而每改完部分書稿，即呈南師審閱，直至成為定稿。偶有因時勢人物之異同而暫付闕如者，則待他日而盡其詳也。

居港三個月，因修訂書稿所需，讀書不少，且南師耳提面命，獲益良多，而所知遇之各界賢達先進，於此書多有勸勉。其中尤以宏忍尼師者，每遇書稿改易，輒不殫其勞，即時輸入電腦，且心細如髮，獲助良多。余深謝之，惟覺殊難為報耳。

師恩難報　勉力前行

在懷師身邊，會時時感受到老師的關愛。我在《南懷瑾詩話》自敘中曾記述：「余在港，師呵護有加，心常感佩。而每侍坐，師之縱論中外古今，指點學理法奧，關注國運民生，矚目中華文化，則每令余銘感五內，如沐春風雲。」此中諸多細節，多至不可勝數。

一次茶敘，懷師取出荷蘭著名漢學家高羅佩所著《狄公全傳》，又名《大唐狄仁傑斷案傳奇》，熱情推薦：「這書寫得好，值得一看。高羅佩很了不起，雖然是外國人，但比很多中國人更瞭解中國。」懷師接著問我看過沒有，我雖然久仰高羅佩大名，但近年忙於雜務，讀書甚少，故只聞其名，未讀其書，只好慚愧地回答：「聽說這書寫得極精彩，只是還沒有讀過。」懷師慈祥地笑著說：「抽出點兒空看看，就算是休息吧。不過，這書只要拿起來，就放不下了。」

懷師素來認為，中華傳統文化乃中華民族之根，倘將此根拔去，我中華民族何以自立於世界民族之林？且中華傳統文化作為世界文明寶藏之瑰寶，博大精深，源遠流長，必將在未來光大於世，這一人類文化發展之大勢任何人也阻擋不了。然而，令懷師極為感慨的是，自二十世紀初以來，中華傳統文化日漸式微，斯文掃地，學術思想更是非驢非馬，混雜不堪，令民眾無所適從。有鑑於此，懷師矢志弘揚中華傳統學術，並致力於東西方文化交流，不憚其勞，奮勉前行，教化遍及海內外。也許，正因為如此，當懷師見到高羅佩所著《狄公全傳》，想見其特立獨行，才學卓異，自然是「身無彩鳳雙飛翼，心有靈犀一點通」，「於我心有戚戚焉」了。

是年十二月中旬，《南懷瑾詩話》書稿改定，惜別南師，離港返京。回京。儘管不在懷師身邊，但懷師不時會有新書寄來，我也時刻惦念他老人家。二〇一〇年初夏，我專程前往吳江廟港太湖大學堂看望老師。晚餐時與老師餐敘，見懷師精神矍鑠，健談如初，心中十分欣喜。與老師話別後，我隨手寫下一首七言絕句：「樓宇蔭濃草木長，書城墳典墨猶香。太湖萬頃春波綠，無盡清風入講堂。」

誰知，此次看望老師，竟是最後一面。二〇一二年中秋前一日下午四時許，懷師於十日大定後，奄然遷化。每一念及，我心悲摧，然憶及六祖慧能所云「諸佛出現，猶示涅槃；有來有去，理亦常然」，便有些許寬慰，唯願懷師乘願再來，再續師生前緣。因以一頌誌之：

南師懷公，教我群生；
百年一日，竭慮殫精；
光風霽月，沛乎蒼溟；
虛空無盡，其願無窮；
冀我中華，早日復興。

仰望恩師十六年——記南懷瑾先生

劉方安

第一次見面就被他的風采迷住

一九九四年，我到新華社香港分社（中央人民政府駐香港聯絡辦公室前身）任職的第二年，溫州籍香港知名人士王大兆對我說：「你是學文學的，要學到博大精深的境地，應當去港島區堅尼地道拜南懷瑾先生為師。」我說：「南懷瑾老師是國學大師，我在南京大學讀書的時候就知道了，來到香港後只知道南懷瑾老師大隱於堅尼地道，一直無人引見。」王大兆說：「南懷瑾老師是浙江樂清縣人，我們是老鄉，你隨我去就是了。」

在四月的一個週末，王大兆領我去了。一進南懷瑾老師客堂，只見一位精神矍鑠、雙目炯炯有神的長者迎了過來，微笑著劈頭一句：「劉先生，你是來上賊船啊？」我一愣，趕緊小跑上前緊緊握住南懷瑾老師伸出的手說：「老師，您是慈航普度，我是來拜師、向您求教來的！」南懷瑾老師臉一沉說：「你們不要一見面就說恭維話，我不愛聽。」我趕緊住嘴，立即被南懷瑾老師的風采所迷住。

此後，我經常週末下午去聆聽老師教誨，也常帶香港和內地的知名人士拜訪老師，如香港立法會前主席范徐麗泰、地鐵有限公司主席錢果豐、南京大學前校長曲欽岳，以及江蘇、浙江的公務員和知名學者等。南懷瑾老師總是不吝賜教，他讚揚范徐麗泰有一顆菩薩心腸，說她出於愛女之心把一個腎捐給了病中的女兒……眾所周知，南懷瑾老師對儒、釋、道、天文、地理無所不精。南京大學九十年代初的校長曲欽岳是著名天體物理學家，他向南懷瑾老師求教天體學說，老師一一解答，令曲校長折服不已。

宣導眾生平等，吃飯也不例外

南懷瑾老師經常用餐的地方是銅鑼灣時代廣場對面「人民公社」食堂。大家不分尊卑，或兩桌或三桌團團圍在一起用餐。老師說：「人和人是平等的，眾生與人也是平等的，吃飯也不要分長幼尊卑，有位子坐下來吃就是了。」我有幸常坐在老師旁邊用餐。老師平時只喝一點小米粥，隨便夾兩筷子青菜就行了；他碗裡粥多時，總是勻到我碗裡，還說：「你平時忙，多吃一點，人是鐵飯是鋼。」一九九五年冬，有學生在北京給他買了一件深藍棉布對襟的棉襖，老師穿了幾天說「太大了」，隨即脫下來給我穿。他說：「你穿著好。」一旁的王大兆開玩笑說：「老劉，恭喜你呀，你得到老師的衣缽真傳了。」當時，我心中透出的溫暖和感動難以言表。此後，每到冬天，我穿上老師贈我的這件棉襖，頓時暖意傳遍全身。更使我感到溫暖的是，一九九六年十二月二十四日下午及二十五日下午，南老師單獨給我一人開示，期望我明事理、修身，為民眾為國家做好事。

南懷瑾老師風華正茂之時，在四川峨眉山頂閉關三年，後來下山普度眾生。幾十年來素有「觀音現世」的美譽，不少信眾見到他即下跪頂禮，他也忙跪下來。老師說：「眾生都是平等的。你們不要跪，要跪我也一起跪。」二〇〇七年七月十日，我去江蘇吳江太湖大學堂拜見老師，手捧一個「供養」（畫軸），高舉頭頂在老師面前順勢下跪，結果他老人家以九十高齡也要對面跪下去，我嚇了一跳，趕緊與老師助理一起把他老人家攙扶起來，坐到椅子上。老師如此平等待人，使我深受教育。

常以題字方式點撥我

南懷瑾老師著作等身，諸如《論語別裁》、《孟子旁通》、《老子他說》、《金剛經說甚麼》等，我均一一研讀，智慧與學問與日俱增。在讀書期間，我目睹了南老師治學嚴謹的作風，比如一九九七年出版《大學微言》時，應時任香港《文匯報》社長張雲楓要求，先於《文匯報》分段刊登。老師於一九九七年十一月十五日給我在信中說：「有關《大學》講稿如《文匯報》必定刊載，請用『南懷瑾大學講錄』的題目為妥，因書名未定，或用《大學微觀》或用《大學微言》均在慎思揀擇之中。此意務望面告雲楓社長為荷……」此書出版，書名定為《原本大學微言》，由臺灣老古出版社出繁體字版，國內出版社出簡體字版，受到了海內外學者的普遍歡迎，出現了爭購熱潮。

南懷瑾老師於一九九四年至二〇〇二年的八年間常以題字的方式給我傳道、授業、解惑，內容廣闊、深遠，涉及理想、人生開悟、社會、時政評論等。記得一九九四年冬季的一天，南懷瑾老師的助理給我電話說：「老師給你題字了，快來拿吧！」我一聽立即趕過去，在香港公園的咖啡廳，我接到了老師的題字：「沉潛靜定，世事正須高著眼，宦情不厭少低頭。方安弟正——南懷瑾。」這位助理說：「你看老師對你多關照，稱你為方安弟，這在老師贈字中少見了！」我感動不已。的確，那時離香港回歸還有三年，我在香港新華社宣傳部負責一個方面的工作，事情繁雜，頭緒太多，真可謂是「眼睛一睜忙到熄燈」，老師題字是讓我不要忙於事務，要從「高處著眼」呢！

老師的及時點撥使我茅塞頓開，理清了工作的頭緒。此後，老師對我說：有時聽你講工作中會粗心大意，平時也坐不住，靜不下心來學習。你的工作實際上就像是蹲在地上看螞蟻，蹲下來全是螞蟻，而遇到大事、難事又常常手足無措，站起來看又一隻螞蟻也沒有，要改正哦！針對這種情況，在一九九六年的清明他又著人給我送來題字：「禍患常積於忽微，智勇多困於所溺。」老師的教誨真是我人生道路上的指路明燈，之後我一直以老師的囑咐謹慎供職。

一九九五年台海局勢突然緊張，我赴老師住所求教，如何看待這場危機。老師當天有事外出，次日助理向他轉告了我的來意，他隨即讓助理給我送來一幅題詞——《乙亥底寄意》，表達了他台海和平至上的理念。

島池魅力魚千里　蠻觸功名一飯餘

早說南柯非昨夢　如何人世間乘除

我曾於一九九六年在香港向南懷瑾老師問佛法，老師也隨即寫下他的體會相贈：「如何是佛？心即是佛！如何是心？心本無心！因境有前境，若無，心亦無！」

南懷瑾老師一向鼓勵我們認真學習儒學。他說：「儒家如同糧食店，人天天要吃飯的，一天都離不開糧食。」丁丑年（一九九七年）冬季，我懇請老師為我書寫《大同篇》作為座右銘。兩周後，老師著人送來一百二十五個字的《大同篇》，字字蒼勁有力，整個篇幅透射出老師深厚的書法功底，閃耀著博大精深的文化的光芒。

> 大道之行也，與三代之英，丘有志焉，而未之能逮也。大道之行，天下為公，選賢與能，講信修睦，故人不獨親其親，不獨子其子，使老有所終，壯有所用，幼有所長，矜寡孤獨廢疾者皆有所養。男有分，女有歸，貨惡其棄於地也，不必藏於己；力惡其不出於身也，不必為己，是故謀閉而不興，盜竊亂賊而不作，故外戶而不閉，是為大同。
>
> ——南懷瑾。

當天送來老師墨寶的南懷瑾老師助理對我說：「你也不怕把老師累著，老師是用了心思全身心地寫出來的喲！」我頓時感到臉上發燒，既感動又羞愧。南老師對我真是師恩如海！

一九九七年將至，香港即將回歸，我常在忙中閒暇時想到，再過些年我會退休。雖說是「功成名遂身退，天之道」，但總有一股惆悵之情從心頭隱隱騰起，一想到將要度過脫離人群和社會的漫長歲月，不免感到落寞，遂於一九九六年春天求教南懷瑾老師。老師說：「過兩天我送你兩首詩，你一讀就會放下了。」一周後，我拿到了老師手寫的這兩首詩：

休洗紅，洗多紅色淡。不惜故縫衣，記得初按茜。人壽百年能幾何？後來新婦今為婆。

休洗紅，洗多紅在水。新紅裁作衣，舊紅翻作裡。迴黃轉綠無定期，世事反復君所知。

我讀後頓悟。幾年後退休了，應朋友之邀，去福建、廣東、深圳、南京大學講學，真正體會到「最美不過夕陽紅，溫馨又從容」的內涵。

贈我「國寶」《耕讀圖》

南懷瑾先生是我的恩師，我把他當菩薩看待。有一年，我送他一件比較罕見的佛具供養他。後來，他給我寫一封信說：「這個太珍貴了，我一直想找一個特別的東西作為回饋，一直都沒有合適的，現在，我送你一幅畫。」他說，這是鄭月波老人畫的，當時鄭月波已經八十多歲了，送南懷瑾老師從臺灣去美國。南懷瑾老師在美國有個大房子，鄭月波先生講，我該送個什麼東西來裝飾一下這個房子？結果就拿來了這幅《耕讀圖》。

當時鄭月波老人畫這幅畫的時候，他的鄰居是張大千先生。他說：「哎喲，你這幅畫是用手指畫的哦，這麼珍貴，這麼大，我用我的兩幅畫來跟你換，你看行不行？」鄭月波先生說：「不行。我已經答應給南某人了，怎麼能給你呢？」張大千先生很失望。後來，鄭月波老人去世了。

南懷瑾老師說：「這幅畫我已經欣賞十年了，後來我在這上面題了一首詩。」這幅畫融入了三位大師的友誼，我很珍惜。曾有人說要送我兩套別墅來換，我說：「你就是給我二十套別墅我也不會給你！」這幅畫將來歸宿如何？我想最終還是要把它獻給政府的。為什麼呢？要讓大家好好看看以前的大師風範！

仰望恩師十六年

這些年來，我又多次到太湖大學堂去拜訪老師，並於二〇〇七年向南老師傾訴了想要弘揚中華文化，與友人計畫合作辦一個文化學院的念頭。他隨即說：「我不贊成辦什麼書院，書院不是人人可以辦的，辦學院可以。」十天後，老師讓助理把「中華文化傳播學院」的題字寄過來。有老師的支持和關懷，我勇氣倍增，遂在福州與友人合作開辦了中華文化傳播學院。

我每次去太湖大學堂求教，辭別時南老師總要起身相送到客房門口。二〇〇八年十月，我再度造訪。辭別時，他以九十歲高齡一直送到辦公樓大門前。我們由助理陪同走出幾十米登車，回頭一望，南師一個人還在那裡揮手，使我頓時熱淚奪眶而出……

夢覺雙清憶南老

劉永碧

月圓，煙輕，風微，萬籟俱寂。

送別南老之夜，實在很難做到內心平靜，想起再也見不到他老人家親切和藹的面容，再也聽不到他老人家的耳提面命，不禁悲從中來，任淚水在面頰上流淌。

南老生前總是教導我，人在世間，有時夢中有時醒，一定要做到夢覺雙清。我不知此時是在夢中還是在醒時，我總覺得南老沒有離開我們，他和我們永遠在一起。

彷彿就在昨天，但卻是在一九九七年歲末，我與香港《文匯報》時任社長張雲楓先生，一同到南老在堅尼地住所去拜訪他老人家。席間，談到老師正在撰寫《大學微言》，我們欣喜萬分。我嘴快，馬上向南老建議：「邊寫邊發，可在我們報紙上先刊登，讓港人先睹為快！給我們一份榮幸，我們一定不辱使命。」想不到，南老竟然同意了我們的請求，決定在《文匯報》上分段刊登。從一九九八年元旦始，連續刊登至十月十五日，共登載了三百零五篇。讀者紛讚本報捷足先登，人文聚會。南老的厚愛，令人十分感動。南老未取分文稿酬，告訴我說，這筆稿費就留給報社用吧。後來彙集出版，定名為《原本大學微言》，由臺灣老古文化出版公司出繁體版，內地出版社出簡體版，受到了海內外學者的普遍歡迎。一九九八年五月，南老親筆題詞贈送我一套《原本大學微言》，要言不煩，微言大義，我捧讀至今，珍藏永遠。

南老在解讀《列子》時提到，神遇為夢，形接為事，「夢」是人生的內容，「覺」不是人生的全部，要做到「醒夢一如」。我達不到這樣的境界，但是我經常夢見南老授課，在香港南老的住所，在太湖南老的大學堂。每次我見到他，都懷著崇敬之心，他的慈祥平和，讓我緊張的心情舒緩，他像父親般讓我感到沁入心田的溫暖。他告訴我他作為兩岸密使的內心表白；他教導我做人要寬厚通融；他告訴我作為記者和編輯應有的品德和技能；他叮囑我注意養身，「病時方知身是苦，健時多半為人忙」；他告訴我，「個人恩怨事小，國家民族利益事大」。這一切的一切都如在夢中，又都是實實在在的經歷。南老真是一個大哲人，是一個「大局在胸、萬化由心」的哲人，他是可以窮當身之苦而指引人生之路的導師，達到了神所交形所接、無夢無怛的境界，高山仰止，景行行止。

南老說，只有夢覺雙清才可以辦報做媒體，信夢不達、無知無識不可以做媒體，只有「知其所由然」、「物化之往來者」才可以做媒體。離開香港《文匯報》後，我和朋友們創辦了一個雜誌，得到南老的肯定和大力支持。在太湖大學堂，他老人家告誡說，辦好一本雜誌是很不容易的，一定要知道讀者想瞭解什麼，這就叫做「知其所由然」。他知道我們的讀者對象是民營企業家時，說你們辦雜誌不要包羅萬象，要抓住當前特殊時期中國企業家成長的缺失，即人文缺失，要對市場主體進行人文培育，提高民企的素質和文化修養。中國的企業家不僅要富起來，還要貴起來，然而，要真正做到，那是個很漫長的過程，需要幾代人的努力呢，但是我支持你們。說著，他欣然為我們題寫刊名《華商滙》。我們一直將南老的題詞作為我們的封面刊名，至今也有五年了。《華商滙》內頁上南老點菸凝思的那一剎被定格，那一點星火，就是指引我們人文生存的火種。

學堂秋依舊，往事一潸然。敬愛的南老，您離開我們了。古之真人，其覺自忘，您可以忘記我們，但是我是一個常人，我不會忘記您，會常想念您，無論在夢中還是在醒時，我都會看到您，都會記得您，一定會在您的指點下完善自己的人生。

我永遠的老師

李想

我的名字叫李想，南懷瑾老師生前曾給我改名李念慈。我可能是最後一個進入太湖大學堂的「常住人口」，那是二〇〇九年的十一月，我三十一歲，父親剛剛去世不久。

我出生在北京的一個幹部家庭，十歲時隨父母去了日本。在中國接受的是紅色教育，而到日本看到的是資本主義。每一種社會制度，自然有好的一面，也有不好的一面。但對我衝擊最大的，卻是在文化層面上。中國那時剛剛改革開放，與外界的接觸不多，對文化領域的禁錮還很深。到日本後，我看到滿街的漢字，而且還是繁體字，備感驚訝。後來經過慢慢地瞭解，我才發現日本不僅將中國的傳統文化學習了過去，而且保留得很好。比如說日本人二十歲的成人式，其實源於中國周朝的「弱冠」禮。和服是由中國唐朝的服裝演變而成。而在日本每年慶祝的最大節日盂蘭盆節，原也是中國祭奠祖先的節日，在中國卻已經沒有了。日本人從小學就要學寫漢字，初中基礎教育的古文課其實學的是漢語的古文詩詞。去過京都的人都會發現，連城市規劃和建築都是照中國古長安建造的。那時，雖然我認識的漢字比同齡人多，但我不會繁體字，尤其是聽年長的小朋友念《長恨歌》，念李白、杜甫的詩，訝異的同時亦頗為慚愧。

我高中時又去了英國、美國讀書，直到大學時才回到北京。我發現很多外國人，尤其是東亞國家（比如日本、韓國），對中國傳統文化的傳承，比中國人自己還認真和重視。所以我常常琢磨，中國文化的「根」到底在哪裡？讓我搞不懂的是，明明是中國的文化，但別人卻沿用的更多，並且和現代生活融合得很好，而我們自己卻要一刀切斷，去建立「新中國的文化」，而「新中國的文化」又是什麼呢？

由於家父生前交友甚廣，業通政經，家中整日賢達盈門，可謂「出入無白丁」。我大學畢業即入投資銀行工作，兩年後自己開公司，生意做得風生水起。優越的環境、順利的發展，「我慢」就逐漸膨脹起來，清高自持，目中無人。當時，我請了位師傅教太極拳，帶他去雲南遊山玩水。一個偶然的機會，看到南懷瑾老師的照片，並從師傅那裡知道，南懷瑾先生是位佛道雙修的大師，寫了很多好書。因這個機緣，我開始讀南老師的書。從老師的書裡，我不但學到很多知識，而且還解答了我心裡多年來的疑惑，比如以前覺得對《論語》情理不通的解釋，比如佛法不是宗教而是生命科學等等，這些都深深吸引了我，讓我對南老師產生了濃厚的興趣，總希望能有機會拜訪他。

二〇〇九年八月父親去世，我第一次面對親人的死亡。父親有位多年的好友王阿姨，是南老師的忠實粉絲，教了我很多東西，也讓我讀老師的《人生的起點和終站》，我才瞭解到死亡並不是想像的那麼簡單。光看書不過癮，我又找到老師《南禪七日》的視頻。一個多星期裡，我天天坐在電腦前，把老師講的每句話、每個成語、每個方法全都記下來，然後就產生了一個念頭：如果這輩子要拜一個老師的話，我只拜南懷瑾一人。我不想馬上回去工作，只想見老師，所以就託各種朋友關係，拼命找老師。二〇〇九年十一月的一天，我直接到了上海，計畫第二天不管能不能進太湖大學堂，也要去闖闖試試。幸運的是，當晚，我拜託過的一位朋友打電話說，已經安排好了。在李先生的引薦下，第二天我就帶著母親到了太湖大學堂。

當天晚上，老師見到我很高興，奇怪的是他一直勸我喝酒。我當年的確有酗酒的壞毛病，回到北京上大學開始，我幾乎天天要喝掉至少一瓶洋酒，這樣的生活持續了十多年。結果，我在大學堂的第一天就喝多了，可能老師想看看我酒後的品性吧。這也導致後來老師第一次罵我，給了我第一個「戒」：戒酒，這也是老師唯一一次對我強制性的教導。

隔天又到大學堂，老師在飯桌上突然說：「李想可惜了，出場太早，應該多錘煉幾年就好了。」這句話對我的影響，遠遠超過其字面上的意義。父親在世時，我就一直在考慮一個問題：一個人是不能永遠依靠他人的，一定要自立。但我自己有什麼呢？除了知曉三門語言以外，要是沒有父親的幫助，自己到底能做什麼呢？從年少叛逆期開始，這個問題就一直伴隨著我。父親走後，我也自我評估，我很清楚地認識到自己不是不能做，但卻也看到了自己的瓶頸，由於閱歷的局限，很難有更大的進步。老師的一句話正中了我的要害。當晚我就寫報告給老師，希望能留在老師身邊，請老師教導我、錘煉我。意想不到的是，第二天老師就同意了我的請求，從此我就留在了太湖大學堂，變成了「常住人口」。除了家裡或工作上有急事，不得不向老師請假外出，這三年來我基本天天在大學堂，跟隨在老師身邊。我想我應該算學堂裡年紀最輕、也是入門最晚的「學生」。

在大學堂的三年裡，開始我很努力，白天到禪堂打坐九炷香，晚上聽老師講課。但持續了兩三個月後，我去禪堂的時間越來越少了，更多的時間是自修和讀書，也和師兄弟們在一起探討人生、研習佛法，用我自己的方法理解問題。每晚在老師身邊，見到不同的客人聚在飯桌上，有政客、商人，也有國外的要人、學者，討論的話題古今中外、天南地北，每天都不一樣。我在飯桌上一直在聽，也一直在觀察，既學習老師教導的知識，也學習老師為人處世的方式方法。這三年裡，我最大的收穫是來自於每天的飯桌和我們喝茶聊天的地方，而不是在禪堂裡。

記得剛到大學堂不久，老師曾經問我：「李想，你在讀什麼書？」我答：《答問青壯年參禪者》。老師奇怪地看著我說：「讀那個做什麼？要讀我的書，一定要從《論語別裁》開始，我所有的精華全在這本書裡，讀通了再看《原本大學微言》，這兩本書都讀通了，能做到了，不用學什麼佛，你本身就是了。」當時我對老師的話理解不深，到大學堂前我已讀過《論語別裁》，後來再讀時才發現和原來的理解完全不同。可能要讀懂，真的需要閱歷和適當的時機。到現在我也不敢說完全讀懂了，所以我將《論語別裁》時刻帶在身邊，有問題就去書裡尋找答案。

老師的書雖然被翻譯成了多種語言，但一直沒有日文版。於是我挑選了一位日本翻譯，將《論語別裁》翻成了日文。為了準確，我又逐章逐句地再三校對。當我拿著翻譯完成的書稿給老師看時，老師非常高興，再三催促我儘快出版，並給我批示說：「我不要名、不要利，這是你做的一件功德，非常感謝。一切不要考慮我的名和利，放心全權處理。」

也可能是我的「我慢」，我一直覺得老師對我的教育方式和別人不同。也許因為老師和我的年齡相差大，對我格外照顧，為此也引來個別同學的嫉妒，但老師是真正在教導我，在轉變我的性格。

老師剛認識我的時候，說我太悶，讓我放開。尤其是說話的聲音，不要學日本人那套，一定要把聲音放大，聲音要有威懾力，「我一輩子英雄好漢看多了，沒有你說話聲音這麼小的。」聲音悶，性格也悶在裡面。老師還糾正了我老愛低頭的毛病。老師有天突然問我，什麼時候開始老低頭？這一下可把我問住了，回想好像是回北京以後，也忽然想到我有很久沒抬頭看過天空了。在北京，雖然有時酒後狂妄不羈，但平時工作卻是夾著尾巴做人，處處謹慎。老師不喜歡我這樣，每次都會提醒我：頭又低了，說話聲音又小了。有次小學生武術比賽，老師故意推我上去，逼著我講話，當時我實在講不出來，尷尬極了。老師還讓我在餐廳唱歌，唱得我滿頭大汗。後來我漸漸明白了，過去外表的狂妄和邋遢，其實是掩飾自己內心的脆弱和不自信。等開始聲音放大，抬起頭，心放開的時候，自信心也隨著起來了。到後來唱華嚴字母的時候，自己還主動要求唱，唱完以後老師非常高興，拍著巴掌大笑，說「太好了，李想從此改變了」，還給我發了紅包。

剛到大學堂時，我留著鬍子，蓄著長髮，老師教育我要有「四威儀」，督促我刮了鬍子，剪短了頭髮，同學們都說我面相變了，老師說這叫相由心生。老師就是一個非常注重儀表的人，每天都是乾乾淨淨、整整齊齊、儀表堂堂、彬彬有禮，就是一位儒雅大方的君子。

和老師談到做生意時，我說我不願意求人，老師卻說：「你怎麼能不求人呢？我南某人天天都在求人，做事一定要求人。」自命清高的我沒想到老師會這樣說，老師的話很大程度上改變了我之後的為人處世之道。

老師無論是對客人、工作人員，還是對我們這些「學生」，都非常關注每一個人的身體健康。誰身體不舒服了，老師都會告訴他吃什麼藥，怎麼治，並找來醫生幫忙診治。記得那時我可能因為練功久坐，屁股上起了個癤子，老師比我還要急，天天問我怎麼樣了，甚至想要親自動手用火罐幫我吸出來。

老師就是這樣，時時刻刻都通過他的言行身教在教導著我、影響著我，以及他身邊的每一個人。

如果從我的角度看老師，我也曾和同學們談過，就像佛經裡講的盲人摸象，每個人看到的老師都是片面的，是出於自己的習氣和心量。每個人都有自己的立場，有自己「量」的所在。因我是從儒家入門，我覺得老師就像是孔子一樣的大德之師，對自己的學生因人施教。也有人說老師是菩薩，慈悲心，教給大家佛法。後來我覺得老師更像是一面鏡子，能把你心裡的善照出來，同時也讓你看到自己醜陋的一面、最不想看到的一面。來大學堂的人很多，有的求名，有的求利，有的求法，有的求老師一幅字，有的求照張相，都是每個人的我知、我見，但老師都盡其所能地幫助所有人，不管多累多忙，也要滿足大家的需求。但從根裡面來說，老師有個不變的東西，像孔子所說的「一以貫之」的東西，就是老師的慈悲心。他在滿足每個人需求的同時，也給每個人種下了種子，這不是靠語言說出來的，而是他的以身作則，不求收穫，只為耕耘。看他每天在飯桌上有求必應的樣子，真像寺廟裡的菩薩滿足所有香客的各種無厘頭的要求，看著很好玩，但也深深體會老師的不易。

從學術上說，老師的學術體系到底是什麼呢？我不敢多言，但他的確是通過學佛讀通了一些道理，而以這種境界反過來再解讀四書五經，融會貫通地做出了這幾千年從未有過的闡述，通俗易懂。老師這個人，可以說他是老師、菩薩、學者。（有人說他是國學大師，但我要強調的是：老師從來反對「國學」這個詞，中國沒有所謂的「國學」。自夏商周開始，每個朝代、每個民族都有自己不同的文化，若統稱一個「國學」，是哪一個「國」？所以，「國學大師」只是外人恭敬老師的一個封號，但他本人從來沒有認同過。）

給老師的各式稱號很多，但我認為老師一輩子就是簡簡單單，從家裡的私塾讀四書五經走出來，當年時遇國難，背井離鄉，學習了武術，參加了軍校，一心一意想精忠報國。但遇到佛法後，他發現這是更大的一個課題，其中的知識、智慧引起了他極大的興趣。他為了讀《大藏經》上峨眉山閉關三年（當年《大藏經》只藏在寺院裡，必須剃度之後才能讀），下山後又拜訪了一些密宗大師，最後又通過這種見地，到臺灣後重新詮釋《論語》、《大學》以及其他經典著作。

老師常說儒、釋、道是中國傳統文化的根，三者融為一體，缺一不可。他一輩子的願望就是把中國傳統文化延續下去，在當今以西方為主導的時代，希望中國人能尊重自己的文化，並且一代一代傳下去。老師臨終前最後寫下兩個字「平凡」，我認為這兩個字代表了老師對自己一生的總結。

在跟隨老師的三年當中，我學到了一輩子都用不完的知識與智慧，其中最為受用的三點是：

一是我過去自認清高，覺得名利對我來說沒有太大的誘惑，但從老師身上我才學到，如果一個人要做一番舉而措之於民的事業，沒有名與利是根本不可能做到的。名利是為我之所用，但我不是名利的奴隸。就像老師曾給我的批示所說，他一輩子「不求名、不求利」，老師是「在家」的修行人，他求的不是虛名，他的名是為了能實現傳承中國傳統文化的宏願；他的利，他出書的那些稿費，都捐贈給了弘揚文化的其他人。

二是如果想帶領人去做事業，想教育好其他人，只有一種方法，就是以身作則。老師一輩子做事情真正是只為耕耘、不求收穫，所以能為人師表。

三是在為人處世上，我非常喜歡老師在《金剛經說甚麼》裡提過的「內聖，外王，菩提心」，老師的書裡有解釋，我在這裡不再贅述。

不久，老師或許將成為大家爭論的一個焦點。他的一輩子，他的太湖大學堂，他的「學生」到底是怎麼回事，他到底是佛家、道家，還是儒家，相信會引起很多的爭議。我們這些跟隨他多年的「學生」，也還不能說完全瞭解老師，我們都是盲人摸象。但希望大家將每個「盲人」的角度綜合起來，再加上自身的一點點緣分，能夠更全面地瞭解南懷瑾老師——我永遠的老師。

永遠懷念南公懷瑾太老師

王潞霦

突接南公駕鶴的消息，深感悲慟！我家五十多年祖孫三代人都得近侍聆教於南公實為幸事，我們對南公的深深懷念真是難以言表……

家父王鳳嶠抗日從軍後在二十世紀四十年代末南渡臺灣，五十年代在臺北工作時，與許多老長官常去聽南公講學，並由朋友介紹拜識南公，師從學習近五十年，交契甚厚，多次追隨南公於佛學中閉關打七等活動。家父師從溥心畬公學習書畫四十年，後亦求教於大書法家朱玖瑩、丁治磐諸公，於書法一道頗有心得，被南公命為十方禪林書法教師，並成為南公的書手，屢屢奉命為南公著作拜題書名，為南公應各地之請撰寫的廳堂廟宇文章、對聯作法書。我有兒子後，南公即為兒子王麒賜字「天祿」；南公題贈家父的自作詩行書條幅至今在我家珍藏……

八十年代臺灣與大陸恢復往來，我家前去臺灣探親，回大陸時，父親命我在香港轉機時去拜謁南公。當日下午我惴惴地到了中環南公府門首，南公其時恰在回家路上，到樓門口識出了我，笑著喚我一聲「潞霦，你來了」，一笑一語，打消了我見到久已仰慕的南公的緊張不安。南公見到我很高興，領我到家，很親切地留飯聊了一晚，臨別還贈我許多著作，還帶給我家人許多禮物……很是感念南公的平易近人與關懷。此次拜見後，更堅定了我向南公求學的心志，使我之後的學識境界獲得飛升。前幾年我父親往生，南公安排臺北道場做七七法事，安排學生為我家做全力照顧……

二十一世紀，南公在太湖之畔創建了弘揚深播儒釋道國學精華的太湖大學堂，我即偕兒子前往拜老師祖歸宗求學。下午在講堂聽南公講法，傍晚南公見到麒兒很高興，說：「你的字還是二十多年前我給你起的」，與我們合影留念。餐後麒兒陪老人家看電視休息，南公說：「會客廳中掛的中堂大荷花畫上還是你父親題的字，對聯是四十年前你父親寫的，跟我四十年了……你們去看看做個紀念。」由南公的學生宏忍法師、福枝兄陪我們去會客樓觀瞻，看到大會客廳中庭懸掛的荷花圖是旅居屏東的臺灣大畫家劉子仁鄉伯的水墨畫，我父親在其上書寫「一花一世界一葉一如來」；另一會客室的佛龕兩側懸掛的則是一九六九年南公撰文、父親作隸書的對聯：「上下五千年縱橫十萬里經綸三大教出入百家言」，此聯初掛在南公臺北道場，後由南公一直隨身帶至美國南公學院、香港南公寓所，復帶至新建的太湖大學堂，歷時四十年，周遊地球一圈。南公贈麒兒書刊時慈祥地諄諄教誨。臨別時，南公一再對我說：「我很懷念鳳嶠！」殷殷之情，感人至深！

後幾年麒兒在蘇州工作，能時常去參拜看望太師爺，南公賜麒兒很多書物，並予深情教誨，給予很大期望。

師從南公學習的二十年中，我深切感到太老師的學識是「雲在山頭，登上山頭雲更遠；月在海中，撥開水面月更深」，真正的「博大精深」！南公研究教授學問不囿於形式，極深艱澀的道理用極淺明易懂的話語講授給大眾，使大眾獲益極多，為傳播普及國學、佛學做出了不可磨滅的偉大貢獻。大道播於寰宇，實為現當代儒佛道學第一人的國寶級人物，為世人敬仰。

太老師的往生訊息使我們都陷入深深的悲痛之中，我們永遠牢記太老師的教誨，永遠感激懷念南公太老師……

盡心耕耘慰師魂

——緬懷桂馨之友南懷瑾老師

樊英

九月三十號淩晨從網上看到南懷瑾老師逝世的消息，三十號中午消息得到證實。此後的幾天，重新翻閱南師的書籍和授課筆記，回憶與他相見不多的時刻，重新被他慈悲、博學、幽默、自在的生命狀態打動，心中一直縈繞著對這個可親、可敬、可愛的老人美好而傷逝的情愫……

二十年前在朋友的書架上看到《論語別裁》，被封面上穿著藍布長衫、一臉慈祥的先生吸引，翻開出版說明，知道了此乃臺灣著名學者南懷瑾先生。此後兩年又看到先生寫的《禪話》。那時我正癡迷於瑜珈，對一切相關書籍都有極強的求知欲。於是《禪話》便成為我認真讀過的先生的第二本書。再後來因為工作關係，結識了正在德國攻讀博士學位的臺灣朋友韋萱。她畢業於台大哲學系，信奉佛教。我們曾一起走訪內蒙古北部的草原小學，那些日子白天工作，晚上便蜷縮在冰冷的被窩裡聽她講佛學知識到深夜以至黎明。她回到德國後，寄給我一紙箱與佛教相關的書籍。也是那時候，我對學問博大精深，融貫古今，教化涵蓋儒釋道，更及於醫卜天文、詩詞歌賦的大師級人物南懷瑾先生有了更多的瞭解。

二○○八年九月在北京籌備桂馨慈善基金會，基金會發起人康典先生說已經請南懷瑾老師為基金會題字。這個消息使我驚喜、受到鼓舞，原來自己敬重的康先生跟高山仰止的南懷瑾先生還有著師生之誼。十月，我們收到了南老師給基金會和「桂馨書屋」的題字。直到後來，我才知道這份善緣帶給桂馨和我本人的幸運及福報是多麼深厚……

二○一○年早春二月一個細雨濛濛的下午，在康典先生的帶領下，我們前往坐落在江蘇廟港的太湖大學堂，拜訪仰慕已久的南懷瑾老師。南老師的祕書宏達老師將我們迎入開放式的客廳，剛一落座，便看到一位穿著藍布長衫，鶴髮童顏、舉止大雅的老人滿面春風地向我們走來。人未走近，清朗的笑語已經傳入耳畔。在距離康先生兩三米的地方，老人便提起手杖，拱著雙手，笑盈盈地對康先生說：「王爺來了，歡迎歡迎！」大家迎上去，南老師握住康先生的手，同時微笑著客氣地向康先生身邊的我們點頭示意。大家一起坐下，南老師跟康先生寒暄起來，先是興高采烈地評價了康先生的就職演說，又關切地詢問康先生剛受命接手的企業如何渡過難關，並由此講到金融領域面臨的問題。那天稍後時還有兩位臺灣客人到訪，南老師為我們做了介紹。他請大家圍桌而坐，拿出自家烤製的臺灣茶點，要了咖啡，請大家喝下午茶。記得當時我說不喝咖啡，南老師笑著對我說：「咖啡很好，我掏錢請客，不喝白不喝。」說著遞到我面前一杯。濃郁厚重的咖啡香氣和著升騰的熱氣撲面而至，我的身體立刻溫暖起來。看著眼前幾位佛心道骨的儒雅君子，聽他們談笑風生博古論今，坐在桌子一角的我感受到一種可心的寧靜……

那天，我們帶了反映桂馨基金會工作成果和專案實施情況的紀錄片《一路同行》請南老師觀賞。紀錄片真實記錄了四川、河南的兩所山區小學師生的生活學習場景，以及基金會「桂馨書屋」項目和大學生志願者在山區小學的工作情況。於是，農村孩子的讀書問題和傳統文化的重建問題便成為那天晚上重要的話題。南老師提了一些問題，也講起兒時讀書的感受，強調文化重建必須從兒童抓起，通過讀書，特別是閱讀經典與前人溝通，從前人的智慧中吸取思想養料，使文化傳統得以延續。南老師還介紹了兒童讀經運動，就是提倡教十五六歲以前的孩子讀書、背書。讀誦的內容，包括中國傳統文化儒家、道家和部分佛家的書。南老師說，不管四書五經，或是其他古書，任何一段，教小孩子像唱歌一樣，很輕鬆愉快地背誦，偶爾稍稍講一點。這樣背下去以後一輩子都忘不掉，一輩子都有用。當晚我們還觀摩了太湖國際實驗學校的晚間讀經課程。臨行時南老師跟我們說，如果桂馨做農村老師的國學培訓，大學堂願意提供支持和幫助。

離開大學堂已是夜深人靜時。回程路上，我一直在想南老師所言的教育，那是一種以率先垂範、身教言傳、潛移默化去影響啟發他人自覺改善自己，好好做人，好好做事的教育，究其本質應該是分享。桂馨在鄉村教育實踐和日常工作中遵循和提倡的正是這樣的理念——鼓勵充滿生命力和創造性的給予，鼓勵大家分享歡樂、興趣、理解力、知識、幽默和悲傷，通過這種給予喚起他人身上的生命力，從而達到生命的互相激發和共同成長。我想這大概是桂馨創辦人與南師在信念上一脈相承的所在吧。

那之後的「桂馨書屋」建設中，我們增加了南老師指導編寫的《兒童中國文化導讀》等傳統文化書籍的捐贈，在部分山區小學爭取到低年級學生經典誦讀課程的固定時間，還嘗試在「桂馨書屋悅讀周」及「桂馨拓展課堂」上增加了活動環節，用我們微薄的力量和不斷增長的信心，平實地為「做人做事」的教育尋找可行、可及、可努力的道路。事實證明，我們腳踏實地的努力，得到了越來越多的共鳴和支持。

直到今天，那個冷峭春天裡大學堂溫暖的下午茶、靜穆的觀影會和熱鬧的晚餐座談，以及貫穿了始終的孩子和教育的話題都還清晰地留在我的記憶裡，以至於我堅定地相信，當那個慈祥睿智的長衫老人走近我們時，「桂馨」這個剛滿周歲的孩子便得到了善妙的加持……

二〇一〇年「五一」後，我被推薦進入太湖大學堂經史合參首期班學習，有幸得到南老師的開示。那段時間的學習，對我本人和桂馨的公益事業而言，都開啟了新的生命之泉和能量。大學堂的老師和經史合參班的一些同學後來成為桂馨公益項目的捐贈人和合作夥伴，共同以慈善的方式幫助社會最底層那些有需要的孩子們，使他們享受閱讀的快樂，帶給他們希望。

二〇一一年正月二十，在康先生的安排下，我帶了基金會策劃、拍攝並獲得國家廣電總局電影發行放映許可證的紀錄片《老師》去拜見南老師。當晚，在寧靜肅穆的太湖大學堂演講大廳做了放映。從演講廳回到客廳，南老師坐在圓桌旁，身邊圍坐了很多人，有人在談論禪修和生命科學，也有人在談論《老師》這部影片。南老師看我過來，便對著我說：「過來，過來，樊梨花（老師這樣叫我），坐這裡，你的胃病好些沒有？」我坐到南老師旁邊的座位上，告訴老師胃病只是偶爾發作一下，沒有問題啦。南老師向在座的各位介紹起桂馨，說當初「康熙字典」（戲稱康先生）找他給基金會題字，他只是覺得這個「王爺」

想用更多的時間做公益了，沒想到三年的時間，「王爺」能做這麼大的功德。宏達老師也在旁邊介紹我們的工作情況。南老師接著說：「大家都在說《老師》拍得好，你們下鄉怎麼走啊？」我告訴他，先坐火車再換各種類型的汽車或船。老師說太辛苦了，找人給你們捐車。話音未落，坐在老師對面的一位先生說捐給我們一輛吉普車。老師馬上說：「不能太耗油，善款不能用在這些地方。車子不一定是新的，但要節能的，還要能走山路……」

看著眼前這位神采奕奕的老人，我心裡充滿了無限敬佩和感慨。他喜歡大家叫他老師，多年來執著於傳道授業解惑。他努力做著認知科學、生命科學與傳統文化相結合的研究與傳播工作，想化解人類在這個時代所面臨的危機。老師曾說，「我們雖失望，但不能絕望」，「凡事我但盡心，成功不必在我」，「只問耕耘，不問收穫」，這何嘗不是我們這份工作所必需的情懷呢？

我跟南老師講了桂馨這一年所做的事情，特別是《老師》這部耗時八個月拍攝的紀錄片所記錄的那些人和事，以及拍攝過程中發生的各種故事。南老師認真地聽著，時而點頭讚許，時而提幾個問題，時而大笑著開幾句玩笑。最後他說：「樊梨花，這件事情做得好，你們在做功德啊！」宏達老師接著說：「老師，你看她的笑是發自內心的，這就是做功德做的呀。」老師接過話說：「是的，是的，只有做功德才會有這樣的笑容啊！」那天我們聊到很晚。臨別時，老師要我常來大學堂跟大家講講桂馨做的事兒，不要一年只來一次。南老師的弟子宏忍法師走過來遞給我一個紙袋，裡面有她捐贈的善款和從臺灣帶來的胃藥，她細心告訴我如何服用。宏達老師送我出來，提醒我光碟和書出版後要拿到大學堂一些。

回到北京，康先生轉發了宏達老師的資訊：「電影何時公映？很好的片子，賺了我們很多眼淚。」「老師視力不佳，看了（確切地說是聽了）片子也流淚了。」「保重！老師很讚賞您做的這些事！」……兩天後，接到太湖大學堂薛先生的電話，告訴我他要捐贈五百本圖書和一萬塊錢，接著他身邊的人也開始捐書和匯款。不久，太湖大學堂捐贈的八百多本圖書發往湖北長陽的三所桂馨書屋小學。二〇一二年夏天，由太湖大學堂愛心人士捐贈的「桂馨書屋」在河南嵩縣下蠻峪小學落成使用。

二〇一二年八月二十三日，我收到宏達老師的資訊，告知我們南老師要為桂馨捐款。這是南老師的著作權和肖像權被侵權後的維權所得，南老師全部捐贈給了公益事業。九月上旬，幾筆捐款先後入帳。我們與宏達老師多次往返郵件討論如何使用老師的善款。我們希望用這筆善款設立一個針對鄉村一線教師的專項基金，用以宣導和鼓勵回歸本質的教育，即解放心靈，激發生命活力，讓生命不斷成長，最終成為真正的人的教育。正在我們商量如何為專項基金設定宗旨、實施細則和專案流程時，傳來老師仙逝的消息，悲痛之餘，深感責任之重。康先生在給我的資訊中也寫道：「他在走之前給我們安排了這樣一筆善款……這是一份難得的殊榮。」的確，我們唯有讓老師的善款發揮最大的效用，才對得起老師給桂馨的厚愛，才對得起老師不朽的師魂。

祈願耕耘了一輩子的南老師獲得自由自在的安息！

祈願盡心努力的桂馨用耕耘慰藉南師不朽的師魂！

念南師並抒懷

周嶽憲

驚聞南懷瑾老師羽化登仙，心中諸般不捨。但南老師乃一了脫生死、豁達知命之大師，我們在心中默默地紀念、追思他。二十世紀七十年代末期，尚在台大求學時，我便聞及懷師在學校附近授課，往來皆名士及九流中渴望瞭解儒、釋、道之真義者。惜彼時錯失交臂，無緣親炙懷師之教化。所幸懷師雖述而不作，但卻有弟子將其講稿彙集成書，嘉惠甚多像我一般之讀者。過去廿餘年拜讀過懷師所有書籍，其中尤以《論語別裁》及《金剛經說甚麼》更為傳世之佳作，百讀不厭，啟發智慧功效尤大。懷師實已臻牟宗三先生所言「握天樞爭剝復，處環中應無窮」之通達自如妙境。

我雖學理工，但嗜愛讀書之樂，各類書籍亦讀過萬卷以上。文史方面，雖涉獵過近代諸大儒之各類講述，如柏陽之《資治通鑑》白話文版誠屬當代巨著，十分精彩；然，唯獨懷師涉及百家，博古通今。尤以他引經據典、信手拈來、深入淺出之譬喻，讓吾輩真正見識到何謂「醍醐灌頂」之極樂至趣。懷師承先啟後，對中華文化之再興，厥功甚偉，誠乃當世之幸！

由於長期居住於美國加州矽谷，無緣親近南師。終在二〇〇九年一月，專程至吳江太湖大學堂親自拜候南師。彼時正逢南師用膳時間，南師耳聰目明，我們在十餘米外和他打招呼，他馬上起身相迎。我提及我只是他的私淑弟子，南師春風滿面，不以為意地開玩笑般地說他一無是處，是個騙子來的，要我千萬不要上當；還親切招呼我們入座共用晚膳。我本來心中準備了幾個平常「大惑不解」的問題要請教他，當下，親見南師春風沐人之真誠，及光霽應對之風範，剎那間，我如頓悟般已覺不需發問，因為南師的答案已盡在不言中。在吳江室外零度寒冬中，入室前冷顫的身軀，在和南師親切地握手中，寒氣頓去，只覺南師手柔軟似嬰，溫和似暖陽，真乃得道之修道高人。

睽隔三年餘，不意南師竟以九五高壽坐化登仙，方真正體會到莊子所言「生者，寄也；逝者，歸也」，及李白所書「人生如寄，夫天地者，萬物之逆旅。光陰者，百代之過客」。逝者如斯夫，令人發出千古之浩歎。但南師一生教化人無數，他所遺留之豐富浩瀚典籍，必世代流傳，繼續啟人智慧，撫慰人心。對他之位列仙班，只有無盡的思念和景仰。但，南師之精神風範，必永垂不朽！

謹贊曰：

南師已乘仙鶴去，太湖空餘聖賢樓。
再來師尊不復返，嬋娟秋月幾時休。

載道文章傳千古，教化眾生及五洲。
夜半展卷聞卓識，無風無雨捨利儔。

南老師，我思念您

湯超義

二〇一二年九月二十九日傍晚，接到夏大慰院長的電話，向來中氣十足、高亢激昂的聲音變成沙啞低沉，他告訴我，南老師下午走了……明天七點至九點舉行告別儀式，只通知了少數人。

我恨不得飛奔吳江。無奈，西行的列車已把我拉向了江西老家。一個長假都心神不定，若有所失。上班的一大早，就和夏院長通電話，得知了告別儀式的情景。

後又與弘宗師通話，一開口就禁不住失聲痛哭。弘宗師安慰了許久，我才慢慢平靜下來。

很想去太湖大學堂悼念一下懷師，也很想去看看能為老師做點什麼。撥通馬祕書的電話後，竟又無語凝咽，也不知哭了多久，才斷斷續續地說明了意思。馬祕書深沉地說，來悼念就不需要了，磕個頭也都會隨風飄去，如果懷念老師，就寫點東西吧。

馬祕書一語驚醒夢中人。

我拜見過南老師多次，他兩次來上海國家會計學院講學，我都有幸參與了接待，尤其是第一次來院的演講中，他還提到過我的名字。那時，我們接觸沒多久，大師就能記得我這個小人物，我興奮之餘，不禁讚歎他記憶力之強。

我第一次拜訪南老師是十年前，那時，老師住在上海，我是陪同夏院長去的。見到我久仰的大師，心中非常激動，懷師還邀請我們共進晚餐。就餐時，懷師招呼我坐在他身邊，還不停地夾菜給我吃。接下來的幾天，我都幸福得不得了，半夜時分，還撥通夏院長的電話，與他分享我激動的心情。

最後一次見到南老師，是二〇一一年七月二十五日，我們夫婦陪同陳定國教授夫婦，一同前往太湖大學堂。九十四歲高齡的南老師身體非常好，精神也非常好，只是視力不如從前。馬祕書向老師介紹我：「這是上海國家會計學院的湯超義，湯主任。」南老師拍拍我說：「記得！記得！幾年不見，老弟，你長大了。」

我們的晚餐是從六點多鐘開始的，那天，老師的興致特別高，與我們聊了四個多小時。席間，他要我轉告夏院長：財經人員一定要加強國學人文方面的教育，如果上海國家會計學院不方便做人文方面的教育，甚至可以另起爐灶，比如說，利用陳定國教授的別墅群南華園。

得知我們上海國家會計學院辦了後 EMBA 項目，以學習國學為主，他非常高興。他說，上海國家會計學院的學員應該提高人文素養，要學國學，讀經典，上詩詞課，你們辦國學班，這很好。

在談到他自己的著作時，南老師說，最代表其思想精髓的書是《論語別裁》和《原本大學微言》。

南老師對夏院長讚賞有加，他說，朱鎔基創辦了國家會計學院，也造就了一個夏大慰，他們都將載入史冊。

我告訴懷師，夏院長最近在做退休的準備，他如果退了，未來的院長不知會怎麼樣，上海國家會計學院不知朝什麼方向走。南老師語重心長地對我說，你把自己武裝得強大了，誰當院長都沒有關係。

我告訴南老師，我的博士論文中很多觀點都受到他的啟迪，並在論文的致謝中特別做了說明，我恭恭敬敬地獻上了我的博士論文，南老師高興地收下了。

臨別時，南老師又送給我幾本他新出版的書，並簽名留念，上書：「湯超義老弟」。

離開太湖大學堂時，我默默地告訴自己，我一定要在國學方面下功夫，好好鑽研！

這些年來，當我向學員講授《平衡之道》時，當我和學員分享《中國文化下的客戶關係管理》時，當我與學員暢談《孫子兵法與競爭戰略》時，我心中特有底氣，因為，我感覺身後站著一位大師——南老師。

我總是對自己說，我要思考得透一點，感悟得多一點，到時，帶一些深入一點的問題，來請教南老師。

誰知，我沒有這個機會了，就連最後告別的機會也失去了……

明天，我如果有了新的觀點，明天，我如果有了新的困惑，我向誰去訴說？

南老師，我思念您……

臨別時要歡歡喜喜的，還會再來——追憶南懷瑾先生

王道馨

太湖中秋，蒼蒼蒹葭。天心的明月與湖心自己的影子隔空相吊。這一刻，南師已離我們去了。太湖之濱，我默默回憶著庚寅初夏南師對我的種種開示。

大師賜名　王道春風

那一天晚宴之前，南師來後，高聲問我：「我給你起個名字，你看好不好？」我立即回答：「先生起的名字一定極好！」南師笑容滿面地走到他的座位上，腰板兒一挺，緩緩地說出：「王道馨！王者，天子也。道者，天理也。馨者，芬芳遠布也。王道馨——王道興啊！哈哈哈哈！」老人家點了一支菸，瀟灑地撥弄著手中的紫銅煙爐，香煙繚繞下的長衫翁，神仙氣更足了。此時才是我見南師的第三天，自然感到受寵若驚，驚得愣在那兒連

謝謝都忘了說。

先生命我坐下，開始聊天佈道。他說：「為人、為政是有王道和霸道之分的。唐朝詩人王之渙有一首《涼州詞》：『黃河遠上白雲間，一片孤城萬仞山。羌笛何須怨楊柳，春風不度玉門關。』」

先生抑揚頓挫地吟唱著：「春風不度玉門關，可見當時西域邊地，茫茫沙漠，何等的貧瘠。清朝有個左宗棠，好壞不論，是個大人物。光緒元年被任命為欽差大臣，督辦新疆軍務，籌兵籌餉，大權在握。他兩次西征，一路進軍，一路栽樹，凡湘軍所經之處盡植楊柳，後人贊為『左公柳』。」接著先生又吟一詩：「『大將戎邊尚未還，湖湘子弟滿天山。新栽楊柳三千里，引得春風度玉關。』這就是王道，著處生春！引得春風度玉關，就是王道。哈哈！」先生席間常傳開懷之笑，使人如沐春風。

道馨先寶　焉知非福

接著，南師叫人遞給我一箋宣紙，開頭寫著「道馨」兩個字，後面一百餘字小楷，是對名字含義的注釋和對我的祝福，落款是先生的簽名——南懷瑾，三個醒目的大字！我接過這無比珍貴的禮物，激動得有些手足無措，一身唐裝又沒個兜兒，只好傻愣愣地捧在手上。南師叫我先放下，吃完晚飯再帶回房間。

學堂為會喝酒的來賓們準備了白酒和黃酒，我這個剛獲至寶的東北小中醫，興之所至，連喝乾了兩小杯。實在酒量欠佳，兩杯酒下肚，不一會兒腦袋就感到暈乎乎的。微醺中，雖還顧著聽南師和眾人聊天，如「胡兒不知胡家語，爬上胡牆罵胡人」之類，卻越來越覺恍惚了。等到晚宴結束回到房間，才發現南師的墨寶竟落在了餐廳！我的腦袋「嗡」一下就清醒過來了，趕忙回去找，但還是沒找到。我因一時貪杯大意，失去了一件至寶，那寫著我名字的南師親筆，究竟花落誰家，至今也無法得知。這件讓我追悔莫及的事，給了我終生難忘的教訓。從那以後，當我再入酒席，要舉杯放肆狂飲的時候，總會因想起那丟失的寶貝而收斂許多。

接受幫助也是需要學的

有一個老兄大腿上起了個癰，走起路來都很吃力。一天飯後離席，只見他歪著身子欠著屁股咬著牙往樓上走。我要去扶他，他堅持自己走。這時身後傳來南師的聲音：「李×啊，讓道馨扶著你。剛強雖然好，也要學會接受幫助。不然自己多困難不說，人家還會誤以為你清高……」

只要有膽量打，至少是個世界亞軍

鄧亞萍女士來太湖大學堂拜訪南師，之後和學堂的小朋友們打乒乓球聯誼。南師也饒有興致地在旁觀看。第一個上場的小朋友三局兩負敗了下來，卻不見他有絲毫氣餒，反倒一副雖敗猶榮的氣概！我在南師身後聽到南師欣慰地說：「鄧小姐是世界冠軍，只要有膽子跟她打，最不濟也是個世界亞軍！」

遊子平常事　大師淚沾襟

一天，南師突然當眾要求我講講我這個鄉野村娃學中醫的經歷。老人家還親自把麥克放在我面前。我只得依教奉行，想到哪講到哪。講到媽媽走半個村子為我借學費，講到寒夜裡恩師為我送來我平生第一件羽絨服，講到營口求學圓山老為我交上欠了三個月的住宿錢，講到在北京求學地下室每日一餐飯的七年，講到焦老視我如親孫將畢生藏書臨終贈我，講到非親非故的萬四嫂在中南海為我跪求良師……講著講著，我忽然發現南師閉著的眼睛流下兩行晶瑩的熱淚！我震撼了，我所講的故事，對於閱盡滄桑的大師而言，無論如何都太平常了！而這平凡的小事卻因愛的主題，竟將大師感動得落淚。那一刻，大師的感動使我深刻地明白了一個道理——愛在人間最動人！

臨別時要歡歡喜喜的，還會再來

臨我離開大學堂頭一天下午，南師他老人家把我叫到他的辦公室又囑咐了兩三個小時，還叫我錄了音。最後，他開玩笑說：「今天我這個老頭子囉哩吧唆了這麼多，你若覺得對的就用心琢磨，若覺得不順耳，也不要介意——放了就好嘍！哈哈！」

開過玩笑，老人家站起身，從懷裡掏出一個紅包，緩緩地講：「長者賜不可辭噢！明天你要走了，這一萬塊是你明天上飛機前下館子的盤纏和機票錢。明天不送了，咱們就此別過嘍，路上要小心。」望著眼前這位滿頭銀髮慈祥可親而又充滿童趣的老人家，想到七天來南師贈我書籍，給我學業、職業、事業、道業方向的啟迪教誨；想到他溫而厲地告誡我飲酒失儀最易僨事，若不痛改則後患無窮；想到他手把手傳授我佛門經咒的手勢和發音，鼓勵我英雄不問出處，只要肯刻苦修學，一定會有所作為。誰都可以想像，離別在即，我是多麼依戀難捨，我的眼淚不禁奪眶而出。老先生拍拍我的肩膀，把手指在胸前擺了擺說：「臨別時要歡歡喜喜的，還會再來！」

也許這是南師對所有愛他的人在臨別之際的囑咐：臨別，要歡歡喜喜的，還會再來。我堅信此刻老師一定是歡歡喜喜的，而且他一定會再來！

恒懷念，茫茫生死岸兩邊，遠過那萬水千山，難再見。
應歡喜，渺渺太湖波萬頃，盡歸這虛空一片，常示現！

這是我家鄉的小老弟
——我與南懷瑾先生

葉旭豔

有朋自家鄉來，不亦樂乎

南懷瑾先生和我確是相遇是緣，相聚似親，始終保持著鄉情的親切，長輩對晚輩的關懷，老師對學生的愛護。在見面之前的幾年裡，我們一直只是書信往來。

二〇〇〇年十月二日晚上六點整，我終於在香港堅尼地道老師寓舍第一次晤面。老人家親自開門，一見面就說：「有朋自家鄉來，不亦樂乎？請問哪位是旭豔老弟？」我回答老師：「我叫旭豔。」「那位就是張忠強鎮長嘍，請進！請進！」坐安後，老師就遞菸、倒茶，用家鄉的話拉起家鄉的事。問家鄉的變化，鄉親們的經濟條件、生活狀況，問一些舊友是否健在，晚年可享清福，我一一作答，並和張鎮長盛情約邀老師親臨家鄉一趟，感受家鄉的變化，現如今已不再是所謂「鹹水漫煎茶」的地團了。就像溫州藝人鼓詞裡的四句話：「回到家鄉格外親，親山親水有親人，親人日夜搞四化，家鄉面貌日日新。」只有地團那一條老街沒有變化。老師說：「我也很想念故鄉，尤其地團葉。我生在此地，長在此地，可是難啊！難啊！恐怕這輩子都難啊！」一個小時很快過去了，時間將近七點，拜訪的客人陸續到了十來個。「人民公社」食堂就要開飯了，忠強看手錶靠近我，老師一看我們的動作，就用家鄉土話說：「老弟啊，今天你到我香港這裡來，就像到地團葉我家裡吃飯一樣。」我們就這樣留下吃飯了。在飯桌上，老師拉著我坐在他的右手邊，並向大家介紹：「這是我家鄉的小老弟，這是我家鄉的父母官（指忠強）。」在十五年的書信往來裡，或他贈書給我，皆呼我「老弟」。

飯後所有的客人都起來收拾盤碗，我趕緊起來準備端碗，卻被老師拉住了：「你是第一次來，以後來就要幹活嘍！」飯後端上一桌水果，大家邊吃邊聊。這時夜已深沉，在不大的屋子裡，卻氣氛融融，我忽然想起劉禹錫的《陋室銘》：談笑有鴻儒，往來無白丁……

次日夜裡十一點，我床頭的座機鈴聲響了，一接是老師打過來的電話，約好第二天晚上六點整再到他家吃飯。那天晚上一聊又是深夜，我深知老師在金溫鐵路竣工後的贈言——鐵路已鋪成，心憂意未平。世間須大道，何只羨車行。老師的用意是要造一條人心嚮往的人文大道，故而倡導兒童智慧開發工作，意在重整中華文化斷層工程。他吩咐我要在家鄉推廣。

一定要把錢親自送到

從香港回來後，我和忠強鎮長把老師宣導的兒童智慧開發工作在家鄉的花蕾幼稚園推廣。原市委書記徐林義得知此事後，宣導在全市推廣，並親自打電話給市民政局要求辦理註冊手續，第二天又給我兩萬元作為啟動資金。老師得知後，親自題詞：「樂清市紹南東西精華導讀中心」，後經民政局審批註冊為「樂清市紹南古詩文導讀中心」。老師還叫二公子南小舜和劉煜瑞先生必須把一萬元親自送到我手裡。

十二年來，我們秉承「在未成年人中開展中國文化經典的導讀活動，從而提高未成年人的文化素質和道德修養，為素質教育，為全社會善良道德風氣的形成貢獻力量」的宗旨，在國學大師南懷瑾先生的故鄉樂清普及中華古詩文誦讀工程。此項工程得到了樂清市委、市政府的支持和社會各界熱心人士的積極參與，開展了一系列活動並取得了一定的成績。二〇〇四年七月，導讀中心選送三個節目參加香港「首屆全球中華文化經典誦讀大會」，均獲得獎項，其中《中庸》獲得最高獎項——孔子獎。二〇〇四年十月，樂清市的「中華古詩文經典誦讀工程」入圍「中國精神文明網未成年人思想道德建設創新獎」。二〇一一年在太湖大學堂，老師問我，這項工程還在做嗎？我說：「是啊。」他還和我開玩笑：「到時候人家說復古，追查下來，我們兩個人都會被殺頭的。我年紀大了，殺頭不要緊，你還年輕啊，殺頭太可惜嘍！」我說：「老師您都不怕，我怕什麼。」接著，我們哈哈大笑。

我給你講個小故事

二〇一〇年九月十八日，風和日麗，我和樂清市旭陽寄宿小學的三位領導來到老師創辦的太湖大學堂進行跟蹤學習。來時，老師一再叮囑：「要來學習，至少一個星期，要和學生一道吃飯，一道上課。」

當天下午五點多，老師在馬宏達祕書的陪同下接見了我們。老師請大家喝咖啡，聊他小時候在家鄉的趣事，談國學，談中國的現代教育。談興正濃時，老師話題一轉：「旭豔，我給你講個小故事。」老師打開了話匣子：陰間有個十八層地獄，關押著罪孽深重的人。有一天，十八層地獄的人突然聽到腳底下有敲打聲，於是他便大聲問：「地下何人？」地下回答：「我是位教師，因為沒有教育好學生，做了誤人子弟的事情，被打下十九層地獄。」我深深地理解老師的用意，他是在告誡我：創辦學校，搞教育，一定要重視師德教育，不能做誤人子弟的事情！

回到樂清，旭陽寄宿小學的領導班子做了深刻的反思：要秉承南老師的意願，做好文化的傳承教育。於是，誦讀國學經典，成了旭陽小學每天的必修課。書法、武術、圍棋等傳統技能教育，也被引進了課堂，時時陶冶著學生的情操，淨化著學生的心靈。三年來，旭陽小學的辦學聲譽日益提高，得到了廣大家長和社會各界的認可。南老師所宣導的文化重建要從兒童抓起，教育兒童在人格、智慧、責任感、自制力等方面得到全面發展的教育理念，將繼續在旭陽小學發揚光大。

以後再來看我

回想十多年和老師的往來，歷歷在目，傾聽老師的教誨記憶猶新，特別是老師寫給我的條幅「古之學者為己，今之學者為人，葉旭豔思而誌之」，是對我一生的勉勵。

近幾年去太湖大學堂，老師面帶笑容和我開玩笑：「以後要經常來看我嘍，我們見面一次少一次。」我說：「老師您會長命百歲的。」「噢……人都九十多了，說不定哪天想走就走。」我和老師在去年七月一日約好今年中秋節再見面。

今年七月，我突然想要提前去看老師。七月九日，我和太湖大學堂馬祕書聯繫此事，老師說：「這裡夏令營很忙，你個人找時間過來吧，不要帶人來了，也不要帶海鮮了，人老吃不動了。」聽到老師很忙，我想還是等中秋吧，想不到老師卻提前一天安詳地離去了。

寫到這裡，我的喉嚨哽咽了，再也寫不下去了……

回憶十四年前拜見國學大師南懷瑾先生

姜雪雁

素惠大姐：

驚悉南老師往生，非常悲痛……

多日前得知南老師染恙，就十分擔心，天天上網關注，唉，南老師還是走了……

想到一九九八年十二月我在香港光華新聞文化中心的畫展。您那時是光華的主任，我、江林、宗家順在那個路口等候，不久，您坐車來了，接上我們去南老師家。開門進入的一剎那，我震住了，只見南老師身穿深色中式長衫，站立在一張大圓桌後，真不是凡人哪！南老師真乃仙風道骨！這就是我當時的感受！每每談及這份緣，我都是說：站在南老師面前，我們這些人黯然失色！南老師是得道高人，氣場強大！

還記得，稍坐之後，我們來到了寬敞客廳的一角，給南老師和他的弟子們看展出作品。我蹲在地上一幅幅翻著，房間裡很安靜，只聽到南老師低聲說了一句：「我從來沒有看到過畫得這麼好的佛菩薩像。」我真的不敢相信自己的耳朵，努力克制自己，掩飾住那份激動。之後，南老師又在我帶去的《圓覺經略說》上題了字。

還記得吧，他看到我拿出的書，哈哈笑了起來，說了一句：「你這是盜版書。」但是，南老師還是在我帶去的兩本書上題了字。南老師為何給我題那樣的字？我不探究竟，也沒有任何的得意，只有壓力！我深知這是南老師在鼓勵我！

正是南老師對佛教藝術的肯定，讓我在長期的黯淡中看到了希望，我必須堅守！才在藝術難行路上走到了今天！

還記得南老師當場請了我的展出作品《西方三聖》吧？南老師語氣鄭重，很認真地叮囑江林：「你們一定要把錢給人家啊！」

南老師個人出資請一個名不見經傳、落魄畫家的畫，其中喻義是什麼呢？

還記得吧？我因留港時間太短，無法參加畫展開幕式。南老師立即站起來，走向電話機，原來他老人家親自撥電話到新華社香港分社，讓他們幫忙，幫我延長留港時間……

還有，那時南老師就開始要大力推動兒童讀經運動了。

那晚，男男女女十多人，人手一本，跟著南老師朗讀詩。他領一句，我們跟一句，好溫馨的場面，就像回到了久違了的兒時課堂……

人無遠慮，必有近憂。南老師用心良苦，晚年建立大學堂，弘揚中國傳統文化，在未來的國家棟樑心中，播撒種子，生根發芽……

那天南老師看到我雙眼赤紅，給了臺灣養生堂的藥，我沒吃完，留下了十包作紀念。

從香港回深圳後，我很興奮，趕緊撥通了時任中國書法家協會代主席的沈鵬先生電話，告訴他，我見到南老師了！他的聲調立馬高了起來：「你和他拍照了嗎？」我答：「唉，氣死我了，宗家順帶了相機沒裝膠捲！」沈先生大歎一口氣：「哎呀，太遺憾了！」中國書法界泰斗沈鵬先生對南老師也是仰慕之極啊！（我因那些年極其落魄，哪買得起相機呢！）

二○一二年四月，我帶上畫作《千手千眼觀音》，參加了紐約聯合國總部的第三屆中文日活動。五月回國後，我就和南老師的弟子相約，待空一些時我們一同去太湖看望南老師，並要將我非常喜歡的《觀音》贈予南老師，還想當面向南老師彙報這些年的一點點藝術成就。自一九九八年以來的十四年，我成天忙忙碌碌，總是等一等，再等一等，卻再也等不到這個機會了……

這位弟子昨天來信：「我一直為老師護法，在我心中恩師不會走，法的種子已生根。」

二○○七年，南老師託人寄書給我，並再次給我題字。

我在博客置頂裡寫道：「在藝術前路一片黯淡時，南老師對我的精神鼓勵是一盞明燈！！！照亮了藝術長路上的忽明忽暗，才能在藝術難行路上堅守，不離不棄！！！

一直以來，我對南老師充滿感恩感激之情！！！

我會在佛教藝術路上一直走下去，直到生命盡頭！！這不僅是藝術的事，更多受益來自於得智慧，滌除凡塵的污染，返璞歸真，回歸自然靈性！

我與南懷瑾先生的文字緣

喻學才

二〇一一年八月二十六日，我正準備給幾位朋友郵寄《三元草堂詩詞聯抄》，恰在這時，接到深圳毛谷風教授的電話。他向我打聽南懷瑾先生的地址，我告訴他，南先生近年來已經在蘇州太湖邊上一個叫廟港的地方置地造屋，是為太湖大學堂。我雖對其人十分敬仰，但至今緣慳一面。我順手在互聯網上查到太湖大學堂的地址、郵編，告訴了毛教授。不知怎麼回事，我忽然動念也想給南懷瑾先生寄一本《三元草堂詩詞聯抄》。我知道他是大忙人，不忍心打攪他。但出於對長輩的尊敬，我在扉頁上寫了請他指教等文字。沒想到的是，一周以後的九月八日，郵遞員給我送來一份特快專遞。我一看地址，是太湖大學堂寄來的。打開一看，是南先生的《金粟軒紀年詩初集》，打開扉頁，上面有南先生極富個性的親筆簽名。上寫：學才先生指教，南懷瑾。後面寫上中國的農曆年月以及西元的年月。此前我雖然幾乎讀過南先生公開出版的所有著作，但他的《金粟軒紀年詩初集》還是第一次讀到。因為該書是在臺灣老古出版公司出版的，時間比較早，大陸市面上買不到。

我花了兩天的時間通讀了南先生的這本詩詞集，對附錄中他早年在四川峨眉山閉關期間所寫的金剛經偈頌產生興趣，便一口氣和了三十二首。寫成後，我將手寫的一大疊和金剛經偈頌的詩稿寄給他。這三十二首和南懷瑾先生金剛經偈頌，後來我刊發在自己的網易博客（實名）上。後來，我又將閱讀《金粟軒紀年詩初集》的感想整理成文，列印一份寄給南先生。他收到我的《江山畢竟屬書生——南懷瑾先生詩詞意境蠡測》（我將其發表在博客上時只保留了副標題《南懷瑾先生詩詞意境蠡測》）後，給我寫來了回信。信是祕書室列印的，顯然是南先生口授的。信寫得很風雅，全文如下：

喻學才先生：

月前收到大禮，有關拙作詩之選評，不勝驚異。我的詩集，號稱編年之作，聊以藉作他日回憶之資，並非敝帚自珍。但承蒙先生賞識，倍加推許。雖不盡然，亦甚難能可貴，非常感謝！吳梅村有句：「不好諂人貪客過，慣遲作答愛書來。」藉此以明遲覆之過，並望不吝指教。專此，即頌

吟安！

南懷瑾拜手

庚寅季秋（西元二〇一〇年十月廿九日）

下面蓋的是太湖大學堂祕書室的印信。我看了這封信，知道先生是在給我發邀請了。因為他引用了吳梅村的詩，自然知道我明白其中的意思。這就是中國文化的妙處，不需要說得那麼直白，卻能讓雙方分享盡在不言中的樂趣。但因為當時事情多，我前往看望南先生的計畫一拖再拖，直到二〇一一年元旦才成行。

二〇一一年一月三日晚，我去太湖大學堂拜訪南懷瑾先生。馬祕書陪我和毛桃青前往餐廳途中告訴我，那幾天南師（追隨在南懷瑾先生身邊的人都喜歡稱南先生為南師）什麼事都放下，全天就看你的《三元草堂詩詞》和「金剛經偈頌」和詩。據他說，南師曾譽我為「古人再來」。我為自己的詩歌能得到南先生這樣一位知音而感覺莫大的榮幸。那天晚上，南先生興致極高，跟我們這些後生晚輩一口氣聊了四個小時。那是我有生以來歷時最長也是最愉快的晚宴。那晚宴屬於且吃且聊的極富中國特色的文人雅聚型晚宴。主桌上在聊，旁邊其他桌子上的弟子門生在聽。大家都很輕鬆。其間，我曾起身，但見有的弟子正襟危坐，有的盤腿打坐，有的洗耳恭聽，頗有點靈山法會上人人怡然自得的味道。晚宴結束前，老先生還讓人取來三卷本《列子臆說》贈我。只見他老人家筆走龍蛇，頃刻間便寫好贈書簽名。我捧過來一看，樂了，那上面寫著「學才老弟教正，南懷瑾」等字樣。

得知老先生仙逝，我難過了好幾天，一種痛失良師益友的感覺油然而生。我跟南先生同在江蘇，相距也就兩個多小時的車程，完全可以多去請教他。但我此前感覺南先生身體太硬朗了，總以為老先生活個一百多歲不成問題，總以為來日方長。我最近正準備等我的《三元草堂文抄》出版後便送書到太湖大學堂，聆聽他的高論，分享與他在一起的快樂時光。沒有想到老先生這麼快就遽歸道山，讓人措手不及，遺憾不已。

南先生示寂的時間不早不晚，偏偏在中秋前一日。這又使我想起「世界從來多缺陷，幻軀焉得免無常」的古訓來。南先生晚年也經常提及曾國藩的《求缺齋記》。人如能以求缺之心看世界，則不會有多少煩惱。我輩常人卻總以為自己了不起，其實，在古往今來的浩浩人流中，我們又能算什麼呢？我輩常人總是心存貪念，總以為這世界上的東西不能為我所有就是不圓滿。實際上，這世界上的東西我們又能占有和擁有多少呢？占有了擁有了又能如何呢？

感南師銘

深切緬懷當之無愧的國學大師南懷瑾先生

六小齡童

我多年來一直追求儒釋道三教合一。《西遊記》是一本儒釋道三教合一的書，孫悟空是儒釋道三教合一的典範，我是兩岸四地演藝界唯一一位參加過二〇〇七年國際《道德經》論壇、二〇〇九年第二屆世界佛教論壇、二〇〇九年第二屆世界儒學大會的演員。上海「六小齡童藝術館」創建之初，希望有儒釋道三個代表人物的題詞牌匾，已經有中國道教協會會長任法融題寫的「道法自然」、中國佛教協會會長一誠法師題寫的「鬥戰勝佛」，獨缺儒家文化的傑出代表和國學大師南懷瑾先生的題詞。

南懷瑾先生生於一九一八年，是溫州樂清人，少時熟讀諸子百家，嫻熟詩書，通武術劍法等。一九四九年到臺灣後，相繼受聘於高校授課。他的著作眾多，還曾籌資興建金溫鐵路，其門生也籌集鉅資，用其名義在大陸創立光華教育基金會，資助北大、浙大等三十多所著名大學的學生。晚年在江蘇太湖大學堂傳道。其著作多以演講整理為主，內容往往將儒、釋、道等思想進行比對，別具一格。

我對南懷瑾先生一直敬仰有加，曾讀過他的《論語別裁》、《老子他說》等著作，他的形象、氣質都深深打動了我，能感覺到他是個謙虛、和藹、有涵養、學問淵博的老人。很多網友都說南懷瑾先生與我長得很像，就像我們家族的前輩，這是我的榮幸。

經過南懷瑾先生的祕書馬宏達先生熱心的幫助，我求到了南懷瑾先生「心佛不異」等三幅墨寶，我把「心佛不異」製成牌匾展示於館內。南懷瑾先生的修養是全方位的，除了國學研究，書法也很好，我很榮幸能求到他的墨寶，讓觀眾在藝術館內欣賞到一代國學大師的書法藝術。感謝馬宏達先生的穿針引線，他為弘揚國學文化做了很多具體的工作。

中秋節這天聽到南懷瑾先生去世的噩耗，深感震驚與悲痛，雖然他以九十五歲高齡仙逝已算喜喪，但還是對這不可替代的國學大師離我們遠去而不捨，他的去世是學界的巨大損失。願南懷瑾先生一路走好，希望在他的家鄉或蘇州能建立他的紀念館，把他的成就作一總結。

二〇〇九年我參加世界佛教論壇後想去拜訪南懷瑾先生，對儒學做深入的研究。原打算三月去蘇州參加活動時登門拜訪、向他當面求教，但由於方方面面的原因一直沒有去成，現在已成為永久的遺憾。雖然我與南懷瑾先生無緣相見，但在二〇一二年第一期《儒風大家》雜誌的封面上，有我與南懷瑾先生及其他名家的照片，感謝《儒風大家》雜誌把我列為弘揚儒學的一分子，這張照片也已在上海「六小齡童藝術館」內展出。

正知正覺

楊清林

初次讀到南先生的文章，是在一九九六年的正大復旦大學管理中心。那時也是機緣湊巧，我的泰方經理因培訓課是中文上課，他看不懂中文，不願來，因此將培訓的名額讓給我。除了接受現代企業管理知識外，這次培訓最大的收穫是看到了《論語別裁》這本書，第一次聽說了南先生。當時主持培訓的是來自臺灣的陳定國先生，陳先生自身學術素養很深，然而談到南先生的書，說只要讀通任何一本南先生的書，就可以授予博士學位。聽到這樣的說法，我自是有些驚奇，於是特別買了一本《論語別裁》。看過之後，感覺確實不一樣，很多人生困惑自此釋然，才知道中國原來本已有這樣的學問。我是學農業出身，又來自邊遠地帶，以前的語文課上也讀過很多古文，但也只是讀讀而已，不明就裡，在北京讀完大學，讀書也不能說不用功，但讀完大學這麼多年，還是滿腦子的人生困惑。直到讀了《論語別裁》，我才逐漸明白社會人生。自此之後，南先生的書只要有新出版的，我都會拜讀。

隨著年齡的增長，經歷事情的增多，三個女兒的出生，父母雙親的逐漸離去，我的體會更深。不說從南先生書中具體學到多少，但其中對人生社會的正知正覺，卻是我一路走來不致迷途的航燈。

我的岳母陳氏，以前癡迷法輪功，後被制止停練，成日精神恍惚，夜不能眠。她看過南先生《金剛經說甚麼》之後，逐漸信佛。此後，我給她帶過幾本南先生的書，她都仔細誦讀，以六十歲高齡，竟能背誦整篇的《金剛經》，讓我佩服不已。最重要的是，如今她精神矍鑠，睡眠復歸正常，身體很健康，這一切要歸功於南先生的書和他平和近人的講經之道。

如今，南先生駕鶴西去，但他帶給我的正知正覺，給我帶來了一生的幸福。感謝您，南先生！願您老人家一路走好！

哀悼先生

彭征波

今年，二〇一二年，我失去了兩位父親，一位是我父親，一位是南先生。沒有父親就沒有我，而南先生讓我明白，一個人活著應該努力找回真我。周圍的朋友都知道我崇敬南先生，他們問我為什麼？我說，是南先生讓我建立了作為一個人的信心，讓我建立了作為一個中國人的信心，讓我建立了對中國文化的信心。從此，我有了一個確定不變的目標，我要成為一個真正的人。

我曾經希望先生能夠活到一百二十歲，不少高僧大德都曾經活到這個歲數，這樣我就可以在經過十年、二十年的努力學習之後，能夠在他面前報告我的學習成果和心得，我可以當面聆聽他的教誨。我就是這樣，希望先生能夠等等我。

我生在湖南的農村。湖南本是佛教和中國文化的重鎮，但我一直到三十六歲之前，都沒有接觸過佛學，沒有讀過佛教的經典。是先生在《圓覺經略說》中的一句話，讓我開始閱讀佛經。先生說現在的博士碩士沒有學問。我深切認同這句話，這是我們人文教育的悲哀，這是我個人的悲哀。我是一個博士，但正如先生所言，我沒有任何的學問。

先生告訴我們，讀書一定是要背誦的，一定要讓書本的知識進入到我們的如來藏識，讀書要入藏。先生這句話，讓我改變了自己讀書浮躁的習慣。我會按照先生的這個教導繼續做下去，我相信這樣做能夠讓自己慢慢有一點點學問。

先生說，我們讀書要以經注經，不要隨意加上自己的主觀解釋，我們的學識還不夠，我們需要熟讀經典，經典前後會相互注解。對經典的最後理解會體現在我們的身心轉變之中，最後，知識將會轉化為智慧。所有的學問，所有的學習和修證，最終的價值都體現在能夠讓我們找回自己的本心本性。先生始終不渝地踐行自己的格言。如果知識和學問對身心性命無益處，他就不會去寫這樣的文字，他不會去講這些無意義的話。

先生自己是極高明而道中庸的典範，是最高明而回歸到最平凡的典範。先生在《金剛經說甚麼》中講到，釋迦牟尼佛就是如此平凡，乞食、吃飯、穿衣、洗足、鋪床，親力親為，在衣食住行中處處顯示佛法。從先生對儒家、佛家和道家經典的講解來看，先生就是這樣，他把文化的精髓都灌輸到我們的頭腦中，讓我們這些缺乏基本的文字和語言功底的人，能夠全面準確而深入地理解最深奧的道理。

先生的語言總是最平實、最自然的，不思而得，不勉而中，只有從最根本的實相般若之中才可能流淌出如此不可窮盡的智慧。先生的《學佛者的基本信念》就是這樣的語言和智慧融為一體的完美典範。他的慈悲和智慧如滔滔江河發心而出，如決江河而莫之能禦。

我們自小都或多或少地讀過《論語》，也或多或少接觸過其他文化大家對《論語》的解讀，很多次我都想好好看看《論語》，但是最後都沒有能夠把《論語》讀完，更加不要說去真正思考《論語》的道理，更不用說將《論語》的道理應用到我們的日常言行中。是先生的《論語別裁》，讓我對《論語》的思想有了比較清晰的體系性的認識，讓我對《論語》學而不厭。

可以這樣說，是先生讓我意識到什麼是真正的學問，是先生讓我認識到孔子、孟子的偉大，讓我認識到老子、莊子的偉大，讓我認識到中國文化的偉大。先生對於我而言，可以引用歷史上對孔子的評語——「先先生而聖者，非先生無以明，後先生而聖者，非先生無以法」。

今天從湖南返回北京，才知道先生已經逝世。諸佛如來，不生不滅，不來不去，先生永遠與我們在一起。是先生和先生的教導，陪伴我走過父親去世的哀傷；同樣，是先生和先生的教導，將陪伴我走過永恆的歲月。先生視眾生為子女，我視先生如父親，今天，我以哀悼父親的心情哀悼先生。

寫給懷師

韓非

懷師，您老曾告知：如能通一經一論，或者打坐能持之三四個小時者，就可以去找您……這些年以來，念您之囑，我們一直在努力。

邂逅您是在一九九八年，當時看到練性乾編集的《南懷瑾談歷史與人生》，二十多歲的我也正在探求歷史與人生這個問題。在我看來，能夠給人談歷史和人生這個話題的，一定是一位老者和智者。那一年，我從這本書和您結緣。

那年，末學正在一所武院臨時任教。早些時候有忘年交曾給我推薦您的書，也有朋友給我推薦曾國藩。從歷史裡面汲取營養，一直是我的愛好所在，只是師友的建議並沒有引起我的重視。那時候的我曾自認為文武之道是不分家的，不唯文與武，武道也是不分的，武醫不分、武哲不分、禪武不分……一位俠武之士，該是一位博采儒學、醫學、哲學、禪學的飽學之士。就如當年李苦禪和王薌齋一文一武兩位巨臂的聯語——李出：畫成書為極則；王對：武至文得上乘。我所理解的武學文化，它與為文之道，是一剛一柔、剛柔兼濟、相輔相成的。武學，其上乘之境，也一定是止戈趣和的無為境界。俠之大者，一定是一位存心濟利天下的良善之輩。

鑒於這種認識，許許多多的嗜武之人，自然地由武學一途轉向了探知形而上道，轉向了禪學之路。每看到您認為中國文化是文史不分、文政不分、文哲不分時，不禁擊節叫好，有相見恨晚之慨。

十多年以來，我看過了幾乎所有可以找到的您老的書籍。每淨手開卷，都覺得似與您老交談。然而，我同樣也有俗人的情懷，總有那麼個想和您相見的衝動。此俗念一起，又總被自己的理性所壓制。當我看到您和馬萬祺也是神交之誼時，自己就笑了，就會打趣自己，其實我們早已經是老朋友了。

人總有這種時候，在自己的內心深處，總覺得隱坐著另一個自己。那個自己的內心，時而柔弱時而剛強，不勝孤獨；時而能言善辯，時而木訥寂寞，恍惚有高處不勝寒的淒涼。每當這種時候，我就想起了我尊敬的從武的師父和懷師您。恩師說，真正的武是不問打法的，功成自會防，功成自會打。這是真真切切的無招無式之武學，舉身即式，出手成招。真正的武學但求培本，不問末節，那些流於形式的，早已經是下乘之學了。吾師從來不談禪，也是一位如您一般的老頑童，但我知道他的功夫早已經臻至化境，與道合一。也正是他的不言之教，促使我沒有囿於武學的狹義，而是及時地抬頭放眼遠方。

人活著，總會有一種信仰。信仰一種理念，執著於一種活法。每看到古如李白攜武從文、呂洞賓佩劍訪仙……今有懷師習武慕道、文武相佐、轉益多師，我也會笑這一種癡，笑看這種特立獨行的執著，這種堅忍和孤獨，成就了人之為大。

讀一本書，就是讀一個人，也是和這個人對話。從您的書裡，您讓我們後進末學懂得了做人應有的心胸與格局，每有問題想問您時，就又覺得，其實這些問題在您的書裡面都有說明，只得抱愧自己太愚笨，又不夠精進。每念及此，自己不禁汗顏，而覺得自己實在沒有資格去見您。

是自己的愚癡和懈怠，荒蕪了不少時光。就在自己感念人身難得、佛法難求，感念自己有幸與善知識同處華夏之一隅時，九月二十日，我看到您老病危的消息，出於情感，出於種種因由……我和許許多多的朋友一樣發自內心的難過，並且不相信……

幾天以來，我心裡已經平和了，無怨無憾，不悲不喜。報身各異的我們生在這個俗世，誰也跳不出生滅之無常。只有看到了那個不生不滅、不垢不淨、不增不減的真我的存在，我們才會懂得懷師您的離開。真的，碰到這種事，我輩都應該跳出情緒的自我，不然，就有違了您的教化。如果我們還一直撥不開色欲之界的纏繞束縛，您在極樂蓮台回望之下也一定會要打我們香板的。我知道，您希望看到一個個躬身自勵、勤勉自在的我們，我們也希望看到內心欣慰、微笑牽念著我們的您。我輩也只有敢於荷擔大法、依教奉行，才能夠不負聖教，不負您老的教誨。

懷師，在您離開的日子裡，我們會記得您老常給我們說的兩首詩以自相砥礪：

自少齊埋於小草　而今漸卻出蓬蒿
時人不識淩雲幹　直待淩雲始道高

雨後山中蔓草榮　沿溪漫谷可憐生

尋常豈藉栽培力　自得天機自長成

懷師，在您離開的日子裡，
想您時，您就在書裡；
想您時，您就在夢裡；
想您時，您就在聖教佛法裡……

感恩老師

秦淑英

遺憾於無緣成為老師門下學生，有感於還能從老師的文章學習。當初經年學佛，不得要領，偶然讀到老師的文章，對照後才驚覺，一般人的陋習半件都沒少，原來連做人的基本要求都沒達標，更莫說學佛！

打從那時起，不管是老師的新書或是舊作，就是老師建議要讀，甚至是老師提及過的兒童圖書，一併絕不放過。

十多年下來，領受於老師的文章指導，嘗試著老實修行，努力地把陋習一一改過，性情在不知不覺間也大大改變。有趣的是，平素做人做事大都諸事不順，如今好人好事都莫名其妙地給我遇上碰到，生活大大改善，真是非常奇怪。當然這非重點，知道只是意外收穫，只順帶一提。

一天看到一位叫胡松年先生的網誌，其一是胡先生跟南老師的對話內容記錄。大意是，胡先生問老師有關定，老師說：「我現在說話你清不清楚？」胡先生答清楚，老師說：「既然清楚，現在又沒昏沉，又沒散亂，這不是定是什麼，你還要到哪裡去找個定？」胡先生若有所悟：「這感覺從前都有過。」老師說：「出娘胎以來就從沒有過。」不單胡先生明白，連我也明白了。然後幾天幾夜都沉醉在這段對話當中，變得非常專心，思路從未有過的寧靜清澈。可惜的是，幾天後一切又回復原狀。往後的日子才明白，因沒好好修行行善，福德智慧都不夠，而無法保住。

既然如此，從那時起對佛法再沒有半點懷疑，修行亦有了明確的目標方向。

老師說過一步有一步的境界，一步有一步的工夫，事實的確如此，老師真的從沒騙過我們。今天未求證到的，只要是全心全意地跟著做，相信是全數都可證實得到，絕不是武文弄墨，玩嘴巴玩文字的事。

坊間對老師為人文章有些失實的報導，本想以自身經驗說句公道話。可是一來沒有學位，二來還有頭髮，三來就算是體驗過的，如人飲水，只有我自己知道，拿不出任何東西跟人家說，最後還是無奈一句「公道自在人心」。

所以我只能代自己說話，儘管評價的人自己的文章究竟有多好也說不清。說實話，本人才疏學淺，無從分辨，我只知道即使文章算是好得不得了，高明得不得了，然後呢？百年三萬六千日，依舊地不在愁中在病中，文章的價值在哪？莫非真的只是為了賣錢？對我而言，算是再好，而不能受用，根本無絲毫意義可言。

得知老師西去，伏在家中觀音像前的地上，抱頭痛哭，今日一邊寫文章，眼睛還是模糊一遍又一遍……

跟老師雖素未謀面，但就只這空氣中，對我的恩德既深且厚，無以為報……

希望生生世世不管是什麼管道，只要是能夠有機緣跟老師繼續學習就好！

感恩老師！感恩老師！

永遠的懷師

劉峰

懷師離開我們有十天了。長假後投入工作，使我的悲痛之情有了短暫的緩解，也慢慢地接受懷師已離開的現實。我的辦公室桌上、書房和床頭幾乎都是懷師的書，懷師的書已經成為我生活不可缺失的一部分。以前看懷師的書，心裡總想著懷師就在太湖大學堂談笑風生地講課，一如眼前，心裡就非常安詳和親切。如今一看到懷師的書，還不忍打開，生怕失去懷師還在的那種親切意境。

最早接觸懷師的書是在一九九五年春天，那時剛大學畢業參加工作半年多，工作和生活都不如意，情緒非常低落。有一天，無意中在舍友桌上看到一本《禪宗與道家》，讀到達摩初祖的傳道故事，一直到六祖將佛教和中國本土文化融合後發揚光大，感覺非常愛不釋手。我開始在思想上對人生有了初步的思考，也開始留意到了懷師的名字，開始在各家書店尋找懷師的書。那個時候還沒有網路，只能時不時在周末到本地的新華書店去找。徬徨了那段時間後，我調整了新的工作崗位，有了經常出差辦案的機會，走遍了內地很多城市。工作之餘，我就一頭鑽進當地的新華書店，找懷師的書，先是《歷史的經驗》、《論語別裁》、《老子他說》和《孟子旁通》，然後是《禪話》、《圓覺經略說》、《楞嚴大義今釋》等。這些書陪伴了我好幾年的出差生活，有的我看了好幾遍，給了我很多人生的啟發。後來只要是跟懷師有關的書，我都會買來讀，從不同的角度去理解懷師介紹的中國文化，並曾嘗試修心靜坐，但終歸疏懶，至今也毫無修行，但是懷師啟迪的文化意識，已深深地影響到我做人做事的理念和行為中。隨著時間的歷練，我愈加堅信懷師教給我們的這些道理。十七年來，我將懷師的書介紹給了我的父母兄弟和周圍的朋友，他們都非常喜歡，我父親甚至可以背誦出整部的《金剛經》了。我後來從事企業的管理工作，也將懷師介紹的文化理念結合於日常的管理工作，自編出一些管理和職業道德的教材，給管理層和員工做培訓，很受他們的歡迎，每次課後，都有員工受到啟發的回饋。我想，所有這些其實都是懷師無私給予我們安身立命的精神財富！所以我一直有一個心願：希望有機會親近懷師一面，結個面緣也好，以謝法乳之恩，儘管我知道這很難。

二〇〇四年，我注意到懷師在廟港創辦大學堂，也曾查詢過學校的情況，無奈都沒有懷師和大學堂具體的消息。大學堂創立後，我想懷師年事已高，見他就更難了，但不時可以在網路上看到懷師在一些場合的演講，歷次演講的內容也都讓我深深地震撼。比如，懷師在十九世紀八十年代末就預言中華民族未來有二百多年的好運，我們趕上好時代，要負起文化振興的責任；比如，在九十年代初深圳改革開放如火如荼的時候，他就提醒大家留意上海的浦東開發；再比如，早在七十年代懷師對一百多位日本學者演講時，說到日本必然再走向軍國主義。事後看來，這些無不一一言中。我不認為這是懷師具有道行高深預言家的特殊本領，我更相信這是懷師依其深厚的中外歷史文化經驗得出的推斷，由此可見文化的力量，是興可復國、失可亡種的最可寶貴的東西。在懷師的影響下，我也憂心我們的中華文化。懷師曾說，他或許是堅守中華文化的最後一位老兵。我就想，懷師這樣講，就是希望有一些可傳承文化重任的新兵啊，讓新兵們接上來，文化的根才不會斷掉。我們都快點學習吧，老兵總有一天會老去的。

不知不覺到了二〇一一年底，我在書店看到懷師的《禪與生命的認知》，即買回拜讀。看到懷師評說六祖的預言「一花開五葉，功到自然成」，「成」實為「落」，中華文化似命若懸絲時，看到懷師自嘲像在交代後事時，再看到懷師派古道師從江西各個禪宗祖庭尋訪後與懷師的「相視苦笑」，以及最後對妙湛老和尚依教奉行的讚許，感覺懷師說話越來越直白了。我突然有一種前所未有的深度自責、難過和緊迫感，也想儘快和懷師結個緣，哪怕遠遠看見他、俯首一拜即離，以謝師恩！我知道要見到懷師很難，自己福德又不夠，終於想到女兒二〇一二年八月就滿六周歲，符合大學堂夏令營的報名條件，可以借孩子入夏令營的方式間接地親近一下懷師，和眾老師結個緣，或由孩子或老師代向懷師祕書處請安問好也行啊。我當時唯一想對祕書處說的話就是，懷師年紀大了，不能再這麼拼命地講啊，尤其是網上還說懷師準備在上海也設立一處講堂。就這樣，我在四月份就開始報名了，盼望著能幸運入選，到六月份等到大學堂的郵件抱歉通知沒有入選，我非常遺憾並留言希望可以作為候補。七月初，我突然接到大學堂的電話，說可以將我女兒列為替補學員。我真是激動萬分，很快辦理了入營手續，儘管當時女兒母親和外婆看到夏令營要求學員生活自理，很擔心女兒適應不了，我說服了她們。在我看來，這是女兒的福氣，大學堂是懷師和眾老師的道場，沒有克服不了的困難。夏令營期間，八月初，我注意到江浙一帶有一個歷史罕見的雙颱風，其中一個還要正面經過吳江。我在南方沿海做企業管理，知道要提前防範颱風災害。我感覺這個雙颱風可能會給大學堂帶來麻煩，但相信眾老師一定能應付好的，沒料到，或許正是這個颱風讓懷師著涼感冒了。從九月初網傳懷師示疾的消息起，我每日都牽掛懷師的健康消息，在一段忐忑不安的日子後，十月一日一早看到懷師於中秋夜涅槃荼毗的照片，我禁不住流下傷心的淚水！我敬愛的懷師，大慈大悲的菩薩！此刻真的捨我們而去了！那一刻，我感覺到的是一種似佛入滅般的悲哀和難過，似千古聖燈滅而日月無光的傷心。我隨即找到懷師在端午節於首屆大學堂小學畢業典禮上的講話，跪著聽懷師的開示，邊看邊流淚，尤其是看到懷師對郭校長辛苦辦學所懷菩薩心腸的動情說話時，我幾乎不忍再看。這也是懷師離開我們後，我仍不忍再聽到懷師聲音的原因，一聽到鼻子就酸。

懷師離開後，媒體上有一些不同的聲音，其中有質疑懷師的。在我看來，他們並不瞭解懷師。懷師何曾有過自封大師的話？他老人家公開場合從來都是「一無是處、一無所長」的謙卑自評，著作也多為學生們整理的講述，一如歷史聖賢之風範。在我心目中，懷師就是我心靈的導師，是智慧第一的文殊菩薩，是大慈大悲的觀世音菩薩，是人天師，也是人類文化的法王！區區國學大師的質疑，實在是可悲可歎的庸人自擾，聖人心日月，歷史終將證明懷師的價值。

懷師走了，我們需要做的是將他點燃的心燈傳承，將懷師的文化理念以言行影響周圍的人，共同努力向善，才能迎請到下一位懷師的住世，也祈願懷師乘願再來。懷師說過：菩薩就是多情的覺悟者。懷師這麼多情，這麼捨不下我們，他一定會再來的！記得懷師還說過，大意是也許未來某一天，一個喜歡中國文化、喜歡靜坐的年輕人，看著他寫的《禪話》，忽然就開悟了，然後又開始教化眾生。我想這個未來的年輕人就是我們的懷師再來，他是永遠不捨天下蒼生的，而我的心願就是：願生生世世都做懷師的學生。

點燃心燈，戰勝心兵
——南懷瑾老師的思想會照亮更多需要幫助的人

柳絮

南懷瑾先生留給我們的是一筆寶貴的文化財富，南先生也是傳統文化的繼承人。他現在離開我們了，不過他的精神會一代代地發揚下去，中國傳統文化一定會有復興的一天。很多時候，我想不通的事情在南師的書中都找到了答案。他的思想為我點燃了智慧之燈，讓我體會到什麼是「為天地立心，為生民立命，為往聖繼絕學，為萬世開太平」。只怪我目前能力不足，還不能帶給別人希望和光明，不過南師給我的希望會讓我堅定地按照這個目標走下去。

人活在這個世上，就要處理好三種關係：人與自然的關係，人與人的關係，人與自己心靈的關係。南師教會了我與自己心靈的相處之道，雖然僅僅是入門，不過我總算明白提升自我修養的方法，感謝南師；南師教會了我與人相處之道，謙遜但不卑微，如水一般細膩柔軟，如春雨一般潤物無聲，感謝南師；南師教會了我與自然相處之道，效法天地居於其中，感謝南師。南師讓我瞭解什麼是儒釋道，讓我體會到國學的博大精深，讓我感受到傳統文化的魅力所在，最重要的是，讓我的心漸漸平復下來，革除物欲進入慧學之門。只有心如止水的人，才能將自己的精神流傳後世，南師就是其中之一。

人的肉體都逃不過命運與輪回，不過人的精神會劃破時空的界限永傳後世。南師從來沒有離開過我們，我相信南師的思想和精神一定能流傳後世，為更多需要幫助的人打開心經之門。司馬遷說過：「天下熙熙，皆為利來，天下攘攘，皆為利往。」為名利熙熙攘攘的人們，最終會有一天發現找不到心靈的歸宿。當我們在物質生活中迷失的時候，就需要一種精神力量來支持，南師的思想就會猶如春雨一般「隨風潛入夜，潤物細無聲」，影響更多需要幫助的人。

另一種紀念

千江江豚

有那麼一個人，當他在的時候，沒有覺得自己生活中多了什麼，可是，當他走了，反過來看看他留下來的東西，發現他在自己生活中其實占據了重要的位置。這個位置無人能替代，因為他占據的是自己人生中行事的價值觀與世界觀。

中秋節那天，我帶著妻兒一起回了鄉下老家，昨天回到武漢，習慣性地打開博客中關注的友人資訊，發現就在中秋之夜，南懷瑾先生駕鶴西去！在他病危期間，其弟子們成立了護持組，不斷向外界發佈他的現狀。在我眼中，這樣一位通達人生三境之人，此時只是打坐入定而已，他還會出定醒過來的，因為他還有許多未盡之理想，太湖大學堂裡實驗班的孩子們還等著他回來講學呢，他怎麼可能會走呢？儘管他已經九十五歲了！但這次他卻真走了！

我本沒有想到寫這些文字來增添一篇博文，南老走就走了，但看了諸多緬懷南老的文章之後，我竟止不住要寫下些什麼了。讀研期間，為了寫碩士論文，我狠狠地讀了《論語》、《孟子》、《大學》、《中庸》、《荀子》、《道德經》以及相關的一些著述，發現傳統文化並不是自己當初以為的那樣粗淺。近代以來，在列強堅船利炮之下，中國從廢科舉、轉體制，到五四運動、辛亥革命、新中國成立、「文化大革命」等，一直在否定自己，批判自己。我印象中的傳統文化，基本上是負面的、過時的、封建的。即使我完成了碩士論文，依然對傳統文化半信半疑。直至讀了南老的《論語別裁》，解答了我心中許多疑問。然後我一口氣買了南老所有著述，就這樣，在我的價值觀中，不可避免地留下了南老深深的印記！

生活的步伐從未停止，每日的工作壓力使得我讀書越來越少，很多事情也推著我不能過多地想為什麼。面對而立之年的諸多責任，我只想隨波逐流，走眾人都在走的路。晚上臨睡時，我把南老的文章作為消遣讀物，若有若無地度過每一日。但是，因讀書時代種下的思想種子，我還會在靜下來的時候提醒自己，不要忘了與生活拉開一定的距離，審視自己的道路。寫到這裡，我非常贊同南老對教育的一種觀點：學習應該是像種樹種子一樣，良種只需時日，今後可以長成參天大樹，能長多高不可限量。時間久了，我終於發覺，人一定要樹立自己的人生目標與信念，才可以行自己想行之事，才可以樂在苦中，才可以身累而心寬。南老的思想，南老對外界的豁達，就這樣不斷在我的思想中炊煙嫋嫋般地延續不斷，或許這就是文化的力量吧！也或許這就是自己孩子的成長，帶給我對教育的思考吧！

這樣想來，南老走了，留給我的不是遺憾與難受，反倒是更強的堅持與豁達。我明白，這就是生活之道，天之道，萬物運行之道。如孔子在川上曰：逝者如斯夫！

回望在家的日子，很珍惜與父母在一起的時光！那些天，正趕上收黃豆、收稻穀，我不顧父母勸阻，挽起褲腳一起下田幹活。那個國慶，成了勞動節。在稻田中，喚醒了我兒時諸多記憶，這些記憶是永遠抹不掉的，回想起來永遠充滿了快樂與溫馨，儘管那時的日子很難，很窮。兒子玩得很高興，每天吃得飽飽的，跟著我在田裡捉螞蚱、扔石子。這些與大地親近的機會，我覺得就是教育本身。就像太湖大學堂，生活即教育，讓孩子在田園裡奔跑，玩耍，與萬物相處，這本就是人的天性，釋放他的這種孩子天真，對其性靈必有好處。

文章末尾寫下這些活潑文字，也算是對南老逝去的另一種紀念吧。

紀念南懷瑾老師

耀庚

我並不是從讀南師的書而開始學佛的。先是讀《道德經》而盲修瞎練了一段時間，後來讀日常法師講的《菩提道次第廣論》而真正地學佛。我也從來沒有緣分見過南師。但是自從學佛後，南師的書以及文章我大部分都讀過。南師與另外一位老師是我認為當今世界的兩位真正的善知識。讀南師的書是一種享受，非常吸引人。有時會哈哈大笑，有時會會心微笑。其實除了《禪海蠡測》外，南師的書大部分是講課記錄。

我很慶幸出生在中國，儘管受了很多苦難，因為中國每一代都有一些有修有證徹悟的大師續佛慧命，使我們到現在還能接觸到真正的佛法而不是傳說。在我們這個年代，南師不但要續佛慧命，還得續道慧命、續儒慧命。因為我們的文化斷了，文言文也不懂，沒辦法去承接文化。現在幾乎沒有人讀四書、老莊了，能讀懂的人就更少了。很多人連人都不會做了，又如何學佛呢？我也是在學道、學佛之後，才發覺缺少做人處世的基礎。讀完南師講的四書、老莊，才發覺儒學的難能可貴之處。南師用我們能懂的語言講了四書、老莊、《易經》，還在古稀之年推廣讀經活動。也可能因此而被冠以國學大師的稱號，也因此而引起很多爭議。我覺得稱南師為國學大師的人可能沒有讀完他的書，也許並不真正瞭解南師。而那些因國學大師這個名號而誹謗南師的人，就連邊都不沾了。我覺得南師是一個真正徹悟的人，是「為往聖繼絕學，為萬世開太平」的菩薩道行者。現在絕學已續，種子已撒，就看這些種子發芽、生長的結果了。

學佛的人，應該能看開生死。我並沒有對南師的離去感到悲哀，因為南師是能把握自己生死的人。九十幾歲了，隨時都可能離去。薪盡火傳。也許是緣盡而去，也許是眾生無福。但我確實有些遺憾，聖人在世，卻未能謀面。我有些問題想得到解答，但是從沒有努力去攀緣，去強求。南師早已桃李滿天下，已經過了自己出馬教化的年代。況且那麼大的年紀，那麼多的應酬，不應該去麻煩他老人家了。當然也不可能。但是有個希望在。只可惜自己沒有好好修道，現在希望沒了。學佛一年，佛在眼前；學佛三年，佛在西天。真是不假。現在我陷入種種誘惑之中，不能自拔。從今後，要把南師的書重新讀一遍，好好努力，去迎接自己的生死大關。

南師是一個很有爭議的人。也許是因為「木秀於林，風必摧之；堆出於岸，流必湍之；行高於人，眾必非之」；也許是因為「井蛙不可以語於海者，拘於虛也；夏蟲不可以語於冰者，篤於時也；曲士不可以語於道者，束於教也」。但對我這個曾經苦苦追尋活著的意義、生命的本質、生死歸宿的人來說，南師就是一盞明燈。我記憶中，南師從來沒有點名批評過任何人，除了自己的學生。不像很多人，總是人我是非地抨擊貶低別人。很多南師的「粉絲」也犯這個毛病，總是稱別的法師為邪師。不知道是怎麼向南師學習的！

南師總是不願為人師，可大家都尊稱他「南老師」。這也是「後其身而身先，外其身而身存」吧。做您的學生，我可能真的不夠格。但允許我稱您為南老師，因為我確實從您那裡學了很多東西，學的是那種磕頭都不足表達感謝的東西。

我不悲傷，但很想吸一支菸，在那靜靜的夜晚。只一支。

輓南懷瑾先生

杭之

下午驚聞南先生逝世，頓覺中秋不再有月明。草成一聯，輓曰：

是儒，是道，是釋，無古無今，天地獨懷瑾；
非聖，非仙，非佛，有晴有雨，悲喜不住心。

讀南先生的書，二十年有零，限於天分，會心處少，但景仰之心，無時或止。最早讀的似是《金剛經別講》，然後是《禪話》，是《禪宗與道家》，是《禪海蠡測》。《禪海蠡測》，僅自序兩小篇，反覆咀嚼，覺有無限大義，遂生但做門下走狗之想。後又購《論語別裁》，嘆先生為天人，遂發大願購取《南懷瑾選集》精裝十冊。前幾年，先生又有演講集多種問世，不才也一一購置。雖不能日日展讀，但書插架上，目常所及，也似聽到先生說法，開我靈府。

南先生未必是嚴格意義上的國學大師，但先生是通人，通於學，通於道，通於世情。

他於古籍不作過細之考據，他信古不疑，又六經注我，他傳播文化不輟，是一顆北斗星。多年前，張中行老在一篇文章中，表達了自己對南懷瑾其人其書的態度，言辭不可謂不嚴厲，不可謂不發人深省。但是中行老僅「一瞥」南先生一書，尚不足言對南先生瞭解。更兼，於學術思想，中行老重疑，南先生重信，二人取捨有較大差異。倒是歷史學家許倬雲接受李懷宇訪談時，有一段話，甚是值得關注：

南懷瑾是奇人，有一股吸引力……大概是傳統嚴謹的學問，大家覺得太枯燥，他講的有許多很方便的途徑。……南懷瑾寫的東西，常常留下餘地給人討論：用外傳、外說、他說，不一定正說。殷海光陪我去看他，他就說：「許先生，我們的路子不一樣的，我是另外一條路。」他跟我說這句話，意思是關門不談，至此為止。他清楚得很，聰明人。

下午給社科院文學所的陸永品教授電話請安，告知南先生逝世。陸老說，南先生是一位大家，他的研究有他的特點，他對中國文化的傳播，是做出很大貢獻的。他對老、莊的理解，非一般淺學能比。陸先生也知道學院派學人對南先生不是太能接受，但是，陸老品評人物，不沾門戶之見，更讓人心生敬意。

十幾天前，從一位書友手中收下一本南先生的簽贈書，幾天裡都不勝欣喜。可是十幾天之後，先生歸了道山，不再住世，這本書也就成了無意中的輓歌。

先生已飛升，好在弟子們留下了南師的諸多談話錄，我們且向書中去尋先生精魂。若能取得一點半星火種，再將火傳遞下去，則先生便是常住不壞的了。

不滅的明燈
——懷念永遠的南師

一泓

明知聚散無常，業緣如夢，我還是雙淚長流，不能自已。我告訴自己，該寫幾句話的，不為別人，只為寄託自己的哀思。然大悲無言，除了悲，還是悲，沒有思想，沒有語言。終於還是暫且收拾起悲傷，寫下這寥寥數言，不成文章，給自己一個安慰。

真師抱道，懷瑾握瑜。南師乃集山川之精、乾坤之瑞之人，看似瘦弱的身軀，卻承擔起文化中興、紹隆佛種的大任，舉重若輕。南師是一盞明燈，在此在彼，照亮了多少人回家的夜路；南師是今世的三教教主，開啟了無數眾生的慧命；南師是擎天之柱，給予了多少人心靈的依靠。南師一生之行持功德，實非吾輩所能盡贊。

此生福薄，未得及師之門，然宮牆外望，亦仰沾時雨之化。我與佛經之緣分，始自南師的著作，並藉南師的引導由徘徊而漸進。南師善教，讀南師的書，方知佛經中有大智慧，方知世間還有此智慧之學、解脫之學。初時讀經雜亂無章，隨緣而讀，除了學到幾個佛學名詞外，對於佛法的知見，仍是懵懂無知，甚或全無概念。直至看到南師對法相唯識與中觀之學問重要性的強調，才開始涉入，始知欲建立佛法的正知正見，起點在何處。南師的法雨甘露，澤被了多少蒼生。南師的傳統文化推廣，也將福澤我們的下一代的成長。我八歲的幼子，即受益於南師與王財貴等人推廣的兒童讀經運動，已將《老子》、《論語》、《大學》、《中庸》熟讀成誦，最近正在誦讀《孟子》等經典。這些雖與他的興趣相合，但若不是有濃厚的兒童讀經的氛圍，他恐怕很難孤獨地堅持。我已經明顯地看到這些經典對他潛移默化的影響。

南師吾師，今生與師訣別，再續法緣不知是何劫何塵何世？師此去淨土，身後會有多少人因失去了心靈的怙恃而中斷了事業？悲哉！慟哉！

願遵師囑，深入研究經典，建立佛法的正知正見；願遵師囑，平凡做人做事，磨練心智，轉變習氣。祈願所有與師結下法緣之人，他生來世再與師相遇時，一聞師教，一聞千悟。

南師吾師，一盞不滅的照世明燈。

懷念懷師

懷古

大約是一九九九年的時候，一個偶然的機會，我在一個小書店裡讀到了南老師的書，從此徹底改變了我的世界觀，使我從一個崇尚西方科學的唯物主義者，轉變為一個中國傳統文化的追隨者。而在此之前，我對中國傳統文化總是嗤之以鼻，認為是幼稚的、封建的落後思想。讀了南老師的書，我才知道中國文化如此博大精深，如此深入人心、沁入骨髓血液。身為一個中國人，我對在此之前對中國文化的無知而深深地慚愧，衷心地懺悔！身為一個中國人，我為我們的民族有著如此優秀的文化而感到驕傲！

一個民族之所以成為民族，在於有優良的文化傳承！而一個民族的毀掉，最根本的原因在於其文化的沒落。在這個江河日下、物欲横流的時代，南老師更像是一盞黑暗中的明燈，使我們的文化能夠艱難地傳承下來，並且走向了世界！南老師是一個孤獨的先行者和領路人！正如孔子云：有朋自遠方來，不亦樂乎。我輩後人，應該繼承南老的遺志，身體力行地把中國文化傳播開來。不要說你沒有這個能力，因為這早就融入了我們的血液當中，你不自知罷了。

很多人對南老師的著作不屑，認為缺乏嚴謹的學術性，出了很多學術性的錯誤，甚至批評詆毀。其實他們不知道，南老師是一個真正的行者，為了讓大眾能在生活中實踐，而在此生生活中得到圓滿的人生，並不是那些鑽進象牙塔裡面窮其一生研究絲毫無用之學之徒可比的。中國的傳統文化，不僅是用來做學術研究的，而且告訴人們怎樣身體力行地去做一個堂堂正正的人，在此基礎上，更有能力者去自利利他，圓滿整個世界。

文字拙略，不能盡意，僅以此抒發對南老師的深深懷念。

南師，我的啟蒙大導師

帥飆

國慶日剛過完，上網時無意中看到南懷瑾老師去世的消息，簡直不敢相信，趕緊再查詢，確認了這個事實。一直期望南師能活一百多歲，也一直奢望將來能有緣親見南師一面，沒想到南師現在就走了。也許南師還有更重要的事要去辦吧，他為我們大家做的事夠多了，真是太辛苦他了。

認識南懷瑾老師是從讀南師的書開始的。記得那是在我就讀大學期間，不知是哪位同學傳來一本名為《金剛經說甚麼》的書，我在好奇心的驅使下隨手翻了幾頁，不覺被中間輕鬆而又幽默的語言和小故事所吸引，便借來讀閱，哪知從此打開我的心扉，使我步入一個前所未有的全新世界。

在此之前，我對佛的認知，都是來源於平時看的一些零零碎碎的電視劇片斷，以及周圍人們對佛的言論。在我的觀念裡，佛與鬼神一樣，屬於大家所排斥的「迷信」範圍。

讀完《金剛經說甚麼》，我逐漸對心與物有了全新的認識，對作者淵博的知識佩服萬分。後來又看了南師的《如何修證佛法》、《道家、密宗與東方神祕學》等書，因內容比較深奧，未能看得太懂。從此，我再沒有進行更深入的學習。

也許人在逆境之中會比較清醒，能對自己進行反思吧。多年後，我成家了，然而有很長一段時間處於低谷中，家庭與工作兩不順利。我在迷惘痛苦之中又想起了南師，於是在網路上查找南師著作，南師再一次引領我進入佛的世界中。看了南師《一個學佛者的基本信念》中開示的普賢行願，我才明白了一個人如何才算是正確做人、如何才算是正確用心。回想起我往日的一些行為，漸漸能分辨出善惡，真正察覺到從前的糊塗生活。

之後我又看了《論語別裁》、《老子他說》、《楞嚴大義今釋》、《楞伽大義今釋》等書，在網路上看了《南禪七日》的視頻，對人生有了更加深刻的認識。南師的言談中，總是有意無意地講出一些新的知識點，促使我一步一步地學習更多的知識。南師傳承的準提法，我也開始學習。從此，我的心境發生了變化，以前那個浮躁自大的我不見了，患得患失的緊張心理也不見了，取而代之的，是對大眾的感恩之情和希望大眾都能離苦得樂的願望。有人說「擁有一顆感恩的心才能感覺到幸福」，此話一點不假，此時的我真實地體會到自己時時刻刻都處在幸福之中。

對中國傳統文化不瞭解甚至有些反感的我，在南師的指引下逐漸開始學習儒釋道三家的經典。如果沒有南師，可能像佛經這樣的古文，我既看不懂也不願去看。世俗中人恐怕也只有專業學習中國古文的專家才會看吧。

曾經在網路上看到一些抨擊南師的言論，但卻從沒有看到南師有過任何辯解。「是非以不辯為解脫」，南師以一種行為示範的方式教育了我們大家。我相信很多人都跟我一樣，從南師那裡學習了很多很多東西。

九十多歲的南師每天過著非常樸實的生活，每時每刻都在做利益大眾的事。他像一盞燈一樣為大眾照亮了心中的黑暗，指明了前進的道路方向；他用一生的行動，為我們大家做出了良好的示範。

南師雖然去世了，但他永遠活在我們大家的心中。

南師——我的啟蒙大導師，您辛苦了，來生有緣我希望能親身侍奉您！也願我能不負您的教誨，真實做到自利利他覺行圓滿。

天下第一好老師：南老師

善智旺

南老師與世長辭了，天地同悲萬人齊哀。南老師為傳承和弘揚優秀傳統文化，為國民素質的提高，為國家的和平發展，貢獻了畢生的精力。

我是南老師作品的忠實讀者，二〇〇五年讀了《論語別裁》後，深深被作品的宏偉的歷史案例，以經解經的解讀方式，娓娓道來的做人、做學問和日用而不知的深刻哲理吸引感染。我漸漸讀了南老師的《老子他說》、《孟子旁通》、《易經繫傳別講》、《原本大學微言》等作品。這些書猶如靈魂的洗滌劑，慢慢沖洗著四十多年來心裡的污垢，讓我快速地進入了對人生社會和天地間正氣的追求。我自己感覺我的心量在放大，時常能感覺到讀聖賢書帶來的快樂，真正體會到了「讀書志在聖賢，為官心存家國」是讀書人應該作為的平常事。同時痛心地感到，沒有了儒家文化的滋養，國人變得面目全非，社會的禮儀仁慈普遍缺失。

我一直把閱讀南老師的書作為讀書的首選。在其後的歲月裡，我讀了南老師的佛學方面的作品，雖然看不懂，但感覺別有洞天，南老師的講解如磁鐵般讓人不能釋手。在書籍和《南禪七日》視頻的指引下，我於二〇一〇年參加了首愚法師的準提禪七。之後我再看書就比以前好懂多了。每每感嘆南老師的引人入勝的教育法和佛學對人心的徹底精闢的分析，深深感覺南老師是要用佛學的直指人心方式，來幫助治療現代人的身心浮躁。「佛法在人間，完成在人格，人成即佛成，是名真現實。」從此我開始修煉自己的心……

一切一切的緣起，都是因為有了南老師通俗易懂內涵豐富的書的引領。為此，我一直在推薦周圍的人讀。特別是《論語別裁》，我覺得是做人必讀的書。十多天前我突然有一種強烈的願望，要大力宣傳推薦《論語別裁》；要拯救這一代人，必須把《論語別裁》多多地推薦給大學生……

我想這一天會實現的，南老師，您的赤子之心，您的廣征博引，您對真善美的理解，是感天動地的，是人們期盼已久的，您的思想會在我們生生不息的中華大地傳承廣大。

南老師，您已活在我們心裡，您的書永遠滋養一代一代的中華人！

心想事成

普莊

十月七日那天我結婚了。

結婚前的最後一個週末，一家人忙著討論桌次的安排、各種流程、各種細節。

六日的早上本來是我固定修法的時間，但是九月二十九日那天，我知道我必須先把在家事處理好，一切才會圓滿，一家人很難得從高雄、臺南、臺北各地聚集在員林，有共同討論的時間。所以先處理好婚禮的事，我覺得是必須的。

九月二十九日之前，就已經聽說南老師身體出問題了，當時只覺得，以南老師的修為，想來就來想走就走，沒有什麼感冒問題。

網站上有很多師兄在號召助念，希望老師永久住世。我只是心想，老師一定自有安排，要祝就祝老師心想事成，老師一定都想好了。

九月二十九日那天我很想找時間修法，但是就是沒辦法，討論完去婚宴餐廳，去完餐廳去彰化送禮。我那時想只好明天再修了！

三十日那天，天氣很好，我總算是排除萬難修上一炷香了，邊修邊想著希望南老師心想事成。

三十日下午，坐在回臺南的火車上，老婆打來電話說南老師去世了，叫我別太難過。我不以為意，因為我還不願意相信，我覺得老師說不定有其他想法，想做一個怎麼樣的示現。

我一直對南老師的死訊持保留態度……

十月一日那天，太湖大學堂發出正式的公告，說明南老師去世了。我開始有點相信了……

結婚前一周，忙著張羅喜事，一想到南老師，心中就是一悲。但是想到還得辦喜事，就也不好一副難過的樣子。我告訴自己，老師就是要告訴我們：「這個世界是不完美的。」當你興高采烈辦著喜事，一個對你非常重要的人，已經悄悄離開你了。

我從來沒有親眼見過南老師，不曾上過他的課。看到老師過世後，許多學生寫著與老師的師生情。我沒有，我稱不上南老師的學生，我頂多是南老師的崇拜者，我跟他只有我對他的私淑艾情。

高中的時候看老師的《論語別裁》，覺得說得真好，真有道理，但是心很浮躁，看不完整本。

聽到南老師的演講錄音，一聽到老師的聲音就想笑，更正確地說是歡喜，覺得這個老人的聲音很有喜感，我一聽就歡喜。

後來的歲月裡，南老師的書成了我重要的精神食糧，只要我難過、煩惱、困惑，不知如何是好，我就看南老師的書。很奇怪，一翻開書，解決疑問的答案就出現在書中，屢試不爽。已經太多次了，多到我相信，老師的書不是普通的書了；多到我相信，雖然不曾見面，但是老師一直在我身邊看著我。

我知道老師有一天會走，因為老師說過，娑婆世界就是如此，所以釋迦牟尼最後還是示現涅槃，耶穌雖然示現復活，但是最後還是離開人世。老師說這是一個話頭，可以參。

我知道老師有一天會走，因為老師說過，事情要留一些給別人做，不要一個人把事情做盡了，他說功成不必在我。

我知道老師有一天會走，但是不知道會這麼快。我一直希望有一天能親眼看看老師，哪怕是坐在角落看一眼也好。現在我沒機會了。

老師感嘆現在的人讀完碩士讀博士，人生的精華時段都銷磨光了。我常常想，如果當初大學畢業我沒出國念書，而是去大學堂應徵輔導員，不知道今天會怎麼樣？但是不管怎麼樣，我已經沒有機會了。雖然總覺得老師一直在身邊，但是還是想親眼見見他。

我問自己，老師走了，接下來該怎麼辦？

老師總是把快樂帶給別人，把痛苦留給自己。

我知道老師很大的心願，是看到「中國人能活出中國人應該有的樣子」。很多人說中國崛起了，但是在我看來，光是財富的累積，並不能算是崛起，我覺得現在這個階段只能算是崛起前的前奏而已。中國人要活出中國人應該有的樣子，這個樣子是我們的文化，是我們的修養，是我們的思考模式。

老師一直以來都是在教我們這個，很實際，也很根本。只有每個中國人都活出中國人應該有的樣子，中國人才算是站起來了。

目前我們還沒有，但是我覺得有希望，我也一直很希望。老師，請保佑我心想事成，我希望您的心願可以達成。

懷念到永遠

大山人

南師離我們一個多月了。我一直關注著相關的幾個網站，也一直沉浸於難言的悲傷之中。我只是個紅塵中的小混世蟲，哭南師，為南師，為眾生，也為自己。也曾寫了些悼念的文字，幾經塗改，也放棄了——南師不需我寫，我也無能力寫好。每每讀到網站上的話語——「您讀了懷師的書，聽了懷師的課，與懷師交往中，如果獲得了成長，歡迎留下紀念文章」，我就進退難安。多年來，我心裡自許私淑南老，是他的書、視頻，改變了我，使我知道了人當有更高層面的東西，還有另一種生活方式。我受益良多，不能不寫下一些文字。

第一次見到南老的書是一九九九年，在復旦大學的一個書店，是《亦新亦舊的一代》。其時我在上海打工，準備找些考研資料，隨即草草翻閱，覺得不同於一般書籍，但也沒有仔細研讀。從大別山老家到上海尋覓新生活，落魄潦倒，希望再次讀書以改變命運改變生活。工作，備考，辭職，還債。父親生病，妹妹出嫁。南老的書是好，但離我還有距離。就這樣結了善緣，但無深交。

第二次讀南老書是在二〇〇一年，我剛上研究生。由於生存狀況較為惡劣，較之同齡人，我受到更多的苦難、擠壓和白眼，導致我敏感、偏執、頑強、焦慮。使命、責任、壓力，在希望和失望中變換翻轉，我的心理幾近失衡，晚上睡不著，早上很疲憊。室友拿出一本書，《金剛經說甚麼》，讓我閱讀，居然是為了解決我的失眠！！當時，學校圖書館還沒有南老的書籍。我讀了三遍，第一遍是欣賞文采，第二遍是聽道理，第三遍是摘錄詩句。儘管不得要領，更不用說其中三昧，但是我確實不再失眠，看到了另一個維度的生活，大有一覽眾山小的感覺。

第三次讀南老的書已經是二〇〇五年。我辭掉財政局的工作，到一所學校教書。偷得時間讀書，學校圖書館正好有南老的書。說來還有機緣。為官，我缺乏奴性，只能一走為上。為商，我缺乏狼性，身上還殘留婦人之仁盜跖之義。在當下時代，經商想白手起家爭利於市，亦屬不易，只好退避之。出家，我缺乏靈性，又有負父母祖宗之恩，計當不慮。如此，只有無奈做教書先生了。也好，正好滿足書蟲之欲。可是時間一長，我發現校園也是名利場。時代變化令人眼花撩亂。毫無價值的忙碌、疲於奔命，就是為了吃一碗飯，房子婚姻都成了遙遠的奢侈品。卑賤地活著，活著就是勝利，活著就有機會報反哺之恩。讀南老的書，我反而定下來了。時勢格局下無從選擇，就是命，我認命了。但南老的書給了我理性的自信，邦有道貧且賤也恥也，邦無道富且貴也恥也。我相信人間正道是滄桑，正義終將回歸。莫道浮雲終蔽日，嚴冬過後綻春蕾。

此後，我學會了打坐。二〇一〇年，我在湖北黃梅禪文化夏令營皈依了佛，也接觸了一些宗教人士、高僧大德的文字。可是我還是主要讀南老的書。一則經典讀不明白，縱使少數常見經卷似乎文字上能理解，也是歧義百出。南老能講得深入淺出，生動活潑，讀之令人欲罷不能。二則宗教人士講經說法，出世較為偏重，至於世間的事情，只是顧及日常倫理，語言也較拘謹。南老不同，縱橫三大家，極高明而道中庸，真正做到人情練達，洞察世間出世間一切。喜怒笑罵，直指核心，不拘一格，這樣更圓滿、更有攝受力。三則南老的書籍比較多，可以相互佐證，自己檢測自己的領悟是否正確全面。堅持讀南老的書，堅持打坐，我感覺自己發生了很大變化，焦灼偏執不見了，代之的是平和平實。儘管我遠不是溫文爾雅之人，但是確實向這個方向轉變了。

寫給我最敬愛的老師
南公懷瑾先生

周俊

敬愛的懷師：

直到今天，我也不願意相信您真的就這麼離開了我們。從九月十九日得知您病危的消息，一直到十月一日太湖大學堂發出訃告，這一期間，我每天早晨睜開眼做的第一件事就是從網上查看有關您的消息，一直都天真地以為您就是現實中的南極仙翁，定會世齡過百，一直都癡癡地以為總有一天我會有資格（通三經一論和三小時的雙盤）親聆您的教誨，可以耳提面命，一直都傻傻地以為我還可以不斷地看到您散發著墨香的新書，一直都愣愣地以為總有一天我會和您一起談詩詞、練瑜珈、參禪機……

可是這一切都不可能實現了。十月一日上午，同門師兄發來了您荼毗的照片，那熊熊燃燒的火光和太湖大學堂您得法的學生們撰寫的痛徹心扉的悼文，徹底把我拉回到殘酷的現實中，我真的不敢、不能相信您就這樣走了。不是我一人不能相信，所有私淑您的粉絲，所有瞭解您的有良知的人，哪一個不是欲哭無淚、欲罷不能？我們不能沒有您，中國不能沒有您，這個物欲橫流的世界更不能沒有您啊！

是您，為中國傳統文化傳承的進程，塗上了濃墨重彩的一筆；是您，首開先河，把玄奧晦澀的儒釋道經典，用最通俗易懂的語言表達給我們；是您，用智慧的明燈，照亮了我們內心的多生累劫的愚暗；是您，讓我們拿到了打開中華文化寶庫的鑰匙。

記得是二〇〇六年的一天，有位朋友告訴我，佛法裡有大智慧，並推薦我看您的《金剛經說甚麼》，我便立即跑到書店裡去找到這本書。當我打開扉頁，看到您的照片，那似曾相識的感覺讓我想起年邁的家父，您那充滿睿智、慈愛的目光更是深深地吸引了我。一到家，我便囫圇吞棗地看了一遍。汗顏的是，這一遍我執相洵文了，不是去體悟佛法帶給我的別樣的智慧，而是被您空靈、灑脫的文字般若所深深吸引，對您為三十二品所寫的詩偈嘆為觀止。那是您花了一夜心血、即興而作的三十二首詩偈，字字珠璣，句句精闢，篇篇錦繡，令人折服，令人心醉，令人神往（這絕非一般學識、境界、胸襟的人所能為）。我不覺手癢起來，想要牛刀小試。於是，我跑遍本地大小書店，終於買到一本袁慶述編的《聲律啟蒙與詩詞格律》。我如獲至寶，一遍遍讀誦、揣摩，才明白一二。學寫了近一年，發現與您的境界簡直有天壤之別！這才意識到，若證不到像您那樣的實相般若，是絕對寫不出像您那樣空靈、超脫、高遠境界的詩詞來。所以，我知非即捨、死心塌地地好好靜下心來，看您的《南禪七日》、《如何修證佛法》、《靜坐修道與長生不老》等與佛法有關的書籍。慚愧的是，直到今天才知道，您一直強調最應該先看的三本書我都沒有看——《論語別裁》、《原本大學微言》和《孟子旁通》。這也讓我突然意識到，這也許就是我目前修行路上最大的瓶頸，因為您一直強調「人成即佛成」，我連五乘中的人乘都沒做好呢，修行如何上得了路呢？這也是我去年第一次參加首愚師父法會所得到的最大收穫，最近雖然已改了不少，但終究積習太深。

是您這次中秋月圓之前的突然示寂，讓我這個夢中人徹底明白：時不待我，無常隨時都會來，我當勤精進！也讓我徹底斷了對您及各種善知識的強烈依賴，還讓我明白：涅槃生死等空花，本無生死之對待。

痛定思痛，痛何如哉！唯將身心奉塵剎，報答恩師未展眉！今後我會嚴格照您說的話好好修行，努力做一個不自欺、不欺人、不被欺、自利利他的人，踏踏實實做人，本本分分做事。

幸而太湖大學堂給我們提供這樣寄託哀思的方式，在此深深地感謝太湖大學堂的護持者！

下面是我這幾日來為您作的詩詞，以表無盡的哀思。

鷓鴣天．悼恩師南公懷瑾先生

唱徹陽關淚不停，那堪華夏失明燈。六年私淑通身悅，一意殷期當面承。卻未料，竟成恒，從今心印與師冥。時逢滿月娑婆示，即倩征鴻寄我情。

七律・聽《聚散》有感

寂在中秋桂魄飛，清輝盡灑九霄幃。
風柯自古詮禪意，月渚於今解佛機。
既受恩師甘露潤，便乘快舸寶洲歸。
離歌一曲無生悟，從此師心不再違。

備註

《聚散》：桌面團團，人也團圓，也無聚散也無常。若心常相印，何處不周旋。但願此情長久，哪裡分地北天南。但願此情長久，哪裡分地北天南。

離歌：在一次聚會上，南懷瑾老師用一兩分鐘的時間，即興寫出了《聚散》這首富有禪意的小詩，並問在場的臺灣著名音樂人楊弦先生能不能譜成歌。隨後，楊弦先生花了一個小時譜曲而成。

蝶戀花・念懷師

霹靂一聲天柱折，系綴地維，無不紛紛絕。問訊空王何故別？巴山杜宇如斯說。
暮暮朝朝皆泣血，此去經年，含識幾人契？欲讓恩師眉宇闊，惟將心體奉塵剎。

長相思・憶懷師

晝也啼，夜也啼，啼到亂峰猛省時。子規始展眉。　日能齊，月能齊，並與群星同灑輝。潭澄瑩野棲。

七律・莫欺自己莫欺師

中秋羽化離仙苑，不啻當頭一重錘。
應悔在時多放逸，即慚此刻少修為。
精魂月魄交相會，法雨神光盡佈施。
殷盼有天能對酌，莫欺自己莫欺師。

七絕・信師定會歸

月在波心說甚機？狂風頓歇巨滔微。
千江淨澈千鴻過，水自東流燕自歸。

夢南

王宏西

我終究是福薄緣淺的，不過還有一夢足以道來。四年前，我剛入三峽大學時，進圖書館看的第一本書竟然是南師指導學生寫的《佛說入胎經今釋》，其中講精蟲、卵臟、中陰三緣合和才生人，讓我耳目一新。在以後的大學學習期間，我斷斷續續地讀完了復旦大學出版社出版的南師的作品，又看了《老子他說續集》、《我說參同契》、《南懷瑾與彼得．聖吉》等書，還在網上看了南師講的《南禪七日》等多媒體資料。轉眼我已大學畢業，也進入了教育行業，我用自已的第一份薪水買了南師的選集，還未細讀而南師卻已駕鶴西去。這幾日每想到此，便覺心悸心痛，最後只好歸結一句：我終究是福薄緣淺的。不過想起大三暑假回到老家，農耕兩個月，白天勞作，晚上看南師的《論語別裁》，真的讓我感覺到南師說的「九萬里悟道，終歸詩酒田園」。暑假過完，我在小詩的序言中寫道：「氣清眼常寬，心遊崇山峻嶺，神馳藍天白雲；天晦性得靜，手持《論語別裁》，情寄百家諸子。南師串講，每於溫故知新初入釋道儒，向世事洞明；家父身教，每於東長西短接之菸酒茶，向人情世故。」如今我在宜昌這個不大不小的城市上班，像這樣的生活卻是不可求的，這就是我所謂的「夢南」。

南師一生經歷之廣，涉獵之多，讓人時常感嘆和羡慕。弱冠之年已經從戎帶兵，圓了南師自己所說的英雄夢，而後著書立說，打通佛道儒三家之學，言傳身教，走向聖人之路，聯繫了國學之廟堂和世俗之江湖。我時常將南師和弘一法師比較，說南師是「身證菩提，心憂世塵」，而弘一法師是「關門上岸，遠離世苦」。雖然兩位先師都不是我能評價的，但我只想說明南師普度眾生的菩薩心腸。

南師如此高齡，在許多人安享晚年天倫之時，依然積極奔走，宣導兒童讀經，實驗新的教育模式，讓人感動，也讓人汗顏。社會大環境如此，南師卻以吳江國際實驗小學為時代教育敲響警鐘，這是人本的回歸，也是南師「雖千萬人吾往矣」的決心。南師在書中這樣講過，也這樣做了。

看南師選集，瞭解佛學，也淺修實證，雖與佛無緣或者說用功不勤，但讓我安靜了，安靜了一個躁動喧嘩的我。南師在講佛時說，佛學是了生死的學問。如今南師西辭，而世俗人竟然遲遲不信，雖然主觀上是捨不得南師離去，但終究是不了生死、不入佛門的。南師的寂去，是文化巨星的隕落，是人文教育的極夜，但也是吾輩後學應該勤用功、接衣缽之時。時間不等人，要時時精進，處處用功。這是中國文化的希望之所在，也是南師的願望！

又有網友發起投票，對南師「國學大師」之稱謂表示質疑和爭議，我想僅僅是世俗人們不瞭解或者曲解而想爭議，南師如水，是不爭的。想南師在臺灣時，海陸空三軍高級將領、各路政界要員皆是其學生，而南師卻輾轉回到太湖之濱。他難道不是要爭一瓢太湖之水淡，而避臺灣海峽之水鹹嗎？

我只是個不學無術的淺薄者，詞不達意，文不盡情，而於前日發願為南師齋戒誦佛迴向一月，也不知是否合乎禮規，今已三天矣！

平凡做人

高翔

南老師，三年前結識了您的書，三年後，回頭看看我二十多年走的路，才感覺到這三年自己才是向上活著的，如果不是您的書，我都不知道自己會沉淪到哪裡去了。

行願太難了，但您做到了。一直想以您為榜樣，轉變自己人生的方向，放下自我，積極入世，可恨有時候自己太不爭氣、太過小氣，但不管怎樣，自己身心也在慢慢地轉化，做人謙和了很多，學佛的路子也清晰了很多。

您說，年輕人不如不學佛，先做好人再說，即使已經學佛了也不要著相。以前一直以為，打打坐，耍耍技巧就想成就，慢慢的，看您的書多了，才發現一切都歸於平凡，人做好了，行願做到了，念頭照顧好了，其他的事情都沒那麼重要了，這樣自己才真的把心放下來，踏踏實實做人了。

在網上看到您走了的消息，沒有相信，慢慢的，各方面的資訊越來越多，也越來越真。雖然知道這對您來說是一種解脫，但多麼自私地希望您能一直住世，指引我們這些可憐的人啊！

知道自己沒有特別大的才能，但希望能借著修行、學習，不斷地增長智慧，也能像您一樣，低調地為眾生默默地做些什麼。

永遠的懷師

侯琳琳

我是一個典型的九〇後，平時喜歡聽歌、上網，喜歡自由自在的生活。

二〇〇九年，我在縣裡讀高三，升學的壓力和遇到的一些事情，讓我對社會、對生活很迷茫，不知道如何是好。一次偶然的機會，我在一本雜誌上看到南老師的一篇文章，很短卻很意味深長，主要講了「愛之欲其生，惡之欲其死」，我頓時心裡一陣驚喜，彷彿找到了明燈。我沒事時就去書店找書看，很慶幸的是，竟然找到了南老師的著作，是合訂本，包括《論語別裁》、《老子他說》和《中國文化泛言》。買回去之後，我認認真真、從頭到尾仔細地讀了一遍。後來見到南老師的肖像，我覺得好熟悉，彷彿在哪見過，仔細想想，那是在兒時的夢中，好像冥冥中註定一般。他的面容讓人覺得很威嚴，卻又很慈祥。這大概就是菩薩像吧，一面憐憫地看著世人，另一面又對眾生有一種「哀其不幸，怒其不爭」的感情。之後我慢慢瞭解了許多先生的事蹟和傳奇經歷，對這位像老頑童的老者佩服得五體投地。

南老師對我影響最大的書就是《原本大學微言》。就先生的著作而言，最能深入我心的就是這本了。佛經的東西雖然很好，可我畢竟太年輕，不能理解佛經的奧義。「大學之道，在明明德，在親民，在止於至善」，從開篇就透露出儒家入世的積極。對一個人而言，世界觀、人生觀、價值觀尤為重要，這決定著一個人的所作所為。

規規矩矩做人，踏踏實實做事，這是南老師對青年學生的要求和期望。作為一個九〇後大學生，我會銘記在心，堅持下去。

中秋之夜，我從網上得知南老師去世的消息，有些傷感。之前知道南老師在上海住院，還從一位僧人那裡瞭解他是在入定。可幾天之後，他卻去世了。生亦何哀，死亦何苦？雖然老師去世了，可他的精神、他的思想卻依然影響著一代又一代的人，這便是永恆，是長生不老。

我與南懷瑾老先生的緣

茗華

大約高一下學期，我開始大量地閱讀。那時候我讀的書，都是時政類或者宣傳西方文化的書。作者對於中國文化的觀點，大多是站在批判的角度。因此，那時候的我，覺得中國的歷史、中國的文化都是糟粕，還是及早以西方的民主自由思想來改良我們國人的思想為好。

高二上學期的寒假，一個偶然的機緣，我的一個老師和我聊起了南懷瑾老先生。那時候我還沒讀過南懷瑾老先生的書，只是問老師，怎麼看待南懷瑾老先生。老師答曰：他是一個真真正正的大師。我很崇敬老師，聽及老師對於南懷瑾老先生如此高的評價，我不禁有了好奇心，所以在寒假的尾聲，在小城的書店購得南懷瑾老先生的《論語別裁》，開始了我與南懷瑾老先生，乃至與中國文化的接觸。高二下學期的每天課餘時間，我都會翻翻《論語別裁》。現在回想，當時尚小，能讀懂的東西並不多，不過卻開始改變對於中國文化的膚淺看法，變得對中華文化有了興趣。之後我就大肆搜刮南懷瑾老先生的著作，囫圇吞棗地閱讀，讀了《我說參同契》、《列子臆說》、《小言黃帝內經與生命科學》、《藥師經的濟世觀》。因閱歷尚淺，讀完仍然不知所云，但是已經為中華文化的博大精深以及南懷瑾老先生的淵博學識所深深折服。後來購得練性乾的《我讀南懷瑾》，更是讓我越發瞭解南懷瑾老先生的傳奇人生，也讓我更加景仰南老先生。

如今我進入大學，開始讀大一。雖然沒有如願以償報得歷史系或者中文系，但是因了南懷瑾老先生的影響，我已經對中國文化與歷史有了深深的眷戀。所以，在以後的漫漫人生路中，我還是會繼續讀書，讀古書，讀關乎中國文化的書，自己去瞭解我們的文化寶庫，同時也會盡力去宣傳中國文化的燦爛美好之處。這些，也許就是南懷瑾老先生對我最大的影響了。

就在前段時間，看見喂馬劈柴的微博，裡面有關於南懷瑾老先生染疾入定的消息，心中不禁一緊。南懷瑾老先生已經九十五高齡了，雖是習禪修道之人，畢竟生老病死是逃不去的。其時大約是二十七日。到了三十日，微博上開始盛傳南懷瑾老先生逝去的消息，一開始我還不相信，因為入定與死亡還是有差別的。直到看到大學堂十月一日的敬告友朋消息之後，才真正相信，那個啟發了我、引導了我的南懷瑾老先生，是真正逝去了。悲傷之餘，我與老師打了一通電話。老師說：南老先生應該是沒有遺憾了。他的一生，做成了多少大事。他一生的教化，影響了多少人，甚至還包括了你和我。已經足夠了。我想想，也是如此吧。不然，他怎麼會選擇在月圓初夜的八月十四日遷化，在明月最圓的八月十五日荼毗呢？我不禁想起弘一上人最後的一首偈子：華枝春滿，天心月圓。

南懷瑾老先生已經逝去，我們又失去了一盞引路的明燈。可是呀，恩師雖逝，教化猶在。我們要繼承南老先生的遺願，把中國文化好好傳承發展下去，同時，踏踏實實做好一個人。

如是，方不負南老先生數十年辛勞的教化之功。等到與老先生在蓮池相會時，必定可以會心一笑吧！

南師，大德之人，永遠活在人的心中

鳳洪

我始終都不相信南老師已經仙逝！我是一名大三的學生，也許是緣分巧合，進大學圖書館看到的第一本書是《易經繫傳別講》，就是南師所作。一看就是兩年，到現在也沒放下，估計是不可能放下了，因為至情、至性、至理。要說它簡單，它就通俗易懂，妙趣橫生；說它深奧，它就極深極遠，可以通天下至志，定天下之業，斷天下之疑！他寫的書有好多，得要慢慢看！孔子在兩千年前就對事業下過定義：「舉而措諸天下之民謂之事業」，南老師這一生所做的事完全可以稱得上事業！研古聖賢百家之學說，究今東西文化之精華，縱橫交融，推陳出新，以仁德之心播撒全世界，以謙卑之行利萬物！他為怎樣去做一個人，健全人格，完整做好一個人，做好事情，明確指引了方向！

我雖然讀他的書還不是很多，但是讀了那麼一點就已經深深體悟到中華民族傳統文化之偉大！如果把中國文化比做巨大的寶庫，那麼他的書和他本人就是打開這座巨大寶庫的黃金鑰匙！古人說得好，書中自有黃金屋！欲進此屋，必先開門！南老師是個什麼樣的人？用所謂的儒、道、佛等國學大師頭銜來定義，遠遠不及實際情況！我認為他就是大德之人，包含了那些全部了！因為他的人格、他的著作、他的事蹟是經得住時間的考驗的。未來的世界應該是大同的！未來中國乃至世界的穩定發展，東西方文化的融合是必由之路、必經之路，南老師是這條路的開天闢地之人，所以他是大德之人！

南師的學問無所不包！我想用一副對聯來概括一下——上聯：上天下地中人事，下聯：橫經豎緯周萬物，橫批：彌綸天地。不論物理、化學、數學，還是自然科學、軍事、政治、經濟、社會、文學、藝術、醫學等，深入研究南師的著作，把它們作為本，作為大原則，把自己的技術作為用，變而通之，盡能用之，以至於無所不用至乎其極！《易經》經常提到的人事占卜中，就兩個字：吉和凶，吉凶就是人們常說的得與失。這次南老師走了，我們好像失去了他！我們會有所悲痛！換一個角度來看，南老師是在二〇一二年農曆八月十四去的，我們最應該把最美好的祝福送給他，真心祝願他無論在哪兒都幸福、快樂！

在中國文化中，真正的大德之人是不會死的，因為他會永遠活在人的心中！南老師就是大德之人！他仙逝了，卻為我們留下了無比巨大的財富！同時也留下了一件件偉大的事業給子孫、弟子乃至每個喜愛讀他的書的人去完成！只要有人有學習的精神，南老師的書都可以買到！他的事業是利萬民的，我們能從他的著作中獲得至理、至識，然後力身踐行，所以我們都很幸運！讀他的書，學他做人，好好做人，好好做事。堅信他的著作如日月普照大地，求得盛世中國！盛世中國需要這種文化來定天下，才有太平！

所以，大德南師，永遠活在人的心中！
向所有喜愛南師的朋友敬禮！

您是我心靈的老師

李明德

南老師，您是我感知心靈的啟蒙者，認識心靈的引路人，修持心靈的老師。因為您，我改變了對宗教特別是對佛教的誤解。沿著您的教誨，我一路深入，開始感知自己的心靈，從而更加深入地去觀察他、認識他、鍛鍊他。

因為您，打開了我對靈性世界的興趣，同時您給了我一個走入靈性世界的指南針。您以您的高深造詣，把我帶上巍巍泰山之巔，俯瞰如海蒼山、茫茫大地。我可以快速地跑，也可以慢慢地爬，相信總有一天我會登上山頂。因著您的教導，我不用怕迷路，也不用再徬徨。

因為您，打開了我心的大門，一度僵硬、敏感的心，開始慢慢軟化、包容。見、修、行逐漸深入到生活的方方面面，是非的中心慢慢不再是自我，對財色名利，不再那麼執著。對您「實實在在做人」的教導，有了一點初步的體悟。起心動念處對貪嗔癡的覺悟能力、修正心理行為的能力，也越來越強了。那個習慣的頑固的自我正在被慢慢肢解，習性的陰霾正在被心性的光芒驅散。

儘管從未拜過師（我是多麼希望當著您的面跪下來拜您為師呀），但我是您的學生，這是毋庸置疑的，永永遠遠的。如今，您走了，請允許我叫您一聲老師吧！

老師，您從未走遠，您就在身邊。前景旖旎，茫茫路險。有老師的書，有老師的佑護，學生堅信，總能在動靜之間，在呼吸之間，在萬境的轉折處，在那慈祥的自性光明之中，與您相見！

相識何必曾相逢

崔志東

我與南師並未謀面，所以我並不認識南師。

我對南師的一切瞭解，都來自於他的著作，甚至是關於他的「小道消息」。在我看來，他是一個沒有「規矩」的人，一切的形式都被無情地打破，嬉笑怒罵，隨心所欲而皆一語中的；他又是一個學識淵博的人，所講的東西深入淺出、淺顯易懂，看過一遍還想再看，以至於忘記了睡覺，忘記了吃飯；他更是一個「老頑童」，我很不願意將他看成什麼大居士、維摩詰、大菩薩、再來人什麼什麼的，我更願意把他看成是一位循循善誘的老者，教我為人處世、修身立命的各種道理，在不知不覺中就讓我學到了很多很多。好多年前，我曾在自己的博客中寫下對南師的評價：

不立門派，不拘形式，不走宗教，不尚空談。

縱跨古今，橫貫中西，實修實證，即生成就。

我與南師雖未謀面，但我總覺得在內心與南師沒有一點距離。讀其書，閱其文，皆有如南師當面教導我，有親耳聆聽之感。雖未得南師當面認可，我卻早已在內心中把自己當做他正兒八經的學生了。或許很多南師的讀者都像我一樣，有如此之感受。

如今，南師雖然仙遊去了，但我未覺南師離世了，或許他正在他方宣揚教化眾生，依舊是嬉笑怒罵，依舊是深入淺出、淺顯易懂……

南師的思想精神，已經深深地紮根在每一個讀過他書的人心中，只待其生根發芽、長大成熟。敬師如師在，借詩一用，懷念南師：

大漠孤煙直，長河落日圓。
懷師仙遊去，心燈代代傳。

悟南師境

南懷瑾先生的國學體系

陳全林

南懷瑾先生仙逝以後，國人紀念這位世紀老人、國學大師。二十世紀九十年代初先生的作品剛引進大陸時，有人斷言將會有「南學」出現，像學術界研究《紅樓夢》的學問叫「紅學」，研究王陽明的學問叫「王學」一樣。「南學」的研究早就開始了。我應邀撰述一篇梳理南先生國學體系的文章，是難題，又非難題。難者，我旅行在外，身邊沒有書籍可參考；不難，在於我用二十二年的時間遍讀南先生的著作和寫南先生的著作，成竹在胸。

何為國學？中華民族固有的文化學術的總和就是國學。其主幹是儒釋（佛）道三學，還包括中醫學、古典文學、諸子百家之學、史學、數術方技，其中包括天文、地理、數學、養生之道等古代「自然國學」。研究國學的人很多，但對國學大本如儒、釋（佛）道、中醫學、古典文學、諸子百家之學、史學、數術方技、武術等都有研究、都有成就的人不多，有則必為通家，必為大師，必為曠世奇才。僅儒釋道醫，通一家皆可成大家乃至大師，何況都要精通。中國文化有個好處，能「一通百通」，但前提是修行得道，具超凡之見地，有聖神之境界，才能對百家之學豁然貫通，皆達本質。南先生正是以修行開悟的成就而豁然貫通中華文化的國學大師。很多治國學的人是專才，不是全才、通才。專門研究道學、專門研究儒學、專門研究佛學的專家成千上萬，在各自的領域裡都有成就。每一門下又有很多細緻的專科，即便道學，有研究道家的，有研究道教的，有研究道教思想的，有研究道教史的，有研究方術的，有研究丹道的；即便儒學，有研究孔孟之道的，有研究宋明理學的，有研究陸王心學的；即便佛學，有研究禪宗的，有研究密宗的，有研究哲學的，有研究修法的；研究歷史，有研究通史的，有研究斷代史的。或青年成名，著作風行；或皓首窮經，乃有所成。南先生在五十歲前對這些學問，大本已立，以佛為心、以道為骨、以儒為表來建立他的國學體系，他打比喻說：儒家是糧食店，道家是中藥店，佛家是百貨店，作為中國人，都是人生不可或缺的。

南先生講經說法，以佛家為主。他是佛門居士，參禪開悟，講佛經以禪宗經典為主，所講《金剛經》、《維摩經》、《圓覺經》、《楞嚴經》、《楞伽經》、《心經》都是禪宗推許的經典，與實修禪定、開悟見性有關，而他影響最廣泛、被中國社會科學院教授戈國龍先生讀過十七遍的《如何修證佛法》，也以禪宗為核心講解佛法的修證原理，參同儒道，究元決疑。《如何修證佛法》我先後讀過六遍，第六遍是在南師辭世之後閱讀的，為重溫經典，緬懷長者，聆聽教誨，感悟真諦。南先生對《法華經》、《華嚴經》及淨土宗經典如《阿彌陀經》、《無量壽經》避而不講，有的是因為篇幅太長，不容易講述，如《華嚴經》，他只選了《普賢菩薩行願品》來講；有的是因為經典裡的神奇世界、超凡境界很難講述，如《法華經》、《華嚴經》，而淨土經典宗教氣息非常濃，講究信仰。南先生重點講禪宗經典，注重開悟，注重見地，見性起修，先證法身，但得其本，不愁其末。南先生最看重的作品是《禪海蠡測》，用文言撰述，不像其他作品多是他講經，弟子錄音整理而成。南先生講經多，講論少，講律更少，「論」講了漢地高僧所著《宗鏡錄》，依然是禪宗經典，也講了印度菩薩所著《現觀莊嚴論》。南先生講佛法的同時參同儒道，便於讀者理解。南先生還講過佛教史。南先生注重唯識宗，在於唯識的精細與如理分析，有助於學佛者系統地瞭解佛法的基本原理和心法世界。但南先生講唯識的作品遭到很多質疑，可能與他「以禪宗之心，解唯識之意」有關，他在理解上與注重唯識名相的學者有分歧。

他講道家經典，一是講道家哲學的根本經典《老子》、《莊子》、《列子》，重在闡發道家的哲學精華。南先生講了一部道教很看重的修仙經典《參同契》，還講了《黃帝內經》裡的部分內容以及《素書》、《長短經》等經世謀略之學，一般歸到道家，至少本源上是道家。南先生還講過道教史。公平而論，南先生講得最精彩的是《老子》、《莊子》、《列子》，最暢銷的是《老子他說》，佛儒參同，經史參解，傳道解惑，詮釋老子的思想精華。南先生講仙道的作品明顯不及他講禪宗的精彩。先生對仙道的研究遜色於禪宗，有些丹道精華並未揭示出來。南先生講道學，重在道家哲學與經世致用之道。

先生於儒學開講了《論語》、《孟子》、《大學》。《論語別裁》是先生最看重的書，是他作品中最暢銷、最受學界質疑的作品，同樣是他最能傳播中華文化精神的作品，修身為本，淑世為懷，經史參解，為聖人傳心，大有為孔子思想正本清源之意。南先生講過《易經》。《易經》在儒家被視為群經之首，道家推許為根本經典。南先生沒有展開講《易經》全文，而是講孔子注《易》的「十翼」裡最重要的《繫辭傳》上下篇，講述儒家本體論、方法論。《繫辭》被一些學者認為是先秦道家作品，像《周易參同契》等修道經典就大量引用《繫辭》的思想構建修仙的理論體系。《繫辭》與修道的實踐有關，與形而上道的探索有關，南先生講《繫辭》時結合道教、佛家對本體的探索和修行，闡幽發微。先生的《易經繫傳別講》是一部重要著作，可是被很多讀他作品的人忽視了，一是很多人喜歡《易經》體系的占卜方術，但先生避而不講，直接講《繫辭》所表達的《易經》最核心的哲學是什麼，講天道不講數術。再者，很多人對八卦等沒有學習，讀起來困難，這也是本書不及《金剛經說甚麼》、《如何修證佛法》、《老子他說》、《論語別裁》暢銷的原因。

南先生對密宗的經典除講了《現觀莊嚴論》、《解深密經》外，沒有太多開示，他對西藏祖師們的經典著作沒有過多講述，而推崇宗喀巴的《菩提道次第論》。他將密宗很多法門、學理散化到對其他經典的講述中。他和洋弟子探討過密宗大師如密勒日巴、益西措嘉佛母的傳記，藉此講了很多密宗的修持理法，這就是《現代學佛者的修證對話》一書，非常精彩，有助實修。

南先生懂得很多「雜學」，如占卜、武術、中醫、仙劍、奇門，以及其他佛道、民間的方術，但他不怎麼用，也不輕易開示。在這些雜學中，他對中醫和武術公開傳授的比較多，醫武通道，可以養生，可以築基。他還旁及小說、野史、筆記、詩詞，講課時總能妙語連出，故事闡理，詩詞點綴，讓人在會心一笑中參悟真理。南先生對正史、野史都很留意，很注重以歷史的經驗參悟經典的意蘊。對史學經典，先生用功最深的是《戰國策》、《史記》等。經史合證，三教參同，是南先生講學的特點，也是他博學所成，信手拈來，皆成文章。

縱觀南先生講學的特點，以經典用世、經世、濟世、救世，重在思想文化。先生的修為，以佛為體，以儒道為用，構建了博大精深的國學體系。南先生說法，是講大課，具有隨意性。他的作品多是講學錄音整理，難免有隨意發揮、個別地方不精準或者理解有誤或值得商榷的地方，這是正常的。如，先生在講解《孟子》「為長者折枝，非不能也，是不為也」，把「折枝」解為「為長者折下一段樹枝」，能講得通。但一般學者把「折枝」看做「折肢」，意為向長者行禮如鞠躬。兩者都通，後者更合理。這些不重要，是末梢不是大本。南先生以他的修行和正見，以他偉大的發心和超凡的智慧，所確立的大本是正確無誤的。他的方向是時代方向，他的眼光是世界眼光，他的精神是中華精神。南先生這樣的通家、大家，現代罕見，即便古代也很罕見。如明儒王陽明和清儒曾國藩，是五百年來立功、立德、立言的偉人，對儒釋道都有心得，但王陽明對道教的研究重在仙道和為人處世的謀略，對佛學的研究重在汲取禪宗思想和教化修行方式。他早年浸淫佛道，中年以儒為本，自成一家，中晚年對佛道頗有偏見，並不圓融。曾國藩對儒道研究精深，對道學的研究主要用於謀略和修身，對佛法的研究相對薄弱，沒有做到三教通達，學貫百家。南懷瑾先生的國學修養（注意，我說的是「國學修養」）也超越了他的老師們如袁煥仙、虛雲大師。近代很多大師學問很高，貢獻巨大，但不圓滿。如虛雲大師、印光大師對道教多有微詞，道學大師陳攖甯則對佛教多有批評，近代新儒家三大宗師馬一浮、梁漱溟、熊十力都對佛法深有研究，但對道學道教的研究不多，遠未圓通。

放眼五百年來的國學領域，南懷瑾先生是打破了學術局限、宗教局限的圓通之人，心中沒有門派之見、宗教之爭，有的只是中華文化精神，有的只是「大一統」的王者氣度。他的心中只有文化、真理，沒有宗派。這是他的國學特色。第二點，他以修行人、得道者、開悟者、救世者的智慧和慈悲來看世間、看問題的本質，擔當重任，盡其形壽，不退初心。

他是偉大學者，也是偉大行者，這是他超越很多學者的地方。很多學者雖然治國學，治佛學道學，但沒有實修的證量和境界，以凡夫心，測聖人量，何能得真？何能透徹？何見真諦？何得受用？很多學者，佛道之學和做人處世是兩張皮，煩惱不斷，未得受用。南先生「以身作證，自得受用」，於佛於道於密於醫於武皆有修證，皆有體驗，皆有成就，註定了他之講經與眾不同，多了深邃的、本質的生命體驗，遠離了文字相，遠離了瑣碎的考證等，直達本質，這是南先生著作的過人之處。南先生著作的另一個過人之處在於，融合了自己和師友們的人生閱歷、修學體驗以及對當下的關懷，使講經充滿了人性味道和生活氣息。特別是南先生那無法效仿的傳奇的人生閱歷，融合到講經說法中，顯得生動自然，親切悠遠。

南先生的國學有體有用，有本有末。他對數術等國學之末，皆有涉獵，慧而不用，不挾術以驚世，不借異以駭俗。重道本，不重術法；重德性，不重工夫；重見地，不重神異；重實修，不重玄談。以人道立基而修佛道慧命，以形而下探形而上，見性起修，力求安全，最終的目的不是個人的成佛成仙，而是以廣大心弘揚中華文化，點亮民族文化的火炬以照亮世界，促進人類的和平與幸福。儒釋道文化中，國人應該閱讀的最基本的經典南先生都有講述，先生的作品，可以被看做打開國學大門的鑰匙，讀者可依之登堂入室，自得受用。

南先生具有世界眼光，不排斥西學，主動學習西學，努力溝通中西方文化的交流，但他也看到了西學的弊端；他不過分推崇國學，看到了國學裡的陰暗。他是一位智者，提倡實修實證，身體力行，經世致用。道與術並用，智與謀同成。治學問，弟子滿天下，著作等身高；做企業，計天下之利，察民生之情。他不單純是一個學者，還是一位實幹家、實業家，以東方哲學指導經營，身在財富外，心在大道之中。這些具體的事功是他的國學體系極其重要的一部分。南宋浙江「永嘉學派」即注重事功，南先生的骨子裡深受家鄉千年事功思想的影響。建老古文化出版公司、修金溫鐵路、建太湖大學堂，都是他的事功，但這不是最重要的，最重要的是他建立了不朽的文化事功，那就是「南學」。「南學」只是方便稱呼的名相，先生的學問，到底還是國學。

南先生不尚玄談，不尚空談，求真務實，胸懷天下，這是做人、治學、立業、修道最基礎的修為，也是最高的境界。南先生常說最高深的也是最基礎的。先生仙逝後批評質疑之聲不斷，竊以為，南先生得的是大本，講的是大本，而批他的人批的是末梢。這是一個缺乏大師的時代，而一個百年大師又絕塵而去，這是一個娛樂時代，缺乏關懷、缺乏同情、缺乏慈悲的時代；這是一個質疑一切、唯我獨尊的時代；這是一個能把嚴肅問題娛樂化的時代；這是一個衰退的時代、空虛的時代，也是一個孕育未來的時代。我們要保存大師的精神財富、文化遺產，為中華文明保存未來可以燎原的火種，照亮空虛時代的天空，給黑暗以光明。我們要發揚南先生的精神，高舉南先生留下來的火炬，分光傳燈，薪火相續，代代傳承，光芒照耀，這是民族之福、國家之幸。

南懷瑾先生是這個時代、這個世道的「文化良心」，保赤子之心，茫茫人海，攘攘塵世，悠悠百年，拳拳之心，先生始終如一，終得大成，是學人之楷模，民族之菁英。先生為人謙和，處世低調，平易近人，和光同塵，真得國學大本者也，儒釋道的精神在他的身上得以和諧體現。

南先生的教誨與法身永存，著作併聲名併久。

我觀懷師之成就

顏鼎姚

一般人對懷師的評價總是國學大師、中國傳統文化的傳播者、著名學者等，總是從世俗的角度來評價懷師。末學嘗試從另一個角度來剖析懷師的成就。我簡單地從世間法及出世間法來看懷師一生的貢獻。世俗的觀念，覺得一個人的成就，就是他一生所取得的業績。但對於出世間法來說，是指在佛法修證上成就了的修行者。以世間法來說，一般都在談論懷師的學術成就。如果只談學術，一般屬於墮在見惑裡。一些學者總是在批評懷師。從唯識的觀點來說，統統都是墮在見惑、思惑裡。以思惑來說，貪、嗔、癡、慢、疑等。為什麼有一些學者在攻擊懷師呢？從批評的字裡行間，不難發現這些學者們起了嗔念。還有我慢，覺得自己比懷師來得高明。貪名貪利，攻擊懷師，自己的聲望就提高了。貪、嗔從癡而來。還有疑，對懷師所說處處懷疑。一個是教人們如何斷見、思惑，另一個是墮在見惑、思惑裡。這樣一對比（比量），就見高下了。

其實懷師的成就不在學術領域裡。懷師所提倡的讀經、創辦太湖大學堂才是對社會、對中華民族有貢獻的地方。以我個人的經歷，在國外長大，在西方國家念書，不中、不外，不古、不今，文言文也啃不下。近十幾年來，在有華人的地方，興起一股讀經熱潮。從臺灣、香港，到南洋及大陸。我聽一位同事說，她的兩個小孩，小的孩子讀經，比較乖也比較懂事。讀經有什麼好處呢？是把一些好的文化灌輸到孩子的第八阿賴耶識裡。一些大德說，顯教從第六意識起修，密宗及禪宗直接從第八阿賴耶識下手修，所以成就快。通過讀經直接轉第八識，此乃老師的方便法門、慈悲及成就也。

懷師的另一世法的成就是改變了一個時代的命運。命運是什麼呢？勢也。大勢至菩薩之勢。一旦一樣東西形成一股勢力，如果要改變這股勢力，是很難的事，需要有另一股更強的勢力。懷師巧妙地運用了道家的手法，不中流砥柱（實已是中流砥柱也），在勢最弱的時機，轉變了勢。以上說的讀經就是一例。還有，太湖大學堂的建立，雖說只是栽培學生如何學做人，但如果從佛法五乘道來看，人乘為基礎。太虛大師說：人成則佛成。這些學生將來為人處世及其對古文的深厚根底，在將來的文化界乃至佛法的修為上，將百花齊放。末學平時感嘆，我們錯過了這個機緣，文言文啃不下，佛經看不懂，結果在修為上走了很多彎路。

接著來談出世間法。懷師的真學問在出世間法，即是佛法。懷師深懂唯識，多次強調唯識對修行的重要。在對唯識與中觀的講解裡及《瑜伽師地論聲聞地講錄》裡，他深入淺出地把那麼深奧的學問，用最淺白易懂的方式說出，讓人容易理解。尤其是懷師對心念的審查之深，非常人所能做到。念念都能看得清楚，可見定力之深。定能生慧，念念能觀（止觀是因，定慧是果）。此等定慧，再來人也。

我想大多數人和我一樣，喜歡看懷師的書，其中一個主要原因是他句句說到重點，尤其是關於修行方面的書。沒有定慧是做不到這樣的。古德包括懷師自己也說，大神通不是五通（天眼通、天耳通、他心通、宿命通及神足通），而是智慧的成就。

懷師是禪宗的得法弟子。大德都感嘆當今時代禪宗的沒落。禪宗是佛教的正法眼藏。這裡不談禪宗，先談禪定。末學的瞭解，一般學佛人都是談教理，要不就是學禪、談大乘。但也不能怪我們，主要是沒遇到明師。另一個原因是古德、大德只談見地，一般很少談修證的工夫。看了老師的書後，才發現很多見解是錯誤的。學禪必須以禪定為基礎，還有意生身必須成就等觀點。一般很少（也許是末學孤陋寡聞）看到這些，造成修行路上走了很多彎路。懷師的書除了見地以外，和其他大德最大的差別是老師總是一步步地教導如何修證、做工夫，而不只是理上的悟。這是難能可貴的。老師歸納了修行的方法，修行需要注意的細節，唯識對修行的重要性，三界天人表，等等，這些恰恰是古往今來對修學者最重要的，但也是最缺乏的。個人認為，懷師最大的貢獻在於此。

關於密宗。各位都曉得懷師是被授予金剛上師並可以傳授密法的。看密宗大德的書，說上師必須是八地以上，最好是十地以上果位的大菩薩。我們連初地都達不到。大德說《指月錄》有一千七百則公案，大部分的禪師都只有三、四地果位。佛法是佛說的，懷師能把佛法說得圓融無礙，果位之高，非我們凡夫能測度。我們都知道南師在密法上傳了準提法。《顯密圓通成佛心要》裡說學準提法，上品成就，三密轉成三身。大德說修密法之所以成就快，是因為三密加持。身、口、意的惡業即刻轉成善業，所以成就快。準提佛母有三目十八臂，懷師的陽曆生日是三月十八日，都是三及十八。是巧合或是天意呢？念十方三世諸佛，一般加念南無，懷師姓南，巧合或是天意？

而如今，懷師選擇示疾往生。從佛祖到維摩居士，古德及密宗大修行者等，都示現疾病相往生。如維摩詰居士所說：從癡有愛，則我病生；以一切眾生病，是故我病；若一切眾生得不病者，則我病滅。此乃諸佛菩薩無緣大慈、同體大悲也。

懷師對這時代的事業——功在當代，利在千秋萬代。也許幾十年後、幾百年後甚至幾千年後，才能看到今天懷師所播下的種子開花結果。最後有個請求，懷師，我們還需要您，請您乘願再來。

採得百花釀蜜後
為誰辛苦為誰甜

趙金桂

如果說東漢魏伯陽是老莊、道家、《易經》的集大成者，而您則是儒釋道及華夏文化的比較學鼻祖。如果說那些在象牙塔裡孜孜不倦埋首書卷專研國學的只是研究者，而您則是身體力行的實踐家，是中華大眾先進文化的引路人。

「採得百花釀蜜後，為誰辛苦為誰甜。」（南師引用的話）不正是您老人家的真實寫照嗎？

於萬萬千千套華夏文化典籍中，我最喜歡看的就是您的著述。您的單行本一本一本地買下來，我居然成了當當網的 VIP！緊接著，您在著述中所提及的人物及他們的作品，也成了我的目標。

誠然，泱泱大國，大家無數，悉是權威。其中從研究者的角度談佛學、話道家、論禪宗的居多，似乎與芸芸眾生的生活狀態、生存狀態離得很遠。雖然讀他們的書有時候也很享受和愜意，但最吸引我的、和我的心靈息息相通並叩響我無知心扉的還是您老人家的著述！您的字裡行間處處洋溢著別人所沒有或者缺乏的誠懇、真實、親近、貼切！生動風趣自不必說，您在書中從不故弄玄虛，而是實事求是。您恨不得要將自己畢生的經驗和學識傾全部精力說給大眾聽！您老人家像父親、像兄長，用自己畢生修煉儒釋道的汗水，將高深的學問化做通俗易懂的語言，娓娓道給大眾聽！只從這一點來看，縱觀當今華夏文化圈，可謂是鳳毛麟角。

看您的著述，首先教我澄清了拜佛的方向問題。比如，我只知道拜佛的時候拜阿彌陀佛，縱然知道有其他的佛，也是模糊得很。您在著述中（如《藥師經的濟世觀》）告訴我們：這個宇宙沒有方位，無所謂東方、西方、南方、北方、上方、下方等差別，十方三世都有佛，處處有佛。譬如，我們對五方佛的觀念。我們看到法師們放焰口，頭上戴的帽子是密宗，或繡或繪著五尊佛，也就是中央毗盧遮那佛、東方阿閦佛、西方阿彌陀佛、南方寶生佛、北方不空佛。根據《華嚴經》的道理，一切佛都是毗盧遮那佛的化身，換句話說，十方三世就是一位佛，乃至一切眾生，也都是毗盧遮那佛的化身。諸惡莫作，眾善奉行，於是，我懂得了佛就在我的心裡。

一九七八年黨的十一屆三中全會以後，中國老百姓過好日子的心氣，也隨著改革開放的緊鑼密鼓一天比一天高漲起來。幾十年來，物質文明帶給老百姓實惠的同時也帶來了精神世界的困惑。比如，佛是什麼？佛教是什麼？信佛，就是不管自己的品行如何，拿錢去拜廟宇就行了嗎？信佛，就是要跪拜在廟堂之上，求佛保佑自己升官發財嗎？信佛，就是像那些家裡日子過得一團糟的婦女拿錢去求佛保佑嗎？您引經據典、語重心長地說：「一切世間法，皆是佛法。《法華經》上又講：『一切治生產業，皆與實相不相違背。』並不一定說脫離人世間，脫離家庭，跑到深山冷廟裡專修，才是佛法。治生產業就是大家謀生或做生意等，各種生活的方式，皆與實相不相違背，這是《法華經》上的要點名言。」

首先要做好人，進而才能學好佛，這是您書中所強調的。

說到三世因果，您告訴我們一個簡單易行的方法（您強調不是神通的），把人生分成三個階段，二十歲前當前生，二十歲到四十歲當這一生，四十歲到六十歲當後生。我們中年所遭遇的環境，是年輕時已經埋下的因；晚年所遭遇的果，也就是年輕及中年時所作所為的結果。是啊，趙樸初老先生在《俗語佛緣》中提到，佛的本義是覺悟。眾善奉行，諸惡莫作，就是佛。佛就在我的心裡。

縱觀您的著述，您從來不說自已有多麼了不起！不摻假，不拔高，實話實說，實事求是。當下，管信佛的人叫徒眾，已經司空見慣了，您在著述中用峨眉山的故事澄清了這種模糊的稱呼。「過去隨便哪一個廟子，對信眾都是稱居士的。當年我在峨眉山時，老和尚看到猴子出來，就說猴居士來了。蛇來了，蛇居士來了。從沒有說猴眾、猴徒、蛇徒，沒有這樣說的！老和尚的聲音使人一聽肅然起敬。看一切眾生平等，這個是佛法的精神。佛法如果還有統治性，那怎麼會是佛的精神呢？」（《金剛經說甚麼》）

您時常提醒學佛的人，「不要被佛法困住，這樣才可以學佛，如果搞得一臉佛氣，滿口佛話，一腦子的佛學，你已經完了，那就不是般若波羅密了！」

您說，「以我個人的經驗，執著身相的人非常多；過分著相的人，在醫學上叫做宗教心理病」。您的話，對那些盲目地拜廟子、到處上香卻不好好在家過日子的人是不是最好的提醒呢？

「青青翠竹，悉是法身。鬱鬱黃花，無非般若！」「道在平常日用間」——當下中國，對於男人，作風斯文、恪守慎獨、不亂扔菸頭、不隨地吐痰，就是佛就是道；對於女人，不尚權貴、恪守節操、相夫教子、勤儉持家，也是佛也是道！

中國文化講三世因果，父母、自己、子孫；佛教的文化則講個人，前生、現在、來生，兩個文化合起來就是十字架。「當路莫栽荊棘樹，他年免掛子孫衣。」您警示後人，做人不好，後代的子孫受報受罪啊！

時下，有飲食男女對採陰補陽的認識還處在膚淺可笑階段，並且在國外很流行，法文、英文翻譯得一塌糊塗！密宗更不得了，在歐洲、在美國都是公開再加一塌糊塗，都變成男女雙修。對此，您說：「所謂採陰補陽，採陽補陰，假定世界上真有這一種方法叫栽接法，我是第一個堅決地反對！一個修道人怎麼能損人利己呢？如果損人利己也可以成仙成佛的話，那世界上的人儘管做惡人好了！」（《我說參同契》）南師，您也是性情中人啊！痛斥得痛快淋漓！令人拍案叫絕！

佛學，因您而固若金湯。

「真正的道，真正的真理，絕對是平常的，最高明的東西就是最平凡的，真正的平凡才是最高明的。做人也是這樣，最高明的人也最平凡，平凡到極點的人就是最高明的人。」

您是最平凡的人！

您在著述中和我們促膝談心，您信口講來都是妙語連珠，妙在縱橫捭闔間，妙在上下五千年，經典、經驗、天文地理、天干地支、導引養生、陰陽納甲，趣味知識開卷就有，方方面面，林林總總。只有您，才會這樣風趣實在啊！

什麼是「黃鐘」之音？這下，我知道了——古老的中國，遙遠的西北，每當冬至一陽生的時候，埋在天山陰谷裡的十二根管子中那最長管子中的灰，便噴出管外，發出「嗡」的聲音，這就是黃鐘之音！

您的著述也是黃鐘之音，叩響了我無知的心扉。

韓劇《醫道》中有韓國人發明針灸銅人的情節，我為此糾結於心很久。您的著述解開了我的心結，我知道了是成吉思汗的宰相耶律楚材做了準確的中國銅人穴道圖。時下，我認為韓國對華夏文明的繼承和發展起了不可忽視的作用，同時對某些華夏文明的起源有鳩占鵲巢的架勢。他們文化的淵源在哪裡？商朝的貴族箕子反對紂王，逃到了現在的韓國，保留了一部分中國文化在那裡。

在著述裡，您講古代玲瓏剔透的璿璣玉衡，令外國人讚嘆絕倫的銅盤音樂盒，您曾用葛根清理胃腸，您用蚯蚓化糖為軍人治病……那些鮮為人知的小資料，您隨手拈來，在笑談中成為後生們的偏方資糧……

南師，罄竹難書，心中話音！

您說，得訣歸來好看書。《我說參同契》第一冊，我已經看完第二遍了，第二冊剛剛看到半冊。您的著述我看定了！您說，打坐是冬眠療法，我的冬眠療法也要正式開始了……

但南師，您在哪裡呢？

在夏季的夜晚，您躺在竹床上，看著漫天的星辰，數著天罡北斗，而您的母親在用扇子幫您轟走蚊子……
您回來了……

在天堂門前的聖母湖裡飛度

化羽

讀南懷瑾老師的書是從二十世紀九十年代開始的，當時有自己買，也有朋友送的，如《論語別裁》、《老子他說》、《孟子旁通》、《歷史的經驗》、《易經繫傳別講》等，讀來覺得見地和文采都非常好，是大家之言，很受教益。於是，南老師也就成為我心目中最敬仰和愛戴的老師之一了。

進入二十一世紀以來，我接觸到一些東西方文化方面的知識，常常思考一些人生的重大問題，比如人的生命究竟是怎麼來的？人的生命規律是什麼？人與自然的關係？人與社會的關係？等等。我也想在工作之餘，運用傳統文化的有效方法，集中研究這些問題。

二〇〇八年春天，一位朋友送我一本《南懷瑾與彼得．聖吉——關於禪、生命和認知的對話》，我讀後拍案稱奇！長期以來困擾我的這些問題被南老師全部解決了！我心想，以後讀南老師的書就是了。接著又讀了南師五零年代親自撰寫的《禪海蠡測》，邊讀邊做筆記，結果把書中內容基本重抄了一遍。

二〇〇九年春節，母親病逝，我回老家料理後事。安葬完母親後，受朋友之邀，去了家鄉附近的一座寺廟，拜見了那裡的住持（省佛教協會會長）。在與法師談到學佛問題時，法師說：「現在學佛的人很多，但是正知見的則少。」我說：「我正在讀南懷瑾老師的書，在我看來，南老師一定是正知見的！」他說：「南老師是正知見，我也有一套先生的書。」於是，我更加堅定了對南老師的敬仰。

回京後，去看一位老領導，送給他南老師的《關於禪、生命和認知的對話》、《漫談中國文化——金融、企業、國學》等書。老領導愛不釋手，並說：「現在除了南懷瑾先生和季羡林先生的書，其他的都不值得看了。」我說我也有同感，但感覺季先生好像學佛沒有實證開悟。

此後，我陸續買了一套南師的書，在工作之餘不停地拜讀，截至目前，共讀了二十餘本，有的還記了讀書筆記：《亦新亦舊的一代》、《如何修證佛法》、《金剛經說甚麼》、《定慧初修》、《學佛者的基本信念》、《漫談中國文化——金融、企業、國學》、《人生的起點和終站》、《小言黃帝內經與生命科學》、《答問青壯年參禪者》、《禪與生命的認知初講》、《靜坐修道與長生不老》、《楞嚴大義今釋》、《南懷瑾講演錄》、《現代學佛者的修證對話》、《習禪錄影》、《我說〈參同契〉》、《維摩詰的花雨滿天》、《老子他說續集》、《原本大學微言》等。南師的書，每本都妙不可言。讀南師的書，如在老師思想的海洋裡遊泳，如飲瓊漿、如淋甘露、如醍醐灌頂，給人心中點亮了一盞智慧的明燈，照亮了人生光明的航程！南師智慧的寶藏無比豐富，取之不盡，用之不竭。作為一個初學者，我只是偷窺到了一點點亮光，連須彌山的一角還沒有摸到呢！儘管如此，我還是有了一些切身的體會。

大道至簡，簡而唯一，或者說是如一，即《金剛經》裡「如如不動」的那個「如」。儒釋道如一。「中國文化可以籠統地稱之為『道』。『道』包括儒家、道家、諸子百家，以及後來的佛學，等等，總體一個觀念，稱之為『道』。過去把儒家、道家、諸子百家分開了是錯誤的。」儒釋道的統一，不是形式上的牽強統一，而是內在自性的統一或是同一。這種認識，若無獨具慧眼，從三教而入，觀其真諦，是不可得的。自古以來，儒釋道三教有所依、有互補、有共生，同時也有鬥爭、有排斥，也有此消彼長、彼消此長。乃至諸子百家，也是如此。中國沒有一個獨立的、統一的國教。二十世紀初期，一些有識之士提出學習西方的經驗，建立中國的國教。有的提出用儒教作為國教，但又覺得儒教涵蓋不了全部，很難讓國人信服。最終，誰也沒有提出一個中國的國教來。南師則認為：「其實，中國是『五教合一』。儒釋道，加上耶穌、穆罕默德，這是中國文化，從上古以來到現在，包括非常廣。」這個儒釋道的自性如一，統一在中國宗教的最高原則之下：「『大而化之之謂聖』是聖人境界，可以神通變化了。佛家講羅漢、菩薩；儒家叫聖賢；道家叫神仙；總而言之，統統叫做『聖』。『聖而不化謂之神』，是成仙成佛了。在這個中國宗教最高原則之下，儒釋道就得到了完全的統一。」同時，「儒釋道包括其他『五教統一』的文化在中國人民出世、入世的生存生活之中，和睦相處，和諧共存，發揮著各自不同層次、不同領域裡的作用，使得政治社會文化有序進步，國家不斷發展壯大。這也是中國文化『道』的精神。」「『人心惟危，道心惟微，惟精惟一，允執厥中』（據《大禹謨》），這是中國文化的中心。」而及個人，則應適可做到「佛為心，道為骨，儒為表，大度看世界。技在手，能在身，思在腦，從容過生活」。如果說秦始皇統一六國，「車同軌，書同文」，對中國做出了巨大貢獻，那麼，南懷瑾先生對中國宗教文化所做出的貢獻，更加具有偉大的歷史和現實意義！

心物如一。唯物論稱：「物質是第一性，意識是第二性。物質決定意識，意識是存在的反映。」心和物的關係究竟是怎樣的？其實，心和物是一元的、是唯一的。心是什麼？心即是佛，佛即是心，是「虛空粉碎，大地平沉」之後的「那個」。「心能轉物。」「虛空生妙有，妙有轉虛空。」虛空也好，妙有也好，這裡面別有洞天，關鍵是如何看到究竟，更關鍵的是看到哪一重的究竟。這是中國宗教文化的最高表現形式。先生不辭艱辛，不惜犧牲自己，遍學諸法，精通一切顯教和密法，只是為了證得佛祖所說的「萬法歸一」。經過七十多年的努力，經過多方試驗比較，他找到了一個最簡便、最快捷的修行方法，並且毫無保留地貢獻給了世人。這是多麼偉大的功德！「無明」不僅僅是法無明，更是師無明！失一明師，能誤多少後生？得一明師，能成就多少功德？今天，老師去了，是中華民族和全世界人民的巨大損失！

「道」與科學如一。人類認識世界、認識自然有兩大方法：一是心物實修的認識方法；二是科學實證的認識方法。前者東方強西方弱，後者西方強東方弱。人類認識世界的能力十分有限，但如果科學實證方法達到了心物實修方法的高度，那便是人類認識自然的最高境界。「二十一世紀是宗教與科學結合的世紀。」這開闢了人類認識論的歷史先河。當有人問南師信什麼教時，老師回答：「我什麼教也不信！我信『睡覺』。」「佛法是宗教，又不是宗教；是哲學，又不是哲學；是科學，又不是科學。」他提倡把佛法作為一種科學進行實證性研究，用現代科學的方法探索生命的規律，這是要讓真理實實在在地展現在世人面前，讓人們看得見、摸得著，讓人們堅定信仰，心悅誠服。我們的南師以九十多歲高齡的單薄身軀，親自致力於這項實證的工作。據說，有關科研院校也參與其中。這是多麼偉大的氣魄和科學的求實精神！西方國家在這方面也開始探索，我們對此擁有優勢，但要快馬加鞭！南師曾說要在有生之年修兩條路：一條是金溫鐵路，這條有形的道路已經完成；另一條應是人類出世入世、通向光明的人間歸路吧！我們有幸能夠踏上這條光明、溫暖、寬闊的人間大道，這是多大的福報啊！願南師的佛法實證科學研究碩果光華！願科學的佛法燈塔，撥散世間的厚重迷霧，點亮人們心中的痛苦無明！

文化的靈與肉如一。中國文化是民族傳承的血液和精髓，也是民族團結的旗幟和精神。中華文明延續幾千年，撲而不滅，生生不已，正是得益於這種精神與靈魂合於道、合於法的中國文化的旺盛生命力。五十六個民族的兄弟姐妹都是炎黃子孫。也正是這種縱著認祖、橫著認親的文化十字架結構和血濃於水的民族文化精神，把各民族同胞團結在一起，和睦相處，共求生存，艱苦卓絕，共塑文明。每當國家和民族面臨外敵入侵和自然災害時，這種強大的民族凝聚力和向心力自然迸發，堅忍不拔，勢不可當。而相容並蓄、無為而為的文化品格和和諧環境，又供養、培植了中國文化的靈魂。這大概也就是區別於世界其他文明的五千年中華文明延續不斷、生生不滅的根本原因和內在動力吧。這是一種偉大的力量！用這個大「道」如一的中國傳統文化來教化我們的國民，用這個大一統的中國傳統文化來弘揚我們的中華民族精神，在中華民族的廣闊天地上，也在每一個國民的心目中，築起一座不朽的神聖「壇城」！那些分裂勢力何足掛齒？那些不和諧的文化雜音，何足聞之？

整體如一。中國文化基本要素所延伸的政治、教育、軍事、藝術、文學等方面，是一個統一的整體。各要素之間相互依存，相互作用，相互影響，不能重此輕彼、顧此失彼，而是要整體建設、整體提高，形成整體合力。比如，不能一味地強調經濟，搞殺雞取卵式的開發建設。歷史上的「文景之治」就是在人與自然、人與社會和諧理想原則指導下的大治。所謂「倉廩實而知禮節，衣食足而知榮辱」，「禮義廉恥，國之四維」，「四維不張，國乃滅亡」。政治、經濟相較，在某種程度上政治還要領先。人們的思想道德建設，向下容易向上難啊！如果抵擋洪水的堤壩潰了，人們還尚有辦法；如果抵擋思想道德洪水的堤壩潰了，卻是一點辦法也沒有啊！南師曾言：《大禹謨》告訴我們中國文化的政治、經濟、社會、教育等一切大原則，就是「正德、利用、厚生、惟和」，這是堯舜傳下來的。「正德」包括政治的道德，即領導人達到人品最高的修養。「利用」即經濟上要利於他人。「厚生」即如何生產發展。「惟和」即一切和平達到。治大國者若烹小鮮。

兼容如一。中國文化有著天空和大海般的博大胸懷，相容並蓄，包容一切。任何外來文化來而不拒，凡是符合中國文化「道」的精神的，自然便會吸收進來；凡是不符合中國文化「道」的精神的，自然會隨波逐流，最終為歷史文化所淹沒。把中國文化「道」的精神放在哪裡，它都不會與人對抗、與人排斥。何來美國人亨廷頓「文明的衝突」那種杞人憂天呢？！用中國文化的精神和方法，能夠消除世界文化的流病，也有益於創造一個和諧的世界文明。未來的世紀，是世界文化大一統的世紀。這個大一統的世界文化，並不是西風壓倒東風，也不是東風壓倒西風。

古今如一。中華民族五千年的文明是何等豐富的精神寶庫！中華民族的祖先是何等的勤勞、勇敢，更富有智慧啊！我們的祖先為我們留下了豐厚的文化遺產，對此我們應感到無比自豪！然而，反思最近一百年來的一些現象，中國文化出現了嚴重的斷層。南師常常為此暗自傷心落淚！真是「一片白雲橫谷口，幾多歸鳥盡迷巢」。借問國人文化根何在？動靜何以知宗祖？的確，任何文化都有其精華和糟粕，中國文化也不例外。我們可以去其糟粕，取其精華，絕不能倒洗澡水時連同嬰兒一起倒掉！對於西方文化好的東西，我們可以毫不猶豫地拿來，以豐富、完善我們的文化。隨著時代的發展，我們還應在繼承傳統文化的基礎上，進行文化的創新。幾十年來，南師為弘揚中國文化，鞠躬盡瘁，奔走呼號，喚醒國人拿起中國文化這個思想武器安邦強國。我們可以看到，一位世紀老人，站在中國文化傳承歷史長河的壺口上，傾其所能，疏浚淤積，努力做著傳遞接力棒的工作。接過這沉重的接力棒，弘揚傳統文化，這是我們這一代以及後輩人們不可推卸的歷史責任！

出世入世如一。對於出世、入世，儒釋道各有分工，各有側重。按佛家的說法，走小乘路線也能走，走大乘路線利他渡人更加偉大。出家、在家都能修道。歷史上有一個奇怪的現象，就是社會越動亂，修道成就的人越多。大道在世，世間是第一大道場。不懂出世，何以入世？不入世行履，何以出世？國破家亡，身之不存，何以修道？因此，入世的應研究出世之道，出世的更要佈施、造福於當世。入世、出世是辯證的歷史的統一。自古以來，大到國家，小到個人，以至眾生，有多少人在世間受苦受難！我們入世也好，出世也好，都是為了造福於人，造福於眾生。「往聖先賢在一個時代面臨苦難之際，總是捨己為人，去救一個時代」，「倘能以德為基，具出塵之胸襟而致力於入世之事業，因時順易，功德豈可限量哉」？先生一介白衣，看到百年中華民族所經受的欺凌與苦難，毅然決然在家濟世度人而行菩薩道。我們知道，先生早年投筆從戎，參加抗日戰爭，抵禦外敵入侵；捐款興修金溫鐵路，造福家鄉人民；宣講弘揚傳統文化，從教授如何做人開始，修復斷層，傳承佈道；更為難能可貴的是，毫無保留地講法佈施，貢獻了一整套出世入世的修行方法；在邊遠地區推行兒童讀經活動；開辦太湖大學堂，致力於用傳統與現代相結合的教育方法，糾正當今教育之弊病，開創中國教育之新路；牽線搭橋海峽兩岸交流與合作，為謀取兩岸人民福祉奔波效力；運用科學歷史分析方法，探究人類歷史發展規律，啟迪人們治國安邦智慧，貢獻利國濟民良策妙方……南師常常教導我們要「敦儒家之品性（孔孟做人處世的方法），作道家之工夫，參佛家之理性和見地。如此才能做一個完整的人，出世成佛，入世則已立、立人，而及國家、天下；如此才能為世必不可少之人，能為人必不及之事，庶幾此生不虛」，要「修身、齊家、治國、平天下」，「為天地立心，為生民立命，為往聖繼絕學，為萬世開太平」，要有「推倒一世之智勇，開拓萬古之心胸」，要「卓爾不群」「有獨立的人格」……我本來趨向消極，已打退堂鼓了，卻有意無意地看到老師反覆這樣說，於是決心繼續好好工作。其實，先生是把儒釋道集於一身，融會貫通，亦出世，亦入世，亦渡人，亦濟世，實踐儒釋道濟世渡人的理想與修行，為我們架好了一道入世出世的高大天梯（大道）。人們可以沿著這道寬廣的天梯（大道）自由向上攀登，既可以濟世利民，也可以自度度人。先生為國為民忠勇犧牲慈悲之精神和大英雄之本色，固可以垂世範而勵來茲。

威德與慈悲如一。讀過《習禪錄影》和《答問青壯年參禪者》，讓我看到了南師大威德金剛的一面。在參禪打七和說法中，對於學生行為不合法、不合道的，不論是誰，老師都毫不客氣，進行嚴厲的批評、訓斥甚至痛罵！只講真理，不講情面。被罵的人，沒有一個不心悅誠服的，很多人還痛哭流涕、懺悔不已、感恩不已呢！香板之下，接引多少大德！

其實，我們所看到的，更多的是具有大慈悲心腸的南師。從照片和視頻中，我們可以看到，那是多麼慈祥的一位老人啊！當我們久久地注視老師的眼睛時，內心自覺平靜，也能發出慈悲心來。讀老師的書時，我常常在身邊放一包紙巾，因為不時地被老師那顆慈悲善良的心感動得熱淚盈眶甚至飲泣不已！老師發願「把天下人當子女，把子女當天下人」，這是曠古未有的慈悲偉大胸懷！南師就像龍鳳幻化般的大威德金剛和慈眉善目的大菩薩。

凡聖如一。老師常常說自己是一位極平常的人，「只是一個年紀大、頑固的、喜歡中國文化的老頭子」。甚至還說自己「一無所長，一無是處」。這是他老人家的自謙。其實，南師的修為、學問造詣，遠不止書本上介紹的那些，他是一位得大「道」之大善知識！從南師的學生張尚德先生等人的介紹中，我們知道，世人稱南老師是宗教家、佛學大師、禪學大師、教育家、實業家、密宗大師、醫學大師以及國學大師等，不一而足，並且是立德、立功、立言「三不朽」。這些都成立。就立德來說，他一生真的是時時刻刻都在做好事。從立功而言，在臺灣參與、保存、推廣中國固有的精華文化；他去了美國，轉至香港，靜悄悄地和一些朋友一起，扭轉了一個時代。立言，他著作等身，而且無論行文、內容、文字、語言、結構，無不引人入勝，言之有理，說之有物，絕非空談或放言高論。先生處處居中庸，處平實，文以「別裁」、「別講」、「旁通」論，武以當胸抱拳的「天下第一拳」處（即使身懷絕技也從不顯露）。成千上萬的人慕名想拜見先生，有得接見者，因受文化薰陶，很自然地，以行跪拜古禮致敬。而南師不論對方地位、聲望、學問、德業、年齡、性別，都立即匍匐於地回拜。這是儒釋道的修養美德！這是上善若水的自性流露！最平凡處即神聖。是凡是聖，是法王，是素王，人們心中自有分曉，歷史自有公論，何需我輩閒說？

學佛修道最難的是讀經。南師把艱深難懂的佛法和儒道等經典，輕鬆拿來揉捏、把玩，像講故事一樣細細道來，講得通俗易懂，精準明白，且天馬行空，氣勢如虹。說法於無形，教世於無痕。但先生又拿佛祖的話來說，「法尚應捨，何況非法」。這也是儒釋道的最高形式。自古以來，儒釋道的善誘者也不過如此了。

二〇〇六年六月，我有幸到了西藏的納木錯。看到那湛藍的天空，潔白的雲彩，環峙白雲間的雪峰，碧藍如玉的湖泊，雪山融化的湖水映照著雪山，湖面的水藍映照著天藍，微甜的湖水清澈見底，靜若平鏡，動起波瀾，彷彿悠悠的慈愛溢滿人們的心田。絡繹不絕的朝聖者，有的沿岸轉經，有的五體投地叩首拜佛，用身體丈量著湖岸……望著那湛藍的天空啊，我忍不住淚流滿面！走在湖岸上，只要抬頭望一眼那片藍天，便情不自禁地飲泣不已！納木錯給我的心靈以強烈的震撼！我感覺，白雲相接的天的那邊就是天堂！納木錯的這片天地，是我們生命走來的地方！我們這些顛沛流離幾十年的兒女，來到這裡，就像一下子投入到了母親的懷抱！

看到南懷瑾老師，就像看到了納木錯——天堂前的聖母湖！我們的靈魂從此回到了故鄉的懷抱！這裡是靈魂得以淨化的聖母湖！這裡是走進天堂前必經的洗禮！我甘願毫不猶豫地躍身跳進清澈甘甜的聖母湖裡，舒展自由的羽翼，放飛歡快的精靈，在這裡盡情盡興地暢遊，暢遊！

後來，聽說南師在太湖邊上的吳江廟港親手創辦了太湖大學堂，在那裡傳揚中國文化精神，普化大眾。我想，天堂門前的聖母湖向西，轉而向東，再向南向北，向十方世界。

看過這幾年的情景，真乃千條江聲流夕照，百年春色換新貌，廟港仙舟同風起，迷航孤帆紛紛靠啊！

以不朽之筆　序不朽之書
——憶南懷瑾先生為重刊《王十朋全集》譜寫前言

王曉泉

「中秋月明夜，驚聞南師仙逝，大地痛失文星。學貫中西儒道釋，洞悉人生窺天地。鄉情似海，敬賢心切，為重刊《王十朋全集》譜寫前言，增光添彩，不辭辛勞，銘記難忘。王公在天有靈，必將為之莞爾。敬祈南師精神永垂不朽！」

網上得知：「南懷瑾先生已於二〇一二年九月二十九日十六時二十六分在太湖大學堂安詳辭世，壽終正寢，享年九十五歲。並於九月三十日舉行了祭奠告別儀式。遵照先生願望，後事一切從儉，不再另行舉辦祭奠活動。」於是我當即發送上述唁電，致太湖大學堂官網金粟閣，以表沉痛哀悼。

現將南師為重刊《王十朋全集》譜寫前言的情景追憶如下：

《王十朋全集》原名《梅溪集》，是南宋狀元王十朋的遺世瑰寶，距今已有八百多年的歷史。因年代久遠，存世不多，恐有失傳之危。一九九四年一月二十一日，由樂清市政協委員會批准重刊，命我為主任兼主編。當時最感困難的是，需要物色一名大儒為之作序。該書為不朽之書，需有不朽之筆為之作序，原序為南宋大儒朱熹所作。後來我們打聽到，在臺灣有一位樂清籍的大儒南懷瑾先生，就想請他為之作序。但當時大陸與臺灣尚存在隔膜，又恐不妥。再後來，聽說南師定居香港，於是我才敢冒昧去信，請求作序。

我於一九九五年臘月去信之後，數月之內，杳無音信。當時我以為南師趾高氣揚，我們素昧平生，一定不予理睬。政協領導不以為然，後又通過其子南小舜先生多次催促。一九九六年清明節後，我們喜出望外地收到了南師寄來的序言，真是如獲至寶！

其實我們是以燕雀之心，度鴻鵠之志。拜讀《前言》，即知南師出於自謙。他以慎重的心情開篇：《梅溪集》初刻，已有朱熹先生作序，「朱夫子為儒學之大宗師，余豈敢作添足續貂之舉」，「為難再三，不能下筆」。後因我們多次催促，遂覺「再三延宕，似又不妥。於是，乃強起捉筆，不自慚拙陋，改序文為前言，庶免塞責之難」。為了尊重南師的願望，我們將序言改為前言。

《前言》對古代取士制度論述較詳，頗有研究價值。但南師認為，這種制度是腐朽的：「使儒家學術囿於王權政治藩籬」，「範圍天下士子之智識才氣，奔走於生活衣食，競逐於功名官職，捨此之外，別無他途」。

南師對王公大齡入學和中年出山，感觸較深。他在《前言》中寫道：「正當梅溪先生三十四歲之壯年，得赴補太學，應為極一時之榮幸，豈獨樂清一邑，或溫州一郡之慶喜而已。」同時對其四十六歲中狀元，更為景仰，他認為：「功名蹭蹬，並非一帆風順，此尤為學子應所惕厲，當效法先賢，決不奢望少年即春風得意，躁進冒率而自負生平。」並深為讚嘆：「其學主治《春秋》，以致君盛德為旨，以純臣之道自處，故終其一生，並未捲入南北宋政治學術之黨爭，豈非得天獨厚，大有幸歟！」

《前言》對王公忠君愛國，著墨較濃。南師認為宋高宗策試進士，收王十朋為天子門生，狀元第一，為了籠絡人心。「師生如父子，況且又是君臣，當然應深體尊者之心，不可同他人同流合污，主戰而不主和議政策。」而王公卻在「舉國臣工久已習於宴安，絕口不言規復大計」時，「適因高宗與朝臣個別輪流對話，梅溪即乘機提出，與金人和約決不可靠，力陳備戰之要，且建議起用張浚、劉錡等將領，佈置防禦兵備」。「而高宗卻因而感悟，一反以往作風，似有備戰勇氣。」其後宋高宗擬親征，採石之戰大捷。「此即南宋高宗立國以來，歷史上最有名之採石之戰，也即是書生報國，虞允文永垂史冊之公案。」於此，南師特別強調：「我人今讀歷史傳記，仔細用心，即可知採石之捷，虞允文一書生而立功於千古，而忽略南宋第一狀元王十朋，事先力勸高宗備戰之預策，殊不知運籌帷幄與決勝千里之功，始終出於兩書生之手，洵為奇蹟！」「當孝宗繼位初期，梅溪先生之再度出山，仍然反對和議，主張用兵而清復中原。且再薦張浚。」

此外，《前言》對王公的仕途多舛，也深表惋惜：「由此以觀，終梅溪一生之立身處世，所有抱負經綸之才，皆因高宗曰：此朕親擢第一狀元之語，而被困於謹嚴恭肅之行，貞守於純臣循吏之間，難展所志。」

《前言》以輕鬆的筆調結尾。南師將王公與朱熹、辛棄疾、陸遊、李清照等當時名家相比，「統如牡丹綠葉，互擅勝場」。最後，他還戲言王公的聰明才智，相傳乃雁蕩一高僧轉世：「人或不信，我則疑肯其說。生前身後事茫茫，三世因果之理，智所難詳，梅溪有知，亦但為之莞爾云！」

再者，南師還因我的邀請，為「王十朋紀念館」題寫門楣，給後人留下永久的紀念！

當他八十壽辰之後，還曾給我寄來一詩：

生辰豈料動諸公　椽筆翰章越海東
鐘鼎山林原昨夢　布衣策杖且從容
塵勞自嘆虛名誤　梵行翻隨俗道同
八十年來唯一事　但依人世識真空

南師雖逝，詩文永存。人生苦短，翰墨情長。天庭必遇王十朋，童顏鶴髮九百翁。王公必將謝南師，勝似他鄉遇故知。人生易老天不老，人世為空天不空。二老在天常做伴，詩文酬唱日無窮。回首再問人間事，笑看世界已大同！

法身巍巍　德身無限

孫平

在鳳凰網上，有人對大德南懷瑾先生不恭，引來一片聲討。對此事我不議論，只是想說，人為什麼喜歡損人利己，或者損人不利己？或者叫自贊毀他，毀人毀己？

這就要感恩南懷瑾先生了！原來讀過《論語》、《道德經》等書，並不甚解，及至讀了南懷瑾的書之後，才得明瞭經中真義；原來只知佛是迷信，讀了南懷瑾的書，才知道不是那回事；原來曉得程朱理學，讀了南懷瑾的書，才明白文化在他們手中致使偏差更大；原來以為唯物論眼見為實是真理，讀了南懷瑾的書，才懂得還有唯心論還有形而上，心物一元才是真理；原來認為征服天下才是英雄，讀了南懷瑾的書，才看清楚世上英雄沒有能夠征服自己的貪心、嗔心、癡心、慢心、疑心，真正征服自己野馬心的，才是聖賢，才是天人合一；原來覺得知道很多就是學問，讀了南懷瑾的書，才弄懂那是皮毛的知識，離有學問差得遠呢，因為這僅僅是知而已，是格物致知的知，因為聖賢告誡我們，自天子以至庶人，一以修身為本！有學問不僅要有知，還要知止，還要能靜、定、安、慮、得。得什麼呢？得「明明德」。非經七步，不能得到「做大人的學問」，不能得到大智慧；不僅要懂得，更要自己帶頭去修心修身修證。這就是南懷瑾先生最偉大的貢獻之一，因為迄今為止，有幾個老師教我們先學「內明」再去外用的？又有幾個自己先做到「內明」，才去要求別人的？

讀了南懷瑾的書，才知道《三字經》說「人之初，性本善，性相近，習相遠」，說得非常透徹。我們的人心就是在無盡的「習」中變得骯髒了！我們羨慕西方科技先進，人的基本素質高雅，少人知道人家常去教堂洗禮、懺悔。我們自己有沒有錯誤？向誰懺悔？在哪裡懺悔？怎麼懺悔？懺悔什麼？本來讓人清淨自己靈魂的寺廟，現在變成了賺錢的地方，這難道就是我們國人反省自己、反思自己、懺悔自己的方式？！感恩南懷瑾，教誨我們如何反思、反省、懺悔，從自己的本心出發檢討自己，從起心動念開始觀照自己。這難道錯了？我們真的不需要反思、反省、懺悔麼？難道非要人人自私自利，哄搶權勢，爭權奪利，沉湎色欲，才是正確的嗎？

讀了南懷瑾的書，才明白我們不僅思想不正，思想方法也有錯謬！先生告訴我們，人所做的，沒有不受果報的。種瓜得瓜，種豆得豆，因果報應，無人例外。看自己現在表現，就知道自己前生前世和今生做得如何；要明白自己未來取向，也看現在的所作所為；無往不復，無平不陂；不怨天尤人，只看自己是向善還是作惡。我們知道敬畏麼？什麼是敬？什麼是畏？敬有什麼好處？畏有什麼後果？尊稱先生為「國尊」，並不為過，因為他用大智大慧，首倡並修證認知科學和生命科學，在人類發展史上，功德無量呀。

「上下五千年，縱橫十萬里；經綸三大教，出入百家言。」我們做不到，所以只能虛心向先生學習。佛說的道理，老子說的道理，孔子說的道理，上帝和耶穌說的道理，先生全部擇要說了，融會貫通，教人向善，要人諸惡莫作，眾善奉行，自淨其意，這是中華文化復興的根本。他用經史合參的獨特途徑，深入淺出，說透人生哲理，指示世界信仰大道，這是先生對全人類的最大貢獻！

先生以九十五歲高齡，從不示人以傲慢，無我相；從不貪名慕功，無人相；從不倚老賣老，欺壓弱小，無壽者相；從不爭權奪利，無眾生相；他以死後即火化，示現名人也是凡人，高德也是常人；他以寬容博大，大慈大悲，真正顯示了什麼是聖者相，什麼是佛相！

在如此崇高的南懷瑾先生面前，學生掏出自己的心，對比先生一生行跡，非常慚愧。先生作為法王的功德，泰山為筆海作墨，青天夠寫幾行多？不得不由衷讚嘆先生：照世明燈紹隆聖學為善逝，做人楷模光大文化是如來！

生命的守望者

何克鋒

也許，下面這句充滿焦慮的話，可以成為我們解讀南老師的《論語別裁》這部偉大著作的一把關鍵性鑰匙：「深感世變的可怕，再不重整孔家店，大家精神上遭遇的危難，恐怕還會有更大的悲哀。」

這就是一位世紀老人對世人發出的振聾發聵的呼聲！在一個物欲橫流的時代，在一個中國傳統優秀文化逐漸式微的年代，但凡關切人類前途命運的人，都會產生這樣那樣焦灼的心理。

南老師應該就是在這樣一種情形下，帶著強烈的責任感和使命感，穿越中國傳統文化與歷史，注入了自己全部的生命體驗，與孔子對話、與顏回對話、與子貢對話、與一切聖賢對話……

南老師在呼喚當代人必須「重整孔家店」的同時，並不是非理性的盲從。他老人家明確地告訴我們，「重整孔家店」，「吸取的應該是孔子本人的思想，而非兩千多年來那些不合理的東西」。這就給我們這些後學之輩指明了方向：我們需要的是怎樣的「孔學」？

如果我們把董仲舒、朱熹等確立的並為統治階級所利用的東西不分青紅皂白、不論精華糟粕全部吸收，那我們必將走上「邪路」。而這正是南老師特別提醒大家要注意的。

那麼，南老師《論語別裁》裡最內核的東西是什麼呢？是人，是我們人自身。對人的關注，我們可以以〈鄉黨第十〉中的一個情節來作為注解：「廄焚。子退朝，曰：傷人乎？不問馬」。雖然南老師對〈鄉黨第十〉沒有作詳細的講解，但他在《論語別裁》最後一段，對如何做人的闡述，應該可以理解為是對整部著作的總論。「總之，萬事都從做人開始，一個人生，無論做什麼事業——做官、經商、做學者、做平民，都是要做人。事業的升沉成敗，各有變化不同。但無論如何，總要做人。」所以，如何做人，才是最最重要的！

誠如南老師所說：「春秋戰國時代，社會的人心太壞，不忠不孝，不仁不義的人太多了」，所以，孔子周遊各國，「推銷」自己的「道」和政治理念。但在那樣一個時代，他的理想，註定是不會實現的。但是，雖然他的政治抱負沒有實現，他的人文理念，卻經由他的學生們永遠地傳承了下來！這一文脈的傳承，就是靠《論語》這一「仲介」，注入到了中華兒女的血脈中。

但當今時代並不令人樂觀，這個社會同樣是「人心太壞，不忠不孝，不仁不義的人太多了」！尤其在普遍西化日趨嚴重的情形下，中國文化的沒落，已讓所有有識之士痛心疾首。南老師曾說過這樣一句話：「我的用心是愛護青年同學們，希望能續佛法慧命，續中國文化慧命！」南老師這句讓人震撼的肺腑之言，一直在我耳邊響起！縱觀現實，我深感南老師為重拾當代人的道德人心，以及疾呼中國文化的重建，真是費盡了心血，也因此才為世人講解了這部千古之絕學——《論語》。

《論語》是孔子生命的寫照，而《論語別裁》也是南老師生命的寫照。當南老師從生命實修的角度，以自己獨到的見解，絕不墨守成規、因循守舊時，他為我們重塑了一個具有人文情懷、能治當代人「病根」的、永遠「鮮活」的聖人——孔子！

這就是我們的南老師——一個用自己全部生命守望著整個人類的偉大智者！

祭如在：懷念南師

南師的一名普普通通的讀者

昨夜又見南師！南師一如往常，著長衫，一路走來，談笑風生，還是那麼親切，那麼慈祥，那麼溫暖。南師還在啊！還是那樣啊！可是，一睜眼，心悯然，只有呆呆地回想著，回想著——想念南師，想念南師，只是想念！

南師，您能感受得到嗎？這麼多人的思念！

我只是其中普普通通的一位，與您從未謀面，只是看過您的書，至今還未讀完；只是聽過您的講演，也還都是視頻的片段。確切地說，在您面前，我只是一位普普通通的讀者；您對於我，只是一位作者，或僅僅只呈現著作者的身份。可是，面對您的離去，我何以如此悲痛？像是失去了一位親人，一位一直陪伴著我、照拂著我的親人！

我的床頭至今仍放著您的《老子他說》。《論語別裁》我唯讀了半本，還靜靜地躺在書櫃裡；《金剛經說甚麼》已讀過數遍，只敢說是似懂非懂……與您結緣，緣起各種，助緣因書。

兩年前，自己多年思考的問題，得出答案，但同時發現，這答案竟然古已有之！由此，我開始了新的學習。循著學習的方向，我發現，在家裡的書架上有幾本書，作者是南懷瑾。一翻開，我便深深地被吸引了！心裡只想：這麼好的書，怎麼今天才看到？！這十幾年，它們一直都在默默地看著我啊。更有甚者，不久以後，在我另一住處的書架上，我又發現了一本《白話易經》。二十多年前，我親手購買，其後只胡亂翻看多次，直到二十多年後的那天，我才發現，書的作者之一是南師！感慨萬分之餘，我又深感幸運。因為，從那天起，我沒有再錯過良緣。

兩年來，南師，以及南師的書，為我開啟了一個新的世界，為我開啟了一個新的人生！這是我最直接、最概括的感受。如一定要細細敘說，真是萬語千言，又不知該從何說起——太多，太多了。

曾經，我對中國傳統文化知之甚少，除了為表示一下掛在嘴邊的敬仰，偶爾感到應該讀讀，但實際上，一天天過去了，我根本沒有心思實實在在地去學習。直到看到南師的《論語別裁》、《老子他說》、《孟子旁通》……南師的講解，令人讀起來不忍釋卷。順著南師的文字，彷彿第一次才看到祖先們留下了這麼多的寶貝，而我今天才得知。慚愧，驚異；學習，收穫……至此，我走近了中國傳統文化，或者說，是將古賢們的智慧「請」進了我的生活中。感謝南師！

曾經，我對儒釋道存有偏見和疑惑，雖感到自己所知所見未必為真，但何為真何為正，卻無緣得知，只好敬而遠之。直到遇到南師，看到南師的《禪海蠡測》、《金剛經說甚麼》……才感覺撥雲見日，豁然開朗。如今，我依然是學識淺薄，未及入門，但，南師讓我明白了，無論儒釋道，都不是高高掛在廟堂之上，更不是埋在故紙堆中，而是活活潑潑地，在你的生活中，在你的心中。從此，我知道，想要去除這「客塵煩惱」，應先從「老老實實平凡地做人做事、磨練心智、轉變習氣」開始，一切功到自然成。感謝南師！

看南師的書，常有令人拍案叫絕之處，常有令人會心一笑之處，也常有令人感慨萬千之處。更有甚者，自己每每看得有些欣欣然時，忽然讀到南師斥責之語，忙收斂心神，好像自己犯了錯誤，被老師看見，一棒子打來似的——主要是因為，南師斥責的問題，正是自己的毛病。因此，雖然無緣得見南師，卻感覺南師就在我身邊。

不過，這麼多精彩美妙的讀書感受，自己卻無法講給他人。因為我的記性實在是太差了，不管是典籍中的語句，還是南師妙趣橫生的講解，我總是難得能準確地覆述，愧對南師。好在，另一方面，在平素的生活中，我又總是能不經意地想起南師的話（或更準確地說，是南師講過的道理）。比如：出門看見路旁一簇簇盛開的鮮花，奪目迷人，忽想起，南師講過，別看花，讓花看你啊。是啊，把眼神收回些來吧，大睜著眼多費神啊。回到家，孩子學校讓給孩子寫家長寄語時，沒多想，腦子裡就蹦出剛看到南師講解的「敬業樂群」，這是多麼好的教育目標啊，直接就在孩子的作業本上鄭重寫下了這四個字。又，遇到煩心事時，忽然想起南師書中所言，「無始以來，我們破壞人家的好事，傷害其他眾生，使其身心受大痛苦，這類勾當我們做得多了，現在自己也嘗嘗看，消受消受，何必這麼心不甘情不願的樣子，扭扭捏捏，多沒出息。」心中頓時釋然。再說，南師還有言：「自己的心清淨，心平氣和，陽氣就堅固了。」類似的這許多話，一一想過，氣從何生啊？早沒了！南師的影響，對我而言，大處小處，不一而足。又如，南師所講「高高山頂立，深深海底行」，「以出世之胸襟，做入世之事業」，等等，讀之，有如醍醐灌頂，迷惑盡釋。感謝南師！

有時，自己也想，傳統典籍或儒釋道三教，古今多少論述，不乏精解，不乏名師，為何唯遇南師的書才得以入門？為何對南師，有別於一般作者的親切？前者，不能不說是機緣巧合；而後者，除了緣分，還有別的，是什麼呢？我想，在南師的書裡，在南師的講演裡，在字裡行間和音聲中，透著南師濃濃的大慈悲心。看南師的書，感覺他老人家不僅是在講解文章，更在傳遞一份愛心和關切；讀著南師的一言一句，總能體味出他老人家「一肩挑盡古今愁」的悲憫之心！

這就是今天我為何如此為一位素不相識的作者，一位素不相識的老人逝去而悲痛的原因！

南師，您說過，您「沒有所謂的山門，也不收弟子」，因此，作為一名普通的讀者，像許多人一樣，我稱您為「南師」，是表示我內心對您最深的敬重，冒昧稱之，請您見諒。此時，無論您在何處，都祝願您一切安好！您一直那麼忙，那麼累，該好好歇歇了。您該教誨的，都在書裡了，都留下了。您把自己的所有都留下了！剩下的，該我們好好地去學習踏踏實實地去實踐。沒有了您時時地照拂，我們更應不懶惰，不懈怠。說實話，在您離去之前，自己的妄想種種，總想等我看完了南師的書，等我學有所得時，等我……沒想到，您用自己最後一抹光亮，照徹了我們。沒有誰可以被依靠，沒有時間可以被等待！感謝您，南師！

最後，想和您說一聲：我相信，我們可以再見——正如您所說，「若心常相印，何處不周旋」。今日，只是如親人般，恭恭敬敬地，向不知名的遠方，遙祭您，如您在。

世上再無南懷瑾

秋天的沉默

如果生活了幾十年，你發現曾經你堅持的、痛恨的、熱愛的都不過是一種荒謬的渾渾噩噩，而日漸清晰地悟到人生其實就是一種修行的話，那麼最起碼你有回頭是岸的可能性。

知道「南懷瑾」三個字早於知道南懷瑾先生這個人，記不清具體哪年哪天哪一刻起，我覺得我有必要了解南老，並需要讀他的書。那是我人生的一個分水嶺，此前我只是一個盲目的生活者，任憑苦海沉浮。從《論語別裁》到《我說參同契》，從《小言〈黃帝內經〉與生命科學》到《原本大學微言》，我喜歡上了傳統文化。從葉曼、張尚德、魏承思、古國治、劉雨虹等老師的記述中，我知道了南老一生致力於中國傳統文化的傳播，熱衷並投身於祖國的經濟建設，為兩岸的統一大業立下汗馬功勞。就是這樣一位身體力行的大師，就是這樣一位學貫中西、著作等身的大家，於昨日仙逝。

前些日子，一朋友高興地告訴我，他瞭解到一友人和南懷瑾先生很要好，打算十月份去太湖大學堂拜訪南老。我一聽特別激動，告訴朋友，無論如何一定要讓他帶我同去拜望心目中的大德。哪知，這份美好的期待尚未在心中暖熱便被無情地打破了，先是南老病重，後是老人家去世。朋友得知這一噩耗，和我一樣沉默了許久，有不盡的唏噓和難過。

關於南懷瑾先生，曾有許多爭議，不論是指責還是批判，或是主流學術界的不認同，南老從未回應過。其實，也確實不值得回應。不用說南老的學問，就是他一生的經歷，在現今來看，又有幾人能比？很多人說南老的書是野路子，不學術。在南老那厚重的著作裡，真正他自己寫的很少，大都是弟子們根據他的講課錄音整理校正而來，這是一種聖人的偉大。孔子被稱為大成至聖先師，一部被譽為世界經典的《論語》，也不過是弟子對其講話整理的集合。老子被研究了幾千年，不但中國人研究，外國人也在不斷研究，其著作不過是五千言的《道德經》。浩瀚如海的《大藏經》上沒有釋迦牟尼寫的一個字，但他永世長存。南老之所以偉大，是因為他真正把做學問和做人結合在一起，他的一言一行就是《大學》，就是《道德經》，就是《心經》。南老認為人生的最高境界就是「佛為心，道為骨，儒為表，大度看世界；技在手，能在身，思在腦，從容過生活」，這也是南老人生的真實寫照；「上下五千年，縱橫十萬里；經綸三大教，出入百家言」，是南老學問的最好詮釋。

以前，自己總以為生活就是這麼湊湊合合、馬馬虎虎，過一天是一天，以為看書就是學習，出去胡混就是歷練。讀了南老的書後，我徹底粉碎了這些觀念，即使一天再忙碌，也要去思考，從一點一滴的細節去思考，對自己的言談舉止進行反思，觀照自己的內心是否平靜。從喜歡易經的推演到醉心於易理的學習，從不喜歡繁體字到更欣賞繁體豎排的書籍，從認為寺廟是封建迷信到隨喜讀佛教典籍，從中醫到茶道、到書法、到太極拳、到古琴等都熱愛，都緣於南老的指引。我突然感覺世界很寬闊，而自己很渺小，猛然感覺自己白活了幾十年，而剩下的時間又太少了。我漸漸改變生活態度，漸漸改變自己為人處世的方法，雖不能做到嚴於律己，但盡可能地寬以待人；雖仍舊患得患失，但慢慢學會了放下；雖沉淪於苦海，但看到了前進的方向。是南老的孜孜不倦，讓我去讀了《曾國藩家書》，去學習了《莊子》，去看了《楞嚴經》，去研習了《雲笈七籤》；是南老的諄諄教誨，讓我學習站樁，學習靜坐，瞭解太極拳，練習各種導引功法。

對於南老的學問和中國傳統文化，我僅僅是站在門檻外邊窺到了裡面的美麗風景，所知曉的更是如滄海一粟，心性和能力更是差之甚遠，但我堅持認真地走下去，這些學問既是一生修行的道路，也是修行一生的目標。南老雖然走了，但其留下的影響會越來越大。用佛家的觀念來看，南老還是會回來的，只是我們不知道他在哪裡，名叫什麼。

世上再無南懷瑾。

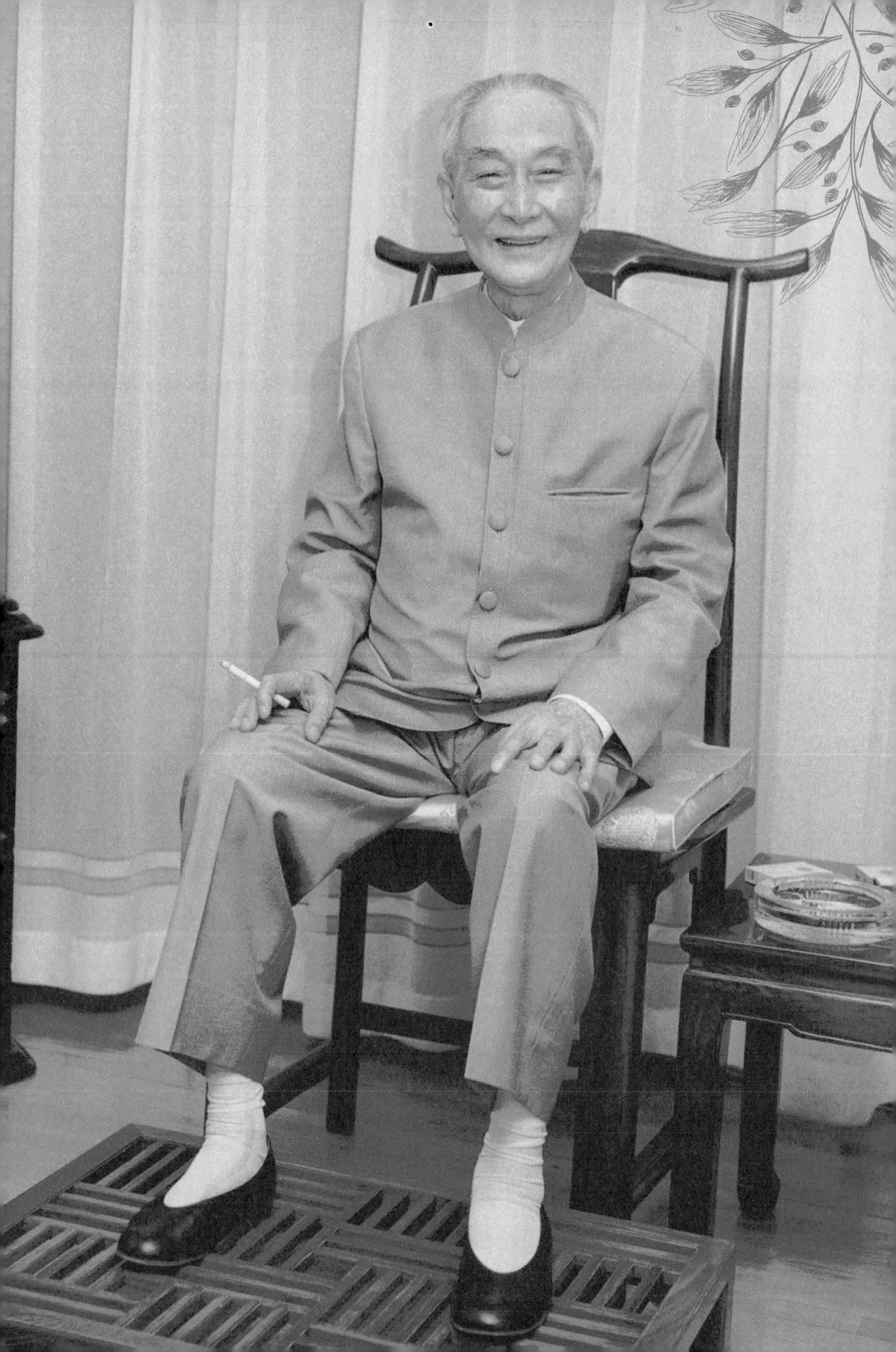

祈南師寧

念・憶

袁淑平

念

南師兄
你若願回來
早點把眼開
你如對塵世厭煩
那就去極樂世界
修身養性
乘願再來
不要再猶豫
不要再徘徊
不要聽那些熙熙攘攘的言詞

使你亂心懷
兄是大丈夫頂天立地男子漢
決不優柔寡斷有主裁
不管在任何時任何地
我將看到你燦爛笑顏

弟淑平寫於壬辰中秋前日

憶一

我年十九便逢君　玉樹臨風二五春
異性兄妹隔天涯　落地便是骨肉親
七十年離多相見少　會面總是談詩文
天南海北也談論　口舌生花舉座驚
無須記錄長相記　心情愉悅係天倫

憶二

兄妹情，海洋深　師兄仗義認親人

守望相助互慰勉　伊然至親骨肉情

憶　三

師兄恩，泰山尊　葬父築塔情又深
欲報師門法乳恩　特遣子媳拜塔靈

注：師兄認我兒子為義子，關懷備至，教育備至；在鹽亭鳳靈寺埋父親骨灰，並修七尺靈塔耗資七十萬。

弟　袁淑平　拜於

二〇一二年九月二十九日

悼詞

辛源俸

對於南懷瑾先生的仙逝表示沉痛悼念。

一直以來南懷瑾先生是我心目中的大師。驚悉南先生逝世，我心中十分悲痛。以為南先生一直健在人間，未親自前往拜訪，深感遺憾。

南先生的教論是對我來說古典迷霧森林中的一道曙光。為了將此光芒傳達給韓國讀者，十多年以來我將老師的作品翻譯為韓文。若有可能，之後也希望能繼續投入此一工作。

南老師為這「迷巢」的時代，指引正確的道路。此路不但是中國的路向，也是讓每一個現代人活得像人的道路。南老師雖已離去，但老師的足跡與話語永遠留在接觸過其書籍的所有人心中，作為師表。

二〇一二年十月十日

南懷瑾先生作品韓語翻譯人

辛源俸 合掌

永念吾師

陳知涯　來新國

永念吾師

初發宏願谿壑白，演化三教疑滯開。
欸唾成珠拈花笑，大般涅槃歸即來。

再念吾師

黑虎隨伴入名山，禪海錄影心燈燃。
微言他說二楞義，準提唱傳眾心安。
娘舅居間調兩岸，演化三教花雨漫。
應做已做無罣礙，善逝無語教外傳。

備註

1. 懷師少年夢中常遇黑虎。後上峨眉閉關，見寺外黑色大石宛似虎踞。
2. 懷師著作：《禪海蠡測》、《習禪錄影》、《原本大學微言》、《老子他說》、《楞嚴大義今釋》、《楞伽大義今釋》。
3. 懷師親傳準提法，顯密同修，速證菩提，法脈悠遠。
4. 改革開放初期，兩岸密使在香港懷師起居處會談，師曾云：兄弟有隙，娘舅調和。
5. 善逝，如來十號之一。

送懷師

雁平

壬辰年八月十五日中秋之夜（西曆二〇一二年九月三十日），太湖大學堂全體學子，行荼毗之會，恭送最敬愛的南懷瑾老師往生淨土。是日，皓月高懸，天地澄明，眾生合掌，送師遠行。

中秋送懷師，一拜一潸然，
師乘煙雲去，相隔商與參。
烏啼霜葉碎，更深秋水寒，
心空萬事薄，人生別最難。
百年一國師，亂世一聖賢，
縱橫儒釋道，出入百家言。
胸懷天下事，情渡四海緣，
往來三生世，走筆五千年。

輔國當為相，弘法亦「神仙」，
慈悲濟蒼生，泣血化杜鵑。
諄諄苦教誨，殫精為承傳，
殷殷中國情，學子遍人間。
生為人師表，死亦聲名傳，
我敬師高潔，明月懸中天。
大德今西去，疑難誰人闡，
從此不拜師，只為不姓南！

二〇一二年十月十八日 雁平

悼一代宗師南懷瑾

林德培　高琳

一代宗師南懷瑾，中秋仙逝功德深。
巨制宏篇震中華，旋乾轉坤正人心。
兒童讀經開風氣，普及易經固國本。
兩岸多少修行者，傳承文化引路人。
儒道佛密皆貫通，修心養性重實證。
拯救文化於沉淪，提升精神臨淵深。
沙漠之地開綠洲，板塊之土播種生。
大師慈悲感天地，哲人慧心泣鬼神！
兩岸文化圓融日，大師在天笑顏伸！
中華學子應努力，莫負大師厚望誠。
探賾文化之根源，大道傳承格局新！
道光德智遍中華，大師千古永不朽！

林德培、高琳 敬輓
江蘇昆山市國學中心易經研究會

悼南公懷瑾先生

堯鵬飛

壬辰年八月十五日，驚聞先生逝世！其後數日，心茫茫不知所向。欲悼先生以文，然抬筆忘言，終不知筆落何處！時至今日，方成片言。

吾十九而始受先生之書，至今八年矣。殆因先生之書，吾方知何為仁，何為義，何為道，何為家國天下！吾因先生而入國學，一切思想均源於先生。可謂無先生，則無今日之我，先生於我，恩同再造！

然自省身未加修，德未加進，業未加廣，亦深愧先生之教！因循守舊，耽於塵情，自謂年紀尚輕，來日方長，待他日德業得進，或可拜見先生。荒唐一夢斯數年！奈何至今，夢醒乎？

先生之道德功業，自在千秋！吾無資格評述。此亦非廟堂所能評述，非江湖所能評述，非區區學者所能評述。

初聞先生入定，吾亦私盼先生留形住世。後悉先生仙去，又傷先生何忍乎，捨此世人！何忍乎？！然緣會終須別離，有生咸歸於死。先生示現無常，豈非破除我等依賴之心？從前總謂，先生尚在，天下賴之，吾何以憂？以至因循不前，聊聊度日。今先生逝矣，又何人可賴？所可賴者唯自身，吾等終須自立！

「此身不上如來座，收拾河山亦要人。」余竊以為不懂佛學，便不懂先生。先生言學佛乃大丈夫事，非帝王將相所能為也。吾自知非大丈夫，不敢妄言學佛，唯恐因學佛之名，行避世之實，自誤誤人，亦汙了聖教。但願遵先生之誨，行好人道之事而已矣。

載之空言，不如見之於行事之深切著名也！先生已逝，生者尚在。但願如先生所言，我中國之氣運自此轉盛；亦希望先生之願實現，我中華文化盛起於當世，澤及於萬代！

江西末學堯鵬飛謹拜

壬辰年八月二十二日（西元二〇一二年十月七日）

永遠的懷念

王勁峰

壬辰之秋，驚聞先生逝去，悲慨繫之，不勝懷念！月圓之夜，憶師妙語如珠，教化方便，如在昨日！

（一）

先生釋經典，講故事，嬉笑怒罵，幽默風趣，言行舉止，重方便教化，開新時代學風！先生一生行事，重實際，不尚玄虛，以傳播文化文明，洗滌吾民心靈，啟發民人心智為己任，挽狂瀾於既倒，扶大廈之將傾。

先生曰：「文化者，國之本也，未有文化滅而國不亡也！故國之大事，首在文化，國之根本，重在教育。政治經濟者，文化教育之花也。」壯哉斯言！偉哉斯言！

先生在黑暗無明中奮起，起觀起想，尋覓伺察，探究人生奧祕，名曰「生命科學」，壯哉斯志！偉哉斯行！

先生的此生是佈施的一生，是奉獻的一生！

觀先生小像，青衫步履，示書生相，然我知先生是壯士，是勇士，觀先生一生言語行事，壯哉！偉哉！

先生是大風，是驚雷，是閃電，是幹將莫邪，直指人心，警醒世人！先生是春風，是細雨，是溪流，如春風化雨，溫暖人心，教化眾生！

舉頭望明月，一襲青衫，師在天上；低頭思先生，兩行濁淚，幾許惆悵。永遠懷念先生！

（二）

月明星稀，鳳舞九天；斯人不在，天地悲慨！

論語孟子，先生闡幽；教化眾生，旁通別裁。

演易參同，探賾索隱；忍辱精進，婆嚌佛心。

先生高義，千古一人！小子後學，再悼先生。

月明之秋，歲在壬辰，先生逝於太湖之濱，青山之側，聞者莫不悲慨，先生傳道授業數十載，利眾生千萬，厥功甚偉，然間或有不明先生者，我獨悲之！故撰文以明，再祭先生！

先生治學，以孔孟為本，懷濟世度人之心，行於天下，無愧於天地矣！至若參禪煉化，訪仙問道，先生之余事也。子曰：「君子務本」，誠先生之謂也！

先生一生行事，以誠為務，以信為基，觀師作為，方知古聖所云「誠」之一道，固不虛也！

世有好事者或曰：先生學問駁雜不純，習於江湖，何以效法焉？我答之，古聖云：「聽其言，觀其行。」又曰：「聽其言。」吾知之矣，何謂「觀其行」？我亦答之：「觀其立心行事者也。況學問之道，何其廣大精微，非僅文字也；為文章之法，不通時趨勢，則為塚中枯骨，若豬臉對書卷，則何益矣！然千古以來，傳道之法固一也，唯變所適耳！故死文死章者，先生固小之。」問者默然。臨行，我亦問之：「先生有一大錦繡文章，非文字也，君知否？」問者啞然，甚驚懼，逃之！我急追至門望其影曰：「聽其言」，君固不知也！

世人皆知先生文字文章，不知先生行事亦天地間一大塊錦繡文章也，我固知之。先生為文，以誠做心，量仁義禮智信為五色筆，娑婆世界為百納紙，濡煩惱顛倒墨，山河大地為硯，觀三千大千世界風雲變幻，一時至，出壯士手，目不轉睛，如靈貓捕鼠，龍銜海珠，揮動如椽大筆，書清淨平等畫卷，上下五千年，縱橫一萬里，歷時數十載以成，何其壯麗瑰偉！故先生之逝，天地鬼神亦為之嗚咽也！

先生逝，世人哀之憫之，我亦悲之！若後來之人，於先生德言功行處思之，省之，以「大方廣」之壯麗火煉之，行之，以信解受持為祭，精進勇猛為奠，倘如此，我亦喜之！則先生九泉之下，可以無憾矣！

聖者的笑與淚——記南老師

善新

望之儼然，
即之也溫，
您天真的微笑，
幽默的話語，
坦誠而純真，
宛如九五的頑童。
這是自在的快樂，
解脫者的達通。
這微笑，
如春風，
融化了多少冰雪，
溫暖了多少心靈。

您也常常哭泣，
不知
那智慧的雙眼，
為何
常見淚水的晶瑩？
那是為了我們，
一切眾生，
為我們的苦難，
為我們的執著，
在三界火宅
不肯出離的癡迷情。
您捨棄了家，
捨棄了名，
笑為眾生而發，
淚為眾生而傾。
禁不住，
淚水模糊了我的眼睛。
都知道，
寂滅為樂，

誰理解，
菩薩最多情？
您悠然而去，
因心願已了，
功業已成。
更為讓我們
不再依賴，
珍惜難得的機緣，
不再懈怠，
速速踏上自覺的征程。
其實，
如一切諸佛，
您已將自己，
獻給無盡的眾生。
無論何時，
不管何地，
您從不曾離開，
只要我們，
回歸自性的光明。

覺悟之路，
南老已為我們鋪就，
讓我們努力，
讓我們警醒，
莫負難得的今生。
讓那回歸常寂光的慈祥老者，
少幾滴眼淚，
多一分微笑，
快樂又從容。

大哉南師

孟慶福

中秋之夜，驚聞南師已於日前駕鶴西歸，直如五雷轟頂，半晌不能回神。直問余鄙俗之極，果真無緣面瞻尊榮、伏踵得先生摩頂也？世人愚笨，先生果真不勝其煩、不勝其累也？仙人亦有逝也？抑或成佛也？得道也？

久不自釋，略以書伴淚記之。

一代宗師，魂歸天外。呆坐半晌，久不釋懷。若失若遺，不勝其哀。暮雲春樹，想望豐儀。南師此生，可謂大哉。

恪守傳統，涵養純粹。冠道履仁，良玉精金。經綸三教，集其大成。出入百家，縱橫馳騁。懷素抱樸，懷瑾握瑜。先生之道，可謂大哉。

身修行潔，學問深宏。真儒抱道，事功彪炳。瑾言篤行，纖毫不塵。大德之人，必得其位。必得其名，必得其壽。先生之德，可謂大哉。

幼年習武，壯年參禪。峨眉閉關，文武雙全。臺灣香港，歸根湖邊。足踏三地，聯通兩岸。先生之行，可謂大哉。

上下五千，縱橫十萬。五鳳樓手，七步奇才。出使東洋，即席口開。眾皆嘆服，揚名在外。先生之才，可謂大哉。

載道以文，化成天下。洋洋灑灑，著作等身。薑桂之性，愈老愈辣。文望尊隆，泰山北斗。先生之文，可謂大哉。

不囿考據，詼諧直白。超越世俗，累年登臺。鼓篋擔囊，不辭曲士。蘭桂滕芳，桃李花開。夜寐夙興，明鏡不疲。文化斷層，妙手補裁。繼往絕學，孔子當代。起鳳騰蛟，太平開來。先生之教，可謂大哉。

道兮超群，德兮邁眾。享乎上壽，做乎古人。壽終正寢，誕登道岸。令名悠著，瑞世瓊瑤。南極星輝，光耀全球。北斗以南，一人而已。先生此生，可謂大哉。

雁過留聲，人過留名。余於偶值，得聞先生。大學微言，愛不釋手。遂購全集，一一瞻覽。《老子他說》，《論語別裁》。如沾時雨，如沐春風。先生有著，必先讀拜。揚切瞻韓，慕蘭久懷。恨無慧根，深感無奈。無法登堂，不能入宅。仍行強志，蠡測慧海。倘徉其中，奢免枯敗。

先生得名，懷瑾握瑜。瑾安在哉，瑜安在哉。於今唯余，痛哉惜哉。先生有靈，可聞余哀。黃鶴杳杳，白雲悠悠。大師此去，後繼者誰。夜半於斯，涕下沾台。

跪謝懷師

夢幻空花

吾之變，得益於懷師。回首世事，滄桑感懷，略表心志！

夢幻空花

空谷無人花自芬，清風有意難留春。
塘草逐境生細浪，池蓮因蔓染香塵。
千聲為秋摧嫩色，萬影隨月轉晴雲。
柳絮緣風輕似夢，寒潭渡雁了無痕。

空花感懷

眾緣和合造化功，同氣相求同聲應。

乾坤一指萬物馬，紛紜變換一念中。
山河大地妙心生，吹萬千奇皆一風。
全波即水水即波，不二法門無西東。
留意於靜動未除，執著有無尚未通。
不除妄想不求性，煩惱菩提本自同。
事現事沒心不動，物來物去境還空。
雁渡寒潭不留影，風過竹面不留聲。
破書萬卷無一字，行路萬里無跡蹤。
言語道斷行滅處，回首世事南柯夢。

孤飛紅塵

枉入娑婆若許年，多少奇才可補天？
醉吟青史幾番夢，愁看紅塵雨寒煙。
平生悲歡無寄處，百年眼底千緒篇。
每欲孤飛徒慮牽，相對山花卻無言。

青峰獨步

青峰獨步四面河山，悠悠碧水藍天！
蒼茫大地，曾經多少故事？
萬家憂樂都付雲煙！
紅塵依戀，幾陷因緣？
寰宇十年一劍，冷月秋風無眠！
何處日暮鄉關？欲訴萬語千言，
山花相對卻默默，金樽酒幹！

空花夢憶

一顰一笑一春風，煙雲憶繞愈分明。
當時只是尋常事，過後思量倍有情。
濁醉方覺壺觴濃，歷經雨風現彩虹。
白雲秋夜高遮月，碧水寒映一山青。

留言輯錄

善至知　2012/10/02 08:26

南師，我從二十五歲開始看您的書。您的書改變了我的世界觀、人生觀。從儒、從道、從佛，我追尋著您的足跡，您是我生命中的航標燈。我困惑的時候，有您為我解疑；我痛苦的時候，只要一看到您的書，就會覺得虛空中有種無形的力量在加持我；我快樂的時候，我也會從您的書中感悟人生無常！十七年了，我的枕邊從沒有離開過您的書；當我背起行囊遠行的時候，我會把您的書裝進包裡；我工作一天渾身精疲力竭的時候，我會打開您的書。十七年了，南師，您從沒離開過我。每一天您都在我身邊。感恩南師，我人生的導師。而今，您駕鶴西去，看著這一本本看過的和未看過的書，唯有淚兩行，無語望蒼穹：到底是蒼生無福還是眾生的業障太重？竟無緣留下您泰山北斗！南師，您沒有走，您永遠在我們每個佛弟子的身邊。您的書還在，您的精神還在，千秋萬載永不改！

翟玉忠 2012/10/02 21:10

懷南師一首

十月二日晨，看到金粟閣網站上刊出不再舉辦有關南師去世其他祭奠活動的公告，感懷作此詩。

南天一拜盡虛空，片片天花滿地紅。
太湖千頃忠魂駐，白雲清水兩悠悠。

吳海兵 2012/10/02 21:59

有王者氣象，具宗師做略。任詆任毀，見世間之情；有容有量，誠長者之度。化心化性，實佛子之懷；勸善勸學，端仁人之風。行菩薩道以救世，體聖賢心而育人。十方書院，道傳十方；一輪明月，光照四海。道成人間，乾坤不息；德范後世，法界周流。執壽者相者，難論真諦；見本性光者，可談實相。南公雖寂，法身永存法界；懷瑾未生，大願早結塵緣。文字難道宗風，文章不盡德範。平生一部虛空藏，此心三界光明經。教我如何說功德？四句偈語了無生。

耿忠澤 2012/10/02 22:23

千古奇人　不拘一格　瀟灑行事　鞠躬盡瘁繼絕學
百代宗師　通貫三教　亦文亦武　慈悲濟世開太平

dgg 2012/10/03 04:53

在困頓慌張的時候，我，孤單無助的這個我，來到了您的書面前，打開一頁又一頁，您告訴我這就是生活。在書中，您告訴我古往今來的人們是怎麼生活的，我的困頓、慌張應怎樣面對。竟然的，從您的照片中看到，您竟如此像我的一位家族長者，慈祥關愛，這更是拉近了我們之間的距離——您，是我的親人。我計畫著，通過朋友的朋友的朋友計畫著，幫個忙吧，能不能有個機會，只一眼，想見見南師。等等，快了，再等等，看情況再等等……這一等，真真是，「彌劫無方喚奈何」，但，「若心常相印，何處不周旋」。

南師，您在我心中。

馮煥珍

中山大學哲學系教授　2012/10/03 17:30

大士維摩化太湖，波心月滿一輪孤。
恢開杳杳寒山道，展示巍巍普眼圖。
徹地冰霜光古鏡，滿天花雨注枯株。
潮音震罷歸根去，借問田間緣也無？

馮永橋

2012/10/02 11:56

先生富可敵國卻身無分文，能遊戲人間卻常現無常。五年前與先生的著作結緣，如一棒打醒夢中人，我用幾年時間才看完先生部分著作。一兩千年來能將佛經解釋得如此清晰只有先生一人，理論修行無人能及，道家儒家更不在話下。五百年後會有更多人懷念先生，願得先生加持。中國幾千年文化能發揚光大。南無佛，南無法，南無僧。

點燈的人：南懷瑾先生紀念集

建議售價・400元

編 著 者・東方出版社編輯群
出版發行・南懷瑾文化事業有限公司
網址：www.nanhuaijinculture.com
地址：106台北市大安區羅斯福路三段125號5樓之3
電話：（台北）+886-2-2367-5678
（台中）+886-4-2265-2939（白象文化）
法律顧問・翰廷法律事務所黃秀蘭律師
代理經銷・白象文化事業有限公司
台中市402南區美村路二段392號
經銷、購書專線：04-22652939　傳真：04-22651171
印　刷・基盛印刷工場
版　次・中華民國一〇四年（西元2015）一月初版一刷
中華民國一〇四年（西元2015）二月初版二刷

設計編印　白象文化
www.ElephantWhite.com.tw
press.store@msa.hinet.net
總監：張輝潭　專案主編：徐錦淳

國家圖書館出版品預行編目資料

點燈的人：南懷瑾先生紀念集／東方出版社編輯群
著.-- 初版.--臺北市：南懷瑾文化，2015.1
面：公分.
ISBN 978-986-91153-8-4（平裝）
855　103022681